光文社古典新訳文庫

ヘンリー・ライクロフトの私記

ギッシング

池 央耿訳

kobunsha classics

光文社

Title: THE PRIVATE PAPERS
OF HENRY RYECROFT
1903
Author: George Robert Gissing

目次

ヘンリー・ライクロフトの私記

緒言

ヘンリー・ライクロフトの名が、俗に言う読書界で広く親しまれることはついぞなかった。一年前の文芸紙の死亡記事を見ても、ほんの形ばかり故人の略歴を紹介するにとどまっている。生年と出生地、いくつかの作品名、雑誌に載った批評のあらまし、死亡情況などで、ひとまずはそれで充分だった。いくらかなりとライクロフトを理解していた数少ない知友すら、この上ことさら何を称揚するまでもないと思ったに相違ない。死ぬる定めの世の人と同じく、ヘンリー・ライクロフトは生きて辛苦を味わった。死ぬる定めの世の人と同じく、時至って永《なが》の眠りに就いた。が、それはともかく、ライクロフトの遺稿整理を仰せつかり、扱いを任されてこの小冊の版行を決めた立場から、故人の来歴について多少の知識を補うように努めなくてはなるまい。まったくの私事に類するたわいない余話ではあっても、期せずして行間に滲《にじ》み出た自己顕示の真意を探るよすがになればという心である。

知り合ったはじめ、ライクロフトは文筆に生きて二十年、齢《よわい》四十を迎えたところだった。貧苦のみか、頭を使う仕事にはことごとく妨げとなるどん底の境遇で長いこと難儀は絶えなかった。文学はさまざまな形式を試みたが、どれも目覚ましい成功を見るには至っていない。とはいえ、暮らしの必要を満たしてなおいくばくかゆとりを余す収入を得ることも時にはあって、外国見物も体験した。生来の独立心と世の中を見下す傾きが祟《たた》ってか、何かにつけて野望を打ち砕かれ、あれやこれやと幻滅を嘆じ、厳しい現実に隷従《れいじゅう》を強《し》いられた結果、今ここに語っている当時のライクロフトは失意にめげた惰弱者《だじゃくもの》とはおよそ違う、頭脳、感性とも極めて偏屈で強情な人間になっていた。それだから、通り一遍の当たり障りない間柄ではライクロフトが静穏に安んじて晩年を送ったとは思いも寄らない。かく言う私自身、交友七年を経てようようその閲歴の仔細を知り、人物像を正しく理解したのである。ライクロフトは徐々に自身を手懐《てなず》けて謹厳実直な働き者に仕立て上げた。以前はずいぶん雑多な仕事もした。評論を書き、翻訳を手がけ、新聞雑誌に寄稿しながら、忘れた頃に大部な創作を発表するという流儀だった。苦境に喘《あえ》いで性格が歪《ゆが》んだ時期も何度かあったことは疑いない。健康を害することもしばしばだった。過労に劣らず、おそらくは道徳上の苦悩もまた一通りではなかったろうが、ふり返って全体を均《なら》してみれば世の中一般の誰とも変わらず、食い扶持《ぶち》を稼ぎ、日々の労働は当然と心得て、めったに愚痴はこぼさなかった。時は流れて、いろいろ変化があった。ライクロフトはこつこつと仕事を続けながら、依然として貧しいままだった。時に塞《ふさ》ぎこんで気力、体力の減退を訴えることもあり、前途に漠然たる不安を抱《いだ》いている様子は傍目《はため》にもよくわかった。人の情けにすがるなどは考えるだに耐え難い。年来の付き合いで一つだけ当人の口から聞いた自慢は、仮にも債鬼《さいき》に追われた経験がないことだった。あれほど長く逆境で骨身を削ったライクロフトが人生の敗北者で終わったかもしれないことを思うと心が痛む。

だが、喜ばしい運命が待ち受けていた。五十の坂にかかって健康はとみに衰え、目にみえて元気がなくなったところでライクロフトはまさかの僥倖《ぎょうこう》に恵まれ、これを機に一転して、夢のまた夢と諦《あきら》めていた静かな精神を支えに安寧《あんねい》の境に入ったのである。さる知り合いが亡くなって、考えてみれば相手は思っていたよりもはるかに親しい友人だった。疲れきった文士は惜しい人を失ったと悲しんだが、驚いたことに、その遺志によってライクロフトは三百ポンドの終身年金を受け取れるように段取りができていた。しばらく前から鰥夫《やもめ》暮らしで、一人娘はすでに嫁いでいたから、これは暮らしを賄ってあまりある金額である。数週間を経ずしてライクロフトは住み馴《な》れたロンドン郊外を引き払い、イギリスのどこよりも好きなエクセター近辺の田舎家に移り住むと、土地者の家政婦に身のまわりの世話を頼んで、じきにすっかり落ち着いた。旧知の誰彼が稀《まれ》にデヴォンを訪れたが、半ば自然のままの庭に囲まれた瀟洒《しょうしゃ》な小家や、エクスの谷越しにホールドンを見はるかす居心地のいい書斎は長く思い出に残ることだろう。主人の気さくな、それでいて心のこもったもてなしや、連れ立って散策した野道や牧草地、静かな田舎の夜を徹した談笑も忘れ難い。この状態がいつまでも続くことを誰もが願ったし、実際、閑寂と安穏が約束されてさえいればライクロフトは先行き老いてなお矍鑠《かくしゃく》として孤高を貫くものと思われた。しかし、本人は知る由《よし》もなかったが、この時すでに心臓は病に冒され、それがために満ち足りた閑居は五年そこそこで断ち切るように幕を閉じた。日頃から、ぽっくり逝くことが望みだった。病《びょう》臥《が》を恐れたのは人に迷惑をかけたくないためだ。ある夏の日暮れ方、猛暑の中を遠出して戻ったライクロフトは書斎のソファに横たわった。微睡《まどろ》んだまま大いなる沈黙に身を委《ゆだ》ねたことは穏やかな死に顔が語っている。

ロンドンを離れてライクロフトは筆を断った。もう本を出すことはあるまいと言っていた。ところが、始末を託された遺品のうちに、一見、日記かと思う三巻の手稿があった。中の一巻を開いてみれば、冒頭の日付から、デヴォンに移り住んで間なしに書きはじめたと知れる。拾い読みにぱらぱらとページを繰ると、これが単なる日々の記録ではない。明らかに、この道に長い文章家はペンを捨てようとして捨てきれず、それならばと、気の向くままに自身の哲学、回想、夢語り、おりふしの偶感、等々を書き綴《つづ》ったに違いない。文章各編には、そのくだりを書いた月の名が添えてあるだけだった。かつてちょくちょく膝を交えた一室にひっそり座して遺稿をつぶさに読めば、ここかしこで亡友の声が耳底に蘇《よみがえ》った。老けこんではいながらも峻厳《しゅんげん》な表情、あるいはもの柔らかな笑顔、それに独特の身ごなしや仕種《しぐさ》が瞼《まぶた》に浮かぶようだった。何はともあれ、この筆のすさびに故人は過ぎし日の対話よりもずっと大胆に自分をさらけ出している。ライクロフトは多弁でしくじった例《ため》しがない。感受性に富む苦労人の常で、黙って引くことに甘んじ、議論を嫌い、出すぎた自己主張は断じて佳《よ》しとしなかった。それが、ここでは遠慮を捨てて自身を語っている。読み終えて、私はかつてなくこの人物を理解した。

遺稿が出版を意図して書かれたものでないことは確かだが、読むほどに随所で文章家の計算とでもいうべき表現に出逢った。物書きが長年の体験で手の内とする技巧とは違って、それ以上に含みのある言いまわしである。とりわけ記憶力に自信のあったライクロフトが、たとえ漠然とながらでも、何かの役に立てようという考えがなかったら胸に去来することどもをわざわざ書きとどめはしなかったろう。どうやら、恵まれた無為の暮らしを送るうちに、もう一冊だけ本を書きたいと思うようになったのではなかろうか。自分の満足のためだけにしてもである。もちろん、それができれば何よりだった。ところが、おそらくは本の体裁をどうするか決めかねたと見えて、当てもなく書きためたちぐはぐな原稿を形よくまとめようと工夫した形跡もない。一人称で語ることはひどく嫌ったと想像する。いかにもおこがましい印象を与える憂えがあるからだ。今しばらく、知恵が熟するのを待った方がいいと逡巡《しゅんじゅん》するうちに、ペンは作者を見限った。

こう推量すると、この散漫な身辺雑記もはじめに抱いた感想以上に深いものがあるのではないかと思えてくる。故人を知る私は惹《ひ》かれるところ少なくなかった。この中から文章を選んで手頃な一書に編集することはできまいか。せめてその誠意だけでも伝わるなら、字面《じづら》をただ目で追うにとどまらず、心でものを読む人々のために決して無価値ではなかろう。それを思って再読した。ここには極く控《ご》えめな望みを果たして満足を知り、至福のうちに余生を送った一人の男がいる。並はずれて話題が豊富で、話術は衒《てら》いなく正確である。自身を語り、人間に求め得る限りの真理を説いた。これこそは万人の関心に応《こた》える心の記録である。私は刊行を決断した。

出版するとなれば、文章の選択と配列を考えなくてはならない。芸のない寄せ集めの一冊にはしたくなかった。脈絡を欠く文章各編に題名をつけ、あるいは事項ごとに括《くく》ったりすれば、何よりも大切な文章の自然な流れを損なうことにもなりかねない。採録を決めた編々を読み返して、天文気象や風物に関する言及が多いことにふと気づいた。その描写がまた、書かれた時季を極めて的確に捉えている。ライクロフトはもともと空模様に影響されやすく、季節の移り変わりに人一倍敏感な質《たち》だった。そこで、この本は春夏秋冬と、四季を章立てに編集することにした。どう区分けしたところで完全は望めまいが、ひとまずはこれで間に合うと思う。

G・G

春

1

ここ一週間あまり、ペンは手を触れぬままである。まる七日、手紙一通したためてもいない。何度か病に臥《ふ》せった時を除いて、人生でこのようなことはかつてなかった。人生、すなわち齷齪《あくせく》と労苦に身を砕かずしては立ちゆかない境涯である。すべからく人としてあるべきさまに生きるのとはことかわり、ただ恐怖に追われるばかりの人生だった。そもそも、金を稼ぐのは生きる手段であるはずが、十六の年で自立してから三十余年、稼ぐことそれ自体を目的と考えざるを得なかった。

使い古したペン軸は怨《うら》みに思っているのではあるまいか。さんざん働いてくれたではないか。それなのに、安楽に暮らすようになった今、手に取ろうともせず、埃《ほこり》をかぶるに任せているとは何ごとか。来る日も来る日もこの手に握って、気心の知れたペン軸である。どのくらいになるだろうか。少なくとも二十年はこれでものを書いてきた。トテナム・コート・ロードの文具屋で買ったことは憶《おぼ》えている。ついでに同じ店で文鎮も買った。大枚一シリングは身ぶるいが出るほどの贅沢《ぜいたく》だった。ペン軸は新しいニスの光沢に曇り一つなかったが、今やそれがすっかり剝《は》げ落ちて、裸になった木の軸は本《もと》から先まで白茶けている。指にはペン胼胝《だこ》ができた。

旧友にして、仇敵《きゅうてき》！　必要に迫られてうんざりしながら、何度このペンを握ったろうか。心は暗く気は重く、手がふるえて眩暈《めまい》がするのはいつものことだった。まっさらな白紙をインクで汚す恐怖といったらない。とりわけ、ちょうど今日と同じように、薔薇色《ばらいろ》の雲の間から春が碧《あお》い目で笑いかけ、日の光が書き物机に躍る時は地に咲きこぼれる花の香を恋い、丘の辺に萌《も》える落葉松《カラマツ》の緑や、揚《あ》げ雲雀《ひばり》の歌を思うと狂おしいまでに憧れが募ってじっとしてはいられない。少年期よりもさらに遠い記憶とも思えるはるか昔、自分から意欲を燃やしてペンを持ったことがある。手がふるえたとすれば、それは希望のためだった。だが、期待は裏切られた。書いたものは一つとして長く残る作品の名に価しなかったからである。今では何の痛痒《つうよう》もなくこれを言うことができる。若気のいたりで、ただ諸般の事情から目が出ぬままに年月を重ねたに過ぎない。不当な仕打ちを受けてはいない。年を取っていくらか知恵がついた分、不遇を託《かこ》たずにいられるだけでも幸せだ。だいたい、物書きが世に認められないことを根に持つ筋がどこにあろう。仮に不朽の名作と言われるほどのものを書いたとしてもだ。

いったい誰が執筆を頼んだのか。評価を約束したのは誰か。言《げん》を違《たが》えたのは誰だというのか。靴屋がそれは上等なブーツを届けてきたとして、虫のいどころが悪かったか何か、相応の理由もなしに品物を突き返したら、靴屋は腹を立てて不思議はない。だが、これが詩か小説となると、誰が買うと言っただろうか。作品が律儀な手間仕事で、かつ売れる当てがないならば、作者はせいぜい不運な職人と自ら慰めて諦めるよりしかたがない。仕事を天職と心得たら、過分に報われないからといってどうして品位を損なうことなく世を怨んだり呪ったりできようか。人知の働きを評価する試金石は一つあって一つしかない。後世の判断である。優れた作品を書いていれば、後の世が価値を認める。だが、人は概して死後の栄誉を望まない。生きているうちに、安楽椅子で名声に酔うなら本望だ。いや、それとこれとはおよそ話が違う。頑として夢を貫いたらいい。商人《あきんど》になったつもりで、自分の品物はほかで売っている値の張るまやかし物よりはるかに上等だと天下に高言することだ。事実、その通りかもしれない。だが、流行廃《はやりすた》りは時代の流れで、運が向いてこないのはいかにも辛《つら》い。

2

この部屋の、これに優《まさ》るものとてない静謐《せいひつ》。最前からここにこうしてただ漫然と空を見つめ、絨毯《じゅうたん》にこぼれて刻々に移ろう金色の日射しを眺めやっている。額入りの絵から絵へ視線を泳がせ、愛書の背文字を目で辿《たど》る。屋の内はひっそりと静まり返って物の動く気配もない。庭では鳥たちが囀《さえず》って、羽音も聞こえてくる。何なら、底なしの夜の静寂に溶けこむまで、終日このままじっとしていてもいい。

この家は、まずもって非の打ちようがない。ことのほか運よく望み通りの家政婦が見つかって、何一つ不自由な思いをせずにいる。もの静かでこまめに働く中年女で、頑健な上に隅々まで行き届き、それでいて孤独を厭《いと》わない。早起きで、食事の頃にはすっかり用を済ませて給仕のほかにほとんど何をすることもない。めったに食器の音をさせたりはせず、ドアや窓の開け閉めにもいっさい音を立てない。ああ、この静穏は何ものにも代え難い。

仮にも人が訪ねてくる気遣いはなし、自分から会いにいくなどは思いも寄らない。

友人某《なにがし》に便りをする義理がある。今夜のうちに手紙を書いてもいいのだが、明日の朝になるかもしれない。友人宛の手紙は気持が乗ったところで書くに限る。新聞はまだ見ていない。たいていは散歩から戻るまで拡《ひろ》げない。喧《かまびす》しい世の中で何が起きているか、知れば知ったでそれなりのことはある。人々が新たにどんな自虐の手段を見つけたか、どういった徒労の種を蒔《ま》いたか、どのような危難に遭い、どこでどうしていざこざが持ち上がったか、などなどだ。とはいうものの、朝まだきの清々《すがすが》しい気持をその手の悲しくも愚かしいことどもで乱されるのは面白くない。

この家は、まずもって非の打ちようがない。鼻がつかえるほどでなく、日用の常に従って伸び伸びと自由にふるまえる広さがちょうどいい。身一つの置きどころにこのゆとりなくしては、とても心は休まらない。建物もしっかりしている。木部も漆喰《しっくい》も、当節よりのんびりとして世の中がまともだった時代の念入りな仕事である。階段は昇り降りしても軋《きし》らず、肌を刺す隙間風《すきまかぜ》が吹きこむこともない。窓は開閉自在で少しも力はいらない。壁紙の色や図案といった些細《ささい》なことは、正直、どうだっていい。壁は鬱陶《うっとう》しくさえなかったら、それで満足だ。何がさて、家で大事なのは住み心地である。細部の美観は、懐具合と、末永く住まう意思と、鑑賞眼と、条件が揃《そろ》ってからで遅くない。

決して広くはない書斎も、わが目には壮麗である。何といっても、心の拠《よ》り所《どころ》であるためだ。これまで人生のあらかたは宿なしで、処々方々を転々と渡り歩いた。惨めな思いをしたところもあれば、居心地の好かった場所もある。が、とにもかくにもここへ来てはじめて安心を覚える家に落ち着いた。間の悪いめぐりあわせや、切羽詰まった事情から、いつ何時追い立てを食わないとも限らない境遇で、絶えず自身に言い聞かせていた。旨くすれば、いつか自分の家に住めるかもしれない。ところが、年とともに、旨くすれば、はますます遠く霞《かす》んで、運命が密かに笑いかけたその時はすっかり望みを捨てていた。やっとこうして居所が定まった今、新しい本を書架に置くたびに言う。これ、この目が黒いうち、読書の喜びにふるえが来る間はずっとここにいてくれろ。この家は向こう二十年の契約で借りている。そう長いこと生きられないことはわかっているが、もし生きながらえたとしても、家賃を払って、ただ食う分には困らない。

ついぞ日の当たることのない不幸な人々には同情を覚える。国教会祈禱書《きとうしょ》に新しく嘆願の連禱を加えるといい。「大都会の全住人、なかんずく、貸間、下宿屋、棟割り長屋、その他もろもろ、貧窮もしくは無思慮が造り出したであろう家もどきの、みすぼらしい仮の栖《すみか》に起き臥《ふ》し明かす人々すべてのために」

ストア学派の克己《こっき》の倫理を思ってみてもはじまらない。この狭い地球で人の住むところについてどうこう言うことの愚かしさは、むろん承知している。

神慮《しんりょ》の赴くところ、ことごとく
賢者の港、憂いなき安息の地

実は、かねてから英知を礼賛《らいさん》することにかけては人後に落ちない。格調高い哲学者の名文や、詩人の賦《ふ》する黄金の韻律に美の極致を見る。とうてい凡夫のおよぶところではない。ならば自分にはありもしない徳性を気取って何になろう。この身にとって、どこでどんな家に住むかは何にもまして重要な問題だ。と、こう正直に打ち明ければそれまでの話だ。世界市民ではないもので、イギリスを遠く離れて異国の土となることは思っただけで恐ろしい。そのイギリスで、自ら選んだこの家こそは心の栖である。

3

植物学は素人《しろうと》だが、昔から草本採集は楽しみとしている。知らない草花を見かけて図鑑を調べ、次に道端で出逢った時には名を呼んで挨拶する。これがいい。珍しい草花であればなおのこと、発見の喜びは増す。自然は名人級の絵描きで、ありふれた花はありふれた風景の中に置く。人が雑草と言って卑しめる野の花さえも見る目にくっきり焼きついて、そのはっとする美しさはとうてい言葉に尽くせない。珍しい花は別《べつ》誂《あつら》えで、絵師の心の微妙な陰翳《いんえい》を映して密やかに咲く。これを見つける喜びは、聖域に立ち入りを許された感激に似て、嬉《うれ》しい中にも畏怖《いふ》を覚える。

今日は遠くまで行って、車葉草《クルマバソウ》が白い小さな花をつけているのを見た。若い戸練子《トネリコ》の林だった。しばらく花に見とれたが、やがて周囲の若木のすんなりとした姿に心を引かれた。艶《つや》やかな樹皮の薄緑が目を喜ばせる。すぐ近くに西洋春楡《セイヨウハルニレ》の茂みがあって、その幹の縦に裂けたありさまが疥癬《かいせん》病みとでも言うほかに何とも形容し難いせいで、なおのこと戸練子が美しい。

どこまで遠く足を延ばそうと構わない。帰ってしなくてはならない仕事もなし、遅くなったところで誰が迷惑するでもなく、ましてや心配する誰もいはしない。野路《のじ》に牧場に春の光が眩《まぶ》しく溢《あふ》れている。うねうねと続く道を心当てに、どこへなりと行くなら行けばいい。春は忘れて久しい往年の元気を呼び戻した。足取りは軽く、疲れを覚えることがない。心は子供に返っていつか歌を口ずさんでいる。幼い時分に覚えた歌だ。

路傍の一幕。村を出た寂しい森のはずれで、年格好は十ほどの少年に出逢った。諸《もろ》手《て》に抱えた頭を木の幹に埋《うず》めるばかりにしておいおい泣いていた。わけを尋ねると、まだおよそ世間知らずと見える少年の泣きじゃくりながら切れ切れに言うことには、六ペンス持たされて借りを返す使いに出たのだが、その金をなくしてしまったらしい。気の毒に、一人前の大人なら絶望のどん底とでもいうべき苦悩に身も世もないありさまだった。長いこと泣き続けたに違いない。拷問に遭ってでもいるかのように顔を歪めて、手足はふるえが止まらなかった。泣き腫《は》らした目も、もの言う声も、悪を極めた罪人のみが挙げ句の果てに思い知る悲痛を訴えていた。それも、たかが六ペンスのためである。

もう少しでもらい泣きの涙を流すところだった。この場の模様が暗示するすべてに対する憐《あわ》れみと怒りの涙である。万物が人間の魂を祝福するまたとない栄華の時代に、子供だけに許された歓喜に浸っていいはずの少年が六ペンスの金を落としたばかりに胸も裂けるほどに泣いている。損害のただならぬことを少年は知っていた。親に合わせる顔がないという以上に、この不始末のせいで両親が被《こうむ》る傷手《いたで》を思うと生きた心地もない。六ペンスの紛失が元で一家は悲惨な目を免れない。こんなことが起きる「文明」の現状を、いったいどう言ったらきちんと説明できるだろうか。

咄嗟《とっさ》にポケットを探って、有り合わせで六ペンス相当の奇跡を働いた。

気持がすっかり落ち着くまで小一時間かかった。思うに、人の愚かしさに腹を立てたところで、少しは賢くなってくれと願うのと同じことで、あまり意味はない。この場合、大事なのは六ペンスの奇跡である。われながら、ふり返ってみれば人助けなど大それた真似のできる身分ではなく、それでもとなら一度は食事を抜く覚悟が必要な時代があった。だから、いいことをしたと喜んで言える。感謝しなくてはならない。

4

人生の途次、もしゆくりなく今こうして享受している身分に成り上がったなら、良心の呵責《かしゃく》に悩んだであろう時期があった。考えてもみるがいい。労働者階級の三世帯、もしくは四世帯の衣食を賄うに足る収入があって、家に一人でのうのうと暮らし、目をやるところ眺望絶佳、それでいて、自分は何をするでもない。この幸せを自己弁護するとなったら、さぞかし骨だったに違いない。当時は下層の大衆がどれほど苦労を背負って生きているか、常々、共感をもって意識せずにはいなかった。ローマの詩人ルカヌスの言う「人はいかにわずかなもので生きられるか」の意味は誰よりもよくわかっているつもりだ。ある時は路頭に迷い、ある時はみすぼらしい小屋に雨露を凌《しの》いで、「特権階級」に対する腹立ちと嫉《そね》みから起きる胸焼けがどんなものか知っている。ああ、そうだとも。そのくせ、ずっと自分は特権階級だと思っていた。今では露ほども自責の念を覚えることなく上流の数のうちに安んじている。ならば、腹の底から衝《つ》き上げる感情の切っ先が鈍ったかというと、そんなことはない。時と場合によっては、人生の収穫である無風の平穏をかなぐり捨てるぐらいわけはないが、そこを一歩退《しりぞ》いて、見て見ぬふりで過ごすとすれば、それはここに一人、文明人たるにふさわしい住人がいていいのであって、世界のために害はないと信じるからだ。持ち前の気性でやむにやまれぬ向きは社会の不正を叫べばいい。遠慮は無用、思うさま声を上げることだ。使命と心得るなら、行って闘えばよかろう。だが、他人は他人で、そのようにふるまうのは自然の教えに反することと思っている。多少とも自分でわかっているのは、静かな瞑想《めいそう》の人生を送るように出来上がっていることだけだ。美徳というのもおこがましいが、与えられたものを活かすにはそれしかない。半世紀の余を存《なが》らえて、何よりも現世を闇《やみ》にする害悪と愚行は静寂のうちに身を持することを知らぬ者たちの仕業だと悟った。人類を破滅から救う善美はあらかた静思がこれを生む。世の中、日増しに騒々しくなっている。何はともあれ、この喧噪に荷担することだけはごめんこうむりたい。沈黙をもってながら、人々すべてに幸あれと祈る。

国が歳入のなにがしかを年金にふり当てるだけで、人口の五分の一が現在この身と同じほどに潤うならどんなにいいか知れない。

5

サミュエル・ジョンソンは言った。「それ、貧困は害悪ならずと説く議論はなべて貧困のはなはだ邪悪なることを明かしている。裕福であれば幸せに暮らせると、誰が言葉をつくして論じようか」

風貌魁偉《かいい》な往古の碩学《せきがく》は自身が何を語っているかとくと心得ていた。貧困とは、もちろん相対的な概念だが、いろいろと意味がある中でも、特に個々人の知性の評価を含む言葉である。新聞が伝えるところを信じるなら、イギリスには大層な肩書きを持ちながら、週に二十五シリングの収入が約束されればもはや貧者とは名乗れない男女がいるという。何となれば、その知的要求は馬丁《ばてい》や皿洗いの女と変わりないからだ。かく言う私もそれだけの金があれば生きるには困らない。だが、貧しいことといったらない。

本当に貴重なものは金では買えないという。さんざん言い古されていることだが、これは金に困ったことのない人間の浅知恵だ。年々の稼ぎがほんの何ポンドか不足だったばかりに味わった悲惨や、嚙《か》みしめた無念を思い出すと、金の大切さに愕然《がくぜん》とする。どれほど罪のない喜びが、そう、人間なら誰しも願うささやかな幸せが、貧困ゆえに奪われたことか。親しかった誰彼とは年とともに疎遠になった。悲哀、誤解、いや、わずかな金がないだけで思うに任せない無力に原因する酷薄な人間疎外など、不如意《ふにょい》のために妨げられ、禁じられたつましい快楽や満足を数えだせば切りがない。不自由な立場にあるというに過ぎない理由で友人を失った。知り合えば肝胆相照《かんたんあいて》らしたであろう友人とも近づきにならずに終わった。孤独を託ったこともある。知に飢えて交友を求めている時の辛い孤独は人生を暗黒にした。それもこれも、すべて貧乏のせいである。この国の硬貨で買えない徳目は何一つないと言って過言ではなかろう。

サミュエル・ジョンソンは重ねて言った。「貧困は大いなる邪悪であり、危険な誘惑を孕《はら》み、過酷な悲嘆を宿しているゆえに、これを回避せよと強く叫ばずにはいられない」

自分のことをふり返れば、貧困を遠ざける努力など声を大にして言われるまでもなかった。歓迎すべからざる相部屋にどれほど苦労したか、ロンドン中の少なからぬ下宿屋が知っている。貧という名の毒婦が最後までつきまとわなかったことを思うと驚嘆を禁じ得ない。造化《ぞうか》の気まぐれであろう。今でも時折り夜中に寝覚めては漠然とした不安を覚える。

6

あと何度、春を迎えることができるだろうか。楽天家なら十回、十二回と言うだろうが、ここは内輪に見積もって、五、六度としておこう。これだって大変なことだ。草黄《クサノオウ》が萌えだして、やがて薔薇《バラ》の芽が含《ふふ》むさまを床《ゆか》しく眺め、喜びをもって迎える五度、ないし六度の春。どうしてこれがいじけた恵みなものか。大地が粧《よそお》いを新たに、得も言われぬ美と輝きに満ちた奇跡の光景が、まだなお五度も六度も眼前に展開する。それを思うと身に過ぎた望みではないかと恐ろしい気がする。

7

「人間は愚痴の固まりで、自分の不幸をくよくよ思ってばかりいる」さて、どこから引いた言葉だろうか。フランスの神学者、ピエール・シャロンの著書で見たのだが、出典は明かされていなかった。以来、何かにつけて気にかかる。悔しいかな、穿《うが》った警句である。人がどう取るかは知らず、わが身のためには長いことその通りだった。思うに、人生は往々にして、自己憐愍《れんびん》の贅沢なしにはやりきれない。これが無数の人間を自殺から救っているに違いない。自分の不幸を語ることが非常な救いになるという向きもあるだろう。だが、その種の泣き言は身の不幸をくよくよ思いつめる究極の慰めにはおよばない。そこはよくしたもので、私は何であれ過去にはこだわらない主義である。目前に危難が迫ってさえ、懐古趣味が深く根を張って考えを支配する悪癖にまでなったことは絶えてない。つい愚痴が出れば自分の弱みを知る。思い悩んで慰むようではわれながら腑甲斐《ふがい》ない。不幸をくよくよ思ったにしても、鼻で笑ってそれまでだ。今では万物を掌《つかさど》る測り知れない力によって、過去はすっかり葬られている。いや、それ以上に、これまで生きるために乗り越えなくてはならなかったすべてを晴々と、快く受け入れることができる。それが定めだったし、事実、その通りになった。自然はかくして今の私を作り上げた。何のためかは知る由もないが、永遠の持続の中で、これが与えられた場所である。

かつて寝ても覚めても恐れていたように、晩年をなす術《すべ》もない貧窮のうちに過ごさなくてはならないとなったら、これだけの哲学を達成し得たろうか。意気地ない自己憐愍の深みに落ちこんで、頭上はるかの光明から頑《かたく》なに目をそむけ、貧すれば鈍するでふてくされているのではなかろうか。

8

この景勝の地デヴォンの早い春の訪れは心を楽しませてくれる。同じイギリスでも、和みの空ではなく、今にも泣きだしそうな空の下で桜草《プリムローズ》がふるえているような地方を思うとぞっとする。一面の雪景色で髭《ひげ》に霜が降りる本式の冬なら歓迎しないでもない。だが、カレンダーの約束が延び延びになっている三月、四月の重苦しく陰鬱な天気や、爽やかな五月に情け容赦なく吹き荒れる風は人の心を挫《くじ》いて夢を奪う。当地では、最後の一葉が落ちたか、常磐木《ときわぎ》に白霜が光るのを見たか、ほとんど気にかけることもないままに、吹き寄せる西の風が若芽と花の期待を誘う。雲脚の速い灰色の空にまだ二月が威勢をふるっていながら、春の気配はすぐそこまで近づいている。

接骨木《ニワトコ》の葉叢《はむら》は風にそよぎ、
さすらいの牧人ら
やがて山査子《サンザシ》の咲くを知る。

ロンドンで暮らした若い時分を思い出す。あの頃は季節の移ろいを感ずるでもなく、空を見上げるのは稀で、行けども行けども大路の尽きない石の街に幽囚《ゆうしゅう》同然の身を苦にすることもなかった。ふり返ってみれば不思議なことに、五、六年もの間、緑の牧場を見てもいず、木立に囲まれた郊外まで足を運ぼうともしなかった。生きるだけで精いっぱいである。一週間先、食うに事欠かず、住むところがあるかどうか、心配を忘れたことはめったにない。八月の暑い午後などに海を思ったとしても無理はないが、土台、手の届かない贅沢で、欲求不満を抱くにはほど遠かった。実際、人々が骨休めにどこかへ出かけることなどすっかり忘れていたように思う。貧しい界隈は、季節の変化が目に見えて暮らしに彩りを添えはしない。山積みの荷物に旅の快楽を見よかしにして街を行く馬車もない。周りはみな朝晩、活計《たずき》に追われて汗水を流し、それは私も同じだった。読書に倦《う》んで懶《ものう》い日盛り、どう知恵を絞っても眠気のさした頭は働かず、近くの公園へ出かけてはみたものの、気分転換にはならずにがっかりしたこともある。いやはや、当時はさんざん苦労した。ただ、どう間違っても自分を可哀想には思わなかった。いくらか弱気になったのは、過労と汚れた空気、栄養失調、それに、何やかやと災難が重なって健康を害してからのことだ。途端に田園や海浜の暮らし、あるいはもっと分不相応な境遇に対する狂おしいまでの願望が湧き起こった。が、それはともかく、貧苦に喘ぎ、今から思えば背筋が寒くなるような悪条件と闘っていた当時、被害者意識は欠片《かけら》もなかった。嘘《うそ》ではない。あの頃は自分が脆弱《ぜいじゃく》な人間だとは考えもしなかったのだから。丈夫な体は何があろうとびくともせず、気力は充実して、意地悪な情況など物の数でもない。どんなに励まされずとも、希望は果てしなかった。思い出すだに鳥肌が立つほどの粗末な場所に寝泊まりすることはしばしばだったが、一晩ぐっすり眠って朝起きれば潑剌《はつらつ》として、闘わんかなの意気に燃えていた。食事は一切れのパンにコップ一杯の水だけという日も珍しくなかった。人間の幸福を考えると、あの頃の自分は果たして本当に不幸だったかどうか、何とも言えない。若くして辛《つら》いところを通る人間は、まずたいてい、友人が頼りである。ロンドンはラテン区のない街ながら、文学を志す熱心な初学者の多くはトテナム・コート・ロードの下宿街や、みすぼらしいチェルシーに相性のいい友人がいて小さな群を作り、因襲に囚われないボヘミアンを気取って幅をきかせていた。自分のことを言うのは気が引けるが、どこの群にも出入りしないのは異色だった。行きずりの付き合いは願い下げで、苦しかった時代を通じて本当に腹を割って話した相手はたった一人しかいない。出世の蔓《つる》を求めて人にすがるのは性分が許さず、何であれ収穫の名に価するものはすべてこの手で摑《つか》み取った。好意は有り難迷惑だが、ましてや助言はしゃらくさい。相談となれば、自分の頭と肚《はら》で充分だ。切羽詰まって是非におよばず、何度か赤の他人に頭を下げて生活の資を得るために便宜を図ってもらった。忘れようとして忘れられない生涯の屈辱である。もっとも、友人や同学に金を借りるのはそれ以上に耐え難かったろう。打ち明けた話、ついに「社会の一員」を自覚するには至らなかった。厳然として揺るぎない存在は自身と世界だけで、ただひたすら、敵対関係が二つを結びつけていた。今もって私は社会秩序の一端を担うことからかけ離れた余計者ではあるまいか。

以前はこの立場を自嘲《じちょう》混じりに誇っていたが、今では悲劇とこそは言わぬまでも、生まれ変わったらまたこれで行きたいとは思わない。

9

かれこれ六年あまり、舗道を歩くばかりで母なる大地を踏むことがなかった。公園は草の緑で上辺を飾った舗装でしかない。とかくするうちに最悪の時期は過ぎた。なに、最悪だ？　いやいや、もっと悪いことが待ち受けていた。若くて元気のあるうちは、飢えとの闘いもそれなりに張り合いがある。が、それはともかく、独り立ちしてから何はともあれ、必ず向こう半年の衣食を賄うだけの備えは欠かさなかった。健康でさえあれば、かつかつながらまだ何年も稼げる計算だった。それも、好きな時に好きなように自前で稼ぐ収入である。雇い主に扱《こ》き使われる勤め人の暮らしは考えるだけでおぞましい。物書き商売の誉れは自由と気位である。

実際はといえば、当然ながら、主人一人ではなく、何人もの主人に仕えた。独立が聞いて呆《あき》れる。作品が編集者、発行人、読者に受けなかったら、どうして筆一本で食えるものか。作品が当たれば、その分、雇い主は増える。物書きは大衆の奴隷である。

幸いにも、読者という捉えどころのない一部の集団に認められて、どうやら物書きの端くれとなり、しばらくは読者の方でも支持してくれた。しかし、だからといって自分で築いたこの地歩を守り通せると信じていいだろうか。苦労しているのは誰しも同じで、人は自分より不安定な暮らしをしているなどと、いったいどうして言えようか。今にしてそれを思うと、崖《がけ》っぷちを危なかしげに歩いている人を見てはらはらするのと同じような恐怖に襲われる。まる二十年、ペンと紙切れだけで食いつなぎ、家族を養ってきたことをふり返ると実に驚嘆を禁じ得ない。体を壊すこともなかった。右手にペンを握るほかに何の能もない男を寄ってたかって痛めつけようとする敵勢の総攻めにもどうにか持ち堪《こた》えた。

はじめてロンドンから脱出した時のことを思いながらこれを書いている。やむにやまれぬ衝動に急《せ》かれて、イギリスでもまだ知らずにいたデヴォンへ行く決心を固め、三月の末にむさくるしい下宿を飛び出すと、自分が何をしているのかよくよく考える遑《いとま》もないままに、気がついてみれば今いるところにほど近い日の当たる場所に座っていた。目の前にはエクス河の緑の谷が開け、松に覆われたホールドンの丘が続いている。生涯に何度かという、舞い立つ歓喜の瞬間だった。不思議な心境は曰《いわ》く言い難い。幼年期から青年前期まで田舎で暮らし、景色のいいイギリスはよく知っているはずが、この時はじめて自然の風景を見る思いだった。ロンドン時代にそれ以前の記憶が色褪《いろあ》せてしまい、都会で生まれ育って街景色しか知らないのと同じようになっていた。明るい光と澄んだ空気が超自然の働きに思われて、後年、イタリアの風光から受けた感動にほぼ近いある種の効果をもたらした。折しも頃は爛漫《らんまん》の春で、深く澄んだ空に片雲が漂い、大地はうっとりする芳香を放っていた。ここではじめて自分は太陽崇拝者だと悟った。天空に太陽があるか否かを考えもせずに、よくまあ長いこと生きてきたものだ。光溢れる蒼穹《そうきゅう》の下に額《ぬか》ずいたとしても不思議はない。歩きながら、ほんのわずかな日陰をも避けよう避けようとしていることに気づいた。樺《カバ》の木一本の影さえがこの無上の喜びを奪い去りはすまいかと恐れずにはいられず、降りそそぐ金の光が惜しまずこの身に祝福を与えてくれるようにと、帽子は取った。この日は三十マイルほど歩いたと思うが、少しも疲れはしなかった。たとえ束の間ながらでも、まためように元気になれたらいいのだが。

これを機に、新しい人生を踏み出した。以前の自分とその後では、まるで人間が変わっている。たった一日にして見違えるほど成熟したと言えようが、それまで自身のうちで知らず知らずに発達していた能力と感性を進んで享受するところへ、不意にさしかかった格好である。一つだけ例を挙げるなら、かつては草木や花にとんと関心がなかったが、今では季節の花や、道端の名も知らぬ草にまで強く惹かれるようになっている。散策に出れば手当たり次第に草花を摘《つ》み、知らない植物は翌日にも図鑑を買い求めて残らず名を確かめようと思う。一時の気まぐれではない証拠に、野の花を愛《め》でる喜びは尽きず、すべてを知りたいと願う心はその後も変わらない。知識の乏しかった頃をふり返るとわれながら恥ずかしい。もっとも、都会暮らしだろうと田舎に住んでいようと、この点はたいてい同じだろう。春先、生け垣の陰で行き当たりばったりに摘んだ何種類かありふれた草の名を、すべて正確に言える人間がどれだけいるだろうか。私のためには、草花は晴れやかな解放と喜ばしい覚醒の象徴《しるし》である。あるところで、はっと目から鱗が落ちた。それまでは、そうと知らずに闇の中を歩いていたと言うまでの話だ。

当てもなく歩きまわった春のことはよく憶えている。エクセターのはずれに近く、都会よりは田園の風情を匂わせる片町に止宿して、朝ごとに散策に出た。これ以上はない麗《うら》らかな陽気にはじめて知る高揚を味わった。芳しい空気は心を浮き立たせる傍ら、それに劣らず気持を慰める。蛇行するエクスの流れに沿って、ある時は内陸に向かい、ある時は海側へ下った。花満開の果樹園を抜けて、温かく緑豊かな渓谷に遊んだこともあり、行くほどに格式が上がる農家を伝い、深い森に抱かれた村また村を経て、松が枝を交わす尾根の高みから去年のヒースが茶色に枯れた泥炭地を見おろしたこともある。白波が砕けるイギリス海峡は目の下で、吹き上げる風が頰を嬲《なぶ》った。眺めわたす絶景は歓喜を呼び覚まし、感悦の果ては我を忘れるほどだった。心楽しく満ち足りて、来《こ》し方《かた》行く末を思うでもなく、根っから身勝手なところから、今の自分のありさまをつくづく考えようとせず、この幸せをもっと恵まれた他人の境遇とくらべて思い迷うこともない。こうして過ごす時間は体にいい。これでいくらか寿命が延びた。闌《たけなわ》の春の逍遙は、まだこの頭がものを学ぶ余力を残している限りにおいて、許された晩年を存分に生きることを教えてくれた。

10

心身ともに、実際の年よりかなり老いこんでいるに違いない。過ぎ去った青春を鬱々と思い返してばかりいるとは五十三を迎えた男にあるまじきことだ。喜びの季節であるはずの春の訪れは、決まって憂愁に満ちた追懐《ついかい》を誘う。失われた青春の記憶である。

いつかロンドンへ出かけて極貧の時代に身を寄せた場所を隈《くま》なく再訪しようと思う。かれこれ四半世紀ぶりだろうか。つい先頃までは以前のことを問われれば、通りの名や、ロンドンの朧気《おぼろげ》な印象は頭にあるものの、思い出しても寒気立つ、と答える常だった。それが、実のところ、辛く苦しかった昔の惨めな記憶を疎《うと》まなくなってすでに久しい。今では夢と現実があまりにも違う不幸をそっくり受け入れているせいで、貧乏時代を面白がってふり返るのもまんざら悪くない。その後、どうにか人並みに暮らして食うだけは困らなくなった身の上を思うよりはるかに愉快なほどである。いつかロンドンへ行って一日か二日、かつての悲惨な窮乏を懐かしんでみたい。昔の面影を残していない場所もある。トテナム・コート・ロードの取っつきのオックスフォード通りからレスタースクウェアに続く曲がりくねった道はよく憶えている。いつも霧に閉ざされてガス灯が侘《わ》びしい光の輪を落としている迷路のどこだったか、ショーウィンドウにパイやプディングを並べている店があった。陳列棚の金属の板の小さな穴から湯気が出て品物が冷めない仕掛けになっていた。一ペニーの金がないばかりに空きっ腹を抱えて、何度あの店先に立ちつくしたことだろう。飢えの記憶そのものとも言えるあの店も、通りも今はなく、惨めな空腹の口惜しさを果たして誰が知っていよう。だが、その一方で、当時のままの景色はまだここかしこに残っているはずだ。慣れ親しんだ舗道を踏んで、みすぼらしい店々の汚れで曇った窓を覗《のぞ》いたら、さぞかし不思議な感興を催すことだろう。

トテナム・コート・ロードの西側から少し奥まった路地を思い出す。しばらく暮らした上階の裏の小部屋から、ゆえあって路地に面した穴蔵へ移ったが、記憶に間違いがなければ、部屋代が週六ペンス上がった。あの頃の六ペンスといえば食事が二度できる金だからこれは大きい。たまたま道で六ペンス拾ったことがあって、その時の狂喜は今も思えば笑いがこみ上げてくるほどだ。穴蔵の床は石敷きで、家具はテーブルと椅子と洗面台、それにベッドだけだった。窓は当然ながら、建物ができてから一度も拭《ふ》いたことがない曇り具合で、そこを透かして路地と建物を結ぶ渡り板の間から乏しい光が差しこんでいる。この穴蔵で、ものを書いて暮らした。そうだとも。粗末な樅《モミ》材のテーブルから、文学作品は生まれたのだ。テーブルにはホメロスや、シェイクスピアや、爪に灯《とも》を点して買い求めた蔵書がだんだんに数を増した。夜はベッドに寝て、勤番交替に向かう警官隊の、ザック、ザックという靴音を聞いた。ごついブーツが窓より高い路肩の渡り板を踏み鳴らすこともあった。

大英博物館の悲喜劇めいた一齣《ひとこま》も生涯の思い出である。ある時、手洗いの流しが並んでいる上の壁に新しい貼り紙がしてあった。注意書きに曰く「見学者はこの水盤をたまさかの手指洗浄のみに使用するものと承知すべきこと」。これはしたり。何と、意味深長ではないか。私自身、博物館が考えている以上に備えつけの石鹸《せっけん》と水をふんだんに使って恥じなかったし、それを言うなら、あの豪壮なドームの下で働きながら、もっと盛大にもったいないことをしている凡人はいくらもいる。貼り紙を見て、思わず声を立てて笑った。ただごとではない。

すっかり忘れて思い出せない塒《ねぐら》もある。あれやこれやの事情から、絶えず住むところが変わった。持ちものは小さなトランク一つに納まるから引っ越しの苦労はない。時として、同宿の他人に我慢がならなかった。とりたてて気むずかし屋ではなかったし、同じ屋根の下で暮らす人間と親しく接することはなきに等しかったが、それでも、人と鼻を突きあわせている煩《わずら》わしさが忍耐の限度を越えて、いたたまれなくなれば自分から飛び出した。さもなければ、伝染病の危険から逃れるための所替えである。ひどい場所に住んで、食うや食わずで無理を重ねながら、よくまあ命にかかわる病気をせずに済んだと思うと驚嘆のほかはない。一番えらい目に遭ったのは軽度のジフテリアで、これは原因を辿れば階段の下のゴミ入れに行きつくと睨《にら》んでいる。そのことを言うと、下宿屋の女将《おかみ》はびっくり仰天したが、たちまち眉《まゆ》を吊《つ》り上げて怒りだし、ついには出るままの悪口雑言を背に浴びて部屋を引き払う破目になった。

とまあ、いろいろありはしたものの、貧乏を別とすればまずもって悲嘆を託つには当たらない。まだ駆け出しの三文文士が「家具付き、世話付き」の下宿に払える部屋代は週四シリング六ペンスがやっとで、これでは大ロンドンで快適に暮らせようはずがない。高望みをすることはなかった。外部との煩わしい接触を避けて閉じこもれるわずかな空間があればそれでいい。都市生活の快楽に乏しかろうとどうだろうと、一向に構わない。階段用の絨毯などはあらずもがなに思えたし、絨毯を敷きつめた部屋で暮らすというのはとうてい考えられない贅沢だった。眠りは深い質《たち》で、今なら見ただけで節々が痛くなるだろうようなベッドで夢も見ずに熟睡した。ドアを閉めきって、冬は暖を取るだけの焚《た》きものがあり、静かにパイプをくゆらせる。何はともあれ、これこそが肝腎だ。このささやかな要求さえ満たされれば、どんなに粗末な下宿でも心は豊かで、世をはかなむ筋はなかった。それにつけても、思い出すのはシティ・ロードにほど近いイズリントンの下宿屋だ。窓からリージェント運河を見おろす部屋だったが、おそらくは記憶する限り最も始末の悪いロンドンの霧をここで体験した。三日の間ランプの灯《ひ》を絶やすこともならず、時折り窓越しに向こう岸の人家の明かりがぼんやり見えるほかは、あたり一面、黄ばんだ薄闇に閉ざされている。窓に映るのはランプの火影と自分の顔だけだ。霧が晴れない中で、われとわが身を惨めに思ったろうか。どういたしまして。何もかも包みこむ冥暗《めいあん》は、その分、かえって狭苦しい炉端を心地よい場所にするようだった。石炭と、油と、タバコの貯《たくわ》えは充分ある。読む本もある。仕事は意欲をそそる。そこで、シティ・ロードまで出かけ、コーヒー・ショップで形ばかりの食事もそこそこに下宿へ取って返した。ことほど左様に、あの頃は志があった。希望に燃えていた。人が憐れんでいると知ったらさぞかし驚き、かつ憤然としたことだろう。

　自然は時に仕返しをした。冬には咽喉《のど》が真っ赤に腫れて、割れるような頭痛がしつこく続いたりする。もちろん、医者へ行くことなど考えもしない。どうしても具合が悪いとなれば、ドアに鍵をかけてベッドに臥《ふ》せり、飲まず食わずで快復を待つだけだ。下宿屋の女主人に約束にはないことを頼むわけにはいかない。親切で世話をしてくれたこともないではないが、ほんの一、二度だったろう。ああいうところを持ち堪えてどうにか乗りきったのは若い強みで、つくづく有難い。三十年前を思えば、今の自分はまるで意気地のない出来そこないだ。

11

屋根裏や穴蔵の貧寒な暮らしに戻れるだろうか。五十年後に今現在の満足が約束されていない限り、とうてい無理な相談だ。人間はどこまでも感傷的な諦めの発想から、ものごとの良い面だけを見て厭《いや》なことは忘れ、果ては自分を強固な楽天家に仕立て上げる。ああ、何と無駄なことだろう。それでは若い力と意欲の空回りではないか。虫のいどころによっては、若いからこその漲《みなぎ》る力がさもしい人生の闘いに傾けられている図を見ると涙が出る。残念でならない。良心に多少とも意味があるものなら、若い時分をそんなふうに過ごすのはとんでもない間違いだ。

ユートピアを尋ね求めることなく、人間の若さとは何かを考えてみるといい。十七歳から二十七歳までの前途に開けている機会の半分なりと、純粋な歓喜や、努力が報われる愉快に結びつけることのできる人間は千人に一人もいまい。それどころか、人はみな窮乏、不測の厄難、短慮などさまざまな理由から歪んで煤《すす》けた人生の出発をふり返らざるを得ない。青年が底知れぬ陥穽《かんせい》を避け、しっかりと目を開けて、いわゆる絶好の機会を見逃さず、なおかつ行きすぎた思い上がりを戒めて思慮深く我欲と物欲を自制するならば、それこそは若さにものを言わせることであり、人の鑑《かがみ》と仰がれて胸を張るに価する。当今の文明社会で人生に直面する若者にとって、ほかに追求の容易な理想があるかどうか疑わしい。忍従が唯一、どう転んでも安全な道である。その上で、人が円熟を重んじ、理性が人類の幸福に資《し》するならどのように生きるか、無難な道とくらべると見えてくるものがある。中には極《ご》く少数ながら、純粋な歓喜に満ちた少年時代を思い出せる人間もいる。その後の十余年はずば抜けた能力を遺憾《いかん》なく発揮して、おそらくはそれに伴う甘美な記憶が生涯の旋律と和声を奏で、リズムを刻んでいる。誰もが詩人になれるわけではないのと同じで、そういう人間は稀である。大多数は若い頃を思ってもみず、たまたまふり返ったところで、失われた機会を惜しむでもなければ、軽くあしらわれたことに気づくでもない。その種の鈍な大衆と引きくらべて、はじめて私は忍耐と苦闘の若き日を誇ることができる。行く手には目標があった。並みの人間とは違う遠大な目標だ。飢えにさいなまれても心に決めた方向を見失うことはなかった。が、それはともかく、空腹を抱えてみすぼらしい下宿にくすぶっていた若輩《じゃくはい》と、多少とも知恵が働いて意欲旺盛な青年の人物像を突き合わせてみると、効き目の速い毒一服が貧に絡まれた辛苦の病には何よりの療治《りょうじ》だった気がする。

12

書架をひと渡り打ち見ると、きっとチャールズ・ラムが『エリア随筆』で自身の蔵書を名づけて言った「弊衣《へいい》の老兵たち」を思い出す。ここにある本はどれもみな古書肆《こしょし》で購《あがな》ったというのではない。それに、古本ながら新刊同様の状態で買ったものもあり、どっしりと見事な装幀の美本を手に入れたこともある。ところが始終あちこち移り住んで、その都度《つど》、さして多くはない蔵書をずいぶん粗末に扱った。ありていは、根が無精で不器用なために、常日頃から本の取り扱いにはまるで神経が行き届かない。愛着の深い本さえが不当な仕打ちを受けた痕《あと》を残している。一度ならず、梱包《こんぽう》用の木箱に打った大釘《おおくぎ》が表紙を貫いて紙葉を穿った。これなどは、わが蔵書が被った何よりも痛ましい破損である。暮らしにゆとりができて気持もすっかり落ち着いている今は、以前と違ってすることが丁寧だと自分でも思う。境遇が人を作るという奥ある真理の証《あかし》だろう。まあ、それはそれとして、綴《と》じ糸がほつけたりせず、本が一巻の体裁を保っている限りは見場にこだわることはない。

本は図書館で借りて読めばいいのであって、自分の書棚に並べるまでもないと言う人々がいる。どうにも理解できない。本にはそれぞれ独特の匂いがあって、ページから立ちのぼる匂いを嗅《か》ぐだけでその一書にまつわる記憶がそっくり蘇ってくるからだ。例えば、手許《てもと》のギボンはミルマン版全八巻の上製本で、三十年来、何度となく読み返しているのだが、表紙を開いて玄妙な香りがこの全集を褒美にもらった時の意気高らかな喜悦を呼び戻さなかった例しがない。シェイクスピアは決定版と折紙のついたケンブリッジ編シェイクスピア大全集で、その香気はもっと遠い記憶を誘う。もともとは父の蔵書で、まだ読んで理解するにはいたらなかった幼少の頃、親の思《おぼ》し召しでちょくちょく書架から一巻を取り出し、自分の部屋でうやうやしくめくることを許されたからである。全集の匂いは今も昔そのままで、手にすれば不思議に穏和な情趣が心を満たす。そのために、シェイクスピアをこの版で読むことはめったにない。年のわりに目は悪くなっていないので、読むならばグローブ本と決めている。これは大部な全集を買うことが途方もない冒険だった時代に求めた。それゆえ、グローブ版のシェイクスピアには犠牲の痛苦と抱き合わせの思い入れがある。

犠牲と言っても、上流気取りの偉ぶった意味ではない。本来なら生きるために遣うはずの金でたびたび本を買ったというまでの話だ。知的欲求と肉体の必要に引き裂かれて古本屋台や書店の前に立ちつくしたことが何度あったか知れない。時分時《じぶんどき》、空きっ腹が鳴るのを堪《こら》えながら、前々からほしいと思っていた本が願ってもない安値で古本屋に出ているのを見かけたとなると、どうして素通りできようか。だが、本を買えば飢えに苦しむことはわかりきっている。クリスチャン・ゴットロープ・ハイネの編纂になる『ティブルス』に飛びついた時もちょうどそんなふうだった。グッヂ通りの由緒ある古書店の投げ売り屋台で、ここには紙屑《かみくず》の山に混じって価値ある稀覯《きこう》本が並んでいることがよくあった。値札は六ペンスである。六ペンス。あの頃は食事といえば昼の一食で、オックスフォード通りのこれも格式のあるコーヒー・ショップで済ます習慣だった。今時あのように品のいい古風なコーヒー・ショップはもうどこにもないだろう。懐中にはなけなしの六ペンス。泣いても笑っても、持ち合わせはこれだけだった。きちんと食べる気なら、かつかつ一日分だ。だが、『ティブルス』はなにがしか入る当てのある翌日まで待ってくれるとは限らない。ポケットの銅貨をまさぐりながら、屋台を横目に歩道を行ったり来たりした。意識のうちでは二つの欲求が鬩《せめ》ぎ合ったが、ついに意を決して本を買い、下宿でパンとバターだけの食事をしながら貪《むさぼ》り読んだ。

『ティブルス』の最後のページに鉛筆の書き込みがあった。「読了、一七九二年十月四日」。百年近く前にこの本を持っていたのは、いったいどんな人物だろうか。ほかに書き込みはなかった。貧しい学者と思いたい。私と同じ、貧しいながらも意欲はあって、命を削ってこの一巻を買い、歓喜のうちに読み通したに違いない。その喜びのいかばかりか、なまじなことは言いかねる。心優しいティブルス。思えば今に伝わるこの詩人の面影はローマ文学史に名を残す誰よりも慕わしく、親愛の情を誘う。

幽邃《ゆうすい》の森に思えらく
何かは賢徳の士に似合わしき

書架をぎっしり埋めている本の一冊一冊にいわれがあって、手に取れば苦労と快悦の記憶がありありと蘇る。あの頃は本を買うほかに金がいることはなかったし、だいたい、金のことなど考えもしなかった。喉《のど》から手が出るほどほしくてならず、体の栄養よりも大事だと思う本はある。もちろん、大英博物館へ行けば本は好きなだけ読める。とはいえ、自分で所有して自分の書架に置くのと、借りて読むのではわけが違う。時にはずいぶんひどく傷んだ古書も買った。愚かしい書き込みがページを汚し、おまけにあちこち破けて染みだらけの捨て売りだ。それでも、人から借りるより自分の本を読んだ方がいい。反対に、ほんの出来心からうかうかと、どうしても読みたいというほどでもない本に手を出す失敗を犯したこともある。多少の分別を働かせれば買わずに見送ったろう本である。今ここにある『ユング－シュティリング』もその口で、たまたまホリウェル通りで目に止まった。ユングの名はゲーテの『詩と真実』で見て知っていたが、立ち読みするうちに興味が湧いた。しかし、その日は十八ペンスの持ち合わせがなくて諦めるしかなかった。そのくらい、当時は貧しかったのだ。それから二度ほど店の前を通ったが、『ユング＝シュティリング』は売れていなかった。そうこうするうちに懐が潤って、ホリウェル通りへ急いだ時のことは今もよく憶えている。あの頃は一時間に五マイル歩くのが普通だった。本屋の亭主の色浅黒い老人は何という名だったろうか。カトリック神父のなれの果てに相違なく、なおそれなりの威厳らしい空気を漂わせていた。亭主は本を開いて物思わしげにこっちを見ると、声に出して考える口ぶりで言った。「ああ、これを読む閑があればなあ」

本を買って飢える苦しみに加えて、時たま荷物運びに体を使った。ポートランド・ロードの停車場に近い小さな本屋でギボンの初版本を見つけたが、何と一巻一シリングという信じられない値段だった。少しの汚れもない四つ折り判で、これを手に入れるためならコートを売っても悔いはない。その場では懐中不如意だったものの、この時ばかりは珍しくも帰れば貯えがあった。下宿はイズリントンである。店の主人にわけを話して下宿へ帰り、金を持って取って返すと、何巻もの大冊を担いでユーストン街のはずれから、エンジェル小路をはるかに越えたイズリントンまで歩いた。二度に分けて運んだが、ギボンをただ重量とだけ意識したのは生涯を通じてこの時ばかりである。一日に二度、いや、金を取りに帰った往復も数えれば日に三度、ユーストン街を下ってペントンヴィルを登った計算だ。季節はいつのことだったか、天気がどうだったか、憶えていない。いい買い物をした喜びがいっさいの感情を払いのけていた。思い出すのは、なにしろ重かったことだけだ。信念は人一倍でめったに挫けはしなかったが、筋力はからきしで、ようよう下宿に辿り着いた時は息切れがして椅子にへたりこむありさまだった。汗みずくの上に全身の筋肉が弛《たる》んで言うことを聞かず、肩は抜けるように痛い。それでいて有頂天のあまり、草臥《くたび》れたとは思いもしなかった。

裕福な向きはこれを聞いて呆れ返ることだろう。本は買った店に言って届けさせればいいではないか。待ちきれないなら、ロンドンの街には乗合馬車があるのだから、えっちらおっちら担いで帰ることはない。この日、遣い果たして馬車代は疎《おろ》か、ただの一ペニーも残っていなかったことを金に困らない人間にどう説明したらよかろうか。いやいや、馬車代を払って楽をするなどはもとより思いも寄らない。何であれ、快楽は額《ひたい》に汗してこの手で摑み取る流儀である。あの頃は、馬車の乗り心地がどんなものかも知らなかった。ロンドンの街ならば、十二時間なり十五時間なり、歩いてどこへでも行くのが当たり前で、金を出して足を休め、あるいは時間を節約しようと考えたことはない。これ以上はない貧乏のどん底で頭から忌避すべきことは数々あって、馬車を使うのもその一つである。

後年、ギボンの初版は買った時よりはるかに安い値段で売り飛ばした。ほかにも二つ折り、四つ折りをとり混ぜて愛書を何冊も手放さざるを得なかった。しばらくいては引っ越すたびにとても運びきれないからだ。買い取った相手はあれだけの本を「墓石」と言った。ギボンはどうして市場価値がないのだろうか。あの四つ折り判を思い出すと心が痛む。『ローマ帝国衰亡史』を細かい活字で読む喜びといったらなかった。版面は厳粛な中身に似つかわしく荘重で、見るだけで気持が高揚した。今では新しい版を買って懐が痛まない身分だが、埃にまみれて苦労して手に入れた記憶が懐かしい昔の本とは、しょせん別物だろう。

13

ポートランド・ロードの停車場の向かいの小さな古本屋が記憶にあって、心情と体験を共有する人々は少なくないはずだ。一風変わった店だった。神学と古典文学を主に扱っていたが、ずっしりと分厚い本の多くは旧《ふる》い時代の編集ながら稀覯書としては価値に乏しく、実用の役にも立たずに新刊書に取って代わられているものばかりだった。店主はなかなかの人物で、おまけに破格の安値で商売をしているところから、ただただ本が好きで店をやっていたと見える。測り知れない価値があると思える本がわずか数ペンスで買えたし、だいたいこの店で一巻につき一シリング以上の金を払った覚えがない。学校を出たての若い者なら懐疑と侮蔑が相半ばする驚嘆の目でちらりと見たきり手に取りはすまい奇特の古書を店先の屋台や奥の棚に見つけて雀躍《こおどり》したこともある。『キケロ書簡集』もその類《たぐい》で、ふくよかな羊皮紙の手触りが何とも言えない。グラエヴィウス、グロノヴィウスをはじめ数多《あまた》往昔の古典学者が注釈を付している。いやはや、時代後れもはなはだしい。だが、古臭くて読むに耐えないとは断じて思わない。グラエヴィウスも、グロノヴィウスも、ほかの執筆者たちも、尊敬おく能《あた》わざる先学である。この知者たちに劣らぬだけの学識があったら、今時の若輩者に見下されたところで痛くも痒《かゆ》くもない。学究心は時代に追い越されることがない。過去の業績であろうとも、先人の仕事は消すことのできない聖火となって眼前に燃え盛る。あの古めかしい注釈に示された敬愛と情熱の輝きを再現してのける当代の編集者が、果たして一人なりといるだろうか。

現在、最高の編集とされている本でさえ、せいぜい教科書の域を出ないものがあまりに多い。編集人は著者の仕事を文学ではなしに、ただ原稿とだけしか思っていないのではないかと言いたくなるほどだ。知ったかぶりには知ったかぶりの限界がある。古典は常に今出来《いまでき》に優る。

14

今日の新聞に、春の競馬について長い長い記事が載っている。見るからにぞっとする。それで思い出すのは、去年だったか、一昨年だったか、サリーのとある駅頭で目にした地元競馬の広告だ。その文言《もんごん》を書き写した手帳がここにある。

公衆の秩序と安全維持のため、州政府当局は以下の通り人員を配備する。

警備員　一四名（競馬場）

刑事　一五名（ロンドン警視庁）

警部補　　　七名
巡査部長　　九名
警察、陸軍予備隊、在郷軍人使丁《してい》組合より厳選の
臨時補助要員　七六名

上記警備集団はもっぱら秩序維持、悪質人物排除等の任に当たり、強力なサリー州警察隊がこれを支援する。

ある時、親しい仲間が集った席で競馬についてうっかり口を辷《すべ》らせ、〈つむじ曲がり〉の烙印を捺《お》された。当の主催者が善良な市民にとって危険だと言っている公営行事を批判することが、いったいどうしてつむじ曲がりだろうか。競馬が主として愚者、破落戸《ごろつき》、盗《ぬす》っ人《と》の快楽と利得のために開催されることは誰だって知っている。知識人が競馬場へ出かけ、自分たちが観衆の数に加わっているからこそ「本来、高尚なこのスポーツの品位が保たれる」と強弁すること自体、知性がいとも容易《たやす》く良識と気品をかなぐり捨てる証拠以外の何ものでもないではないか。

15

昨日、散歩の足を延ばして、通りがかりの居酒屋で中食をした。テーブルにあった大衆雑誌を何げなくめくるうち、どこやらの婦人の筆になる「ライオン狩り」の話に書き写してもいいと思えるくだりを見つけた。

「夫を揺り起こすところへ、四十ヤードほど向こうにいた雄ライオンがまっすぐ襲いかかってきた。後にわかったことだけれど、・303口径の銃弾はライオンの胸をもろに貫き、喉笛を切り裂いて、背骨を断ち割っていた。手負いのライオンはなおも間近に迫った。二発目は肩を撃ち抜いて心臓をぼろぼろに掻《か》っ捌《さば》いた」

この銃とペンを自在に扱う女丈夫に会ってみたい。きっとまだうら若い女性で、国では艶《あで》やかな社交界の花だろう。じかに言葉を交わして考えを聞けたらと思う。古代ローマの円形闘技場に特等席を持つ貴婦人もかくやという才媛《さいえん》に違いない。ローマ貴族の婦女子はみな明朗闊達《かったつ》で人当たりよく、教養があって、感性豊かだった。美術や文学を語り、カトゥルスが愛妾《あいしょう》レスビアの雀《すずめ》に寄せた哀歌に涙した。それでいながら、張り裂けた野獣の喉笛や、断ち割られた背骨、破裂した内臓を目の前にして眉一つ動かすでもなく、仔細に観察する気丈な性格も兼ね備えていた。多くは自分から殺生に手を下すことを好まなかったろうが、その点、あの娯楽雑誌にライオン狩りの話を書いた女性は珍しい部類と言わなくてはなるまい。だとしても、なおかつローマの貴婦人がたとは見かけの違いこそあれ、肝胆相照らしたであろうことは疑いを容《い》れない。酸鼻を極めるライオン狩りの記録が大衆受けを狙った編集者の眼鏡に適《かな》った事実は、おそらく、当の編集者や一般読者が考える以上に重大な意味を持っていよう。あの女性が小説を書くとしたら、いや、これは仮の話ではなく、いずれきっと書くはずだが、作品は現代の苛烈な空気を色濃く映し出したものになるだろう。当然、その文体は作者が愛好した文学の影響を受けようし、ものの考え方、見方についても同じに違いない。今はまだそこまでにはいたっていないとしても、遠からずこの手の男勝りが典型的なイギリス女性とされるであろう雲行きだ。なるほど、軽々にはあしらえないものがここにある。こういう女性たちが卓越した民族を生み育てるものならばだ。

何やら複雑な気持で居酒屋を出た。はじめての道に沿って農場と果樹園のある小さな谷を縫った。林檎《リンゴ》の花が満開で、佇《たたず》んで四囲を眺めるうちに、朝からの薄雲が切れて陽光がいっぱいに降りそそいだ。そこで見た春景色はとうてい言葉に尽くせない。ただひっそりと静まり返った花の谷を夢のように思い出すだけだ。蜂の羽音が耳をかすめ、さほど遠くないあたりで郭公《かっこう》が歌った。はるか下の牧場から羊たちの鳴き交わす声が聞こえていた。

16

われながら、民衆の友とは言いかねる。時代の風潮を左右する勢力として多数を占める集団は怪しげで気味が悪い。姿が目に見える大衆は、なかなか進んで近づく気にはなれない相手で、ともすれば不快を催す。生涯のほとんどを通じて、庶民といえばロンドンの群衆だったところから、好意ある言葉はどう考えても出てこない。お互いに同胞と認めるほどの付き合いはなきに等しく、わずかに知っている誰彼にしても、そこを越えて親しくなりたいとは思わない。骨の髄から反民主主義で、民衆が有無を言わせず権力を握ったらこのイギリスはどうなるか、考えるだに寒気がする。

正しいか否かではなく、これが私の本性だ。だからといって、自分より下層の相手は見境なしに毛嫌いするわからず屋だと思ったら大間違いで、個人と階級ははっきり次元が別であるという以上に深く肝に銘じている道理はない。人間、個人個人を見ればきっとそれなりの考えがあり、取り得もある。その個人を社会有機体の大勢といっしょくたにすれば、まずほとんどは意見も主張もなく、世の害毒がそそのかすままに付和雷同する。国家はとかく凡愚で卑俗であるゆえに、人類は遅々として進歩しない。

個人が多少とも進歩するのは向上心があるからだ。

若い頃、周りを見ては人類に進歩がないことに呆れ返った。今は大衆の姿を見て、よくぞここまで来たと感じ入っている。

度はずれて傲岸不遜《ごうがんふそん》だった時分には、人間の価値をそれぞれの知力と達成の度合いで判断した。論理のないところに見るべき何もなく、知識や技能のない人間には惹かれなかった。それが、年を重ねて、二通りある知の形を峻別しなくてはならないと考えるようになった。すなわち知能と心知で、頭よりも心の方がはるかに大事だという確信は揺るぎない。これは予防線だが、知能などどうでもいいと言うのではない。愚かな人間は有害な上にも退屈きわまりないと思っているのでもない。が、それにしても、これまで知り合った立派な人間はみな、頭で考えるよりも心の働きで愚を犯すことを免れている。間近に会ってみれば、およそものを知らず、偏見のかたまりで、とんでもない考え違いから不思議なふるまいをすることもある。とはいえ、根は親切でどこまでも優しく、控えめで気前よく、その顔は美徳の輝きを湛《たた》えている。持ち前の優れた資質がどうしたら活きるか、心で知っている人たちだ。

家政婦を頼んでいる土地の年配女性もそんな一人だ。はじめから、めったにいるものではない家事の達人だと思ったが、知り合って三年が過ぎる頃には最上級の讃辞に価する稀有な人と全幅の信頼を寄せるまでになった。一通り読み書きはできるというだけで、特にもの知りというわけでもない。なまじな教育は生きる上で明快な指針を与えず、自然な心の発揚を妨げたろうから、むしろ害になったに違いない。その仕事ぶりを見れば、家政婦になるために生まれてきたことにしみじみと満足を嚙みしめて、良心に恥じない喜びに漬《ひた》っていると知れる。文明人の位取りから言っても上の部だ。ところを得て静かな幸せに生きている姿がそこにある。誰であれ、人の子にこれ以上の褒め言葉は思い浮かばない。

以前、本人から聞いた話で、母親は十二の年に他家へ小間使いの奉公に出たが、その条件がふるっていた。母親のそのまた父親、つまり、本人から見て母方の祖父は謹厳実直な労働者で、娘の行儀見習いの謝礼として奉公先に週一シリングを納めたという。今の労働者がそんなことを要求されたら、きっと困惑の薄ら笑いに顔を歪めることだろう。家で頼んでいるあの年配の婦人が大方の他所《よそ》の手伝い女とまるで違うのはうべなるかなだ。

17

ほぼ一日、小止《おや》みなく降り暮らしたが好い日だった。朝の食事を済ませて、デヴォンの地図を拡げた。詳しくて親切な地図を見る楽しさといったらない。心当てにいずれは散策するつもりの野路《のじ》を辿っているところへ戸を敲《たた》く音がして、M夫人がやってきた。抱えた茶色の紙包みは本だと一目でわかった。ロンドンへ注文したのは少し前だが、思いのほかに早く届いた。胸の高鳴りを覚えながらテーブルに置いた包みをしばらく見つめ、暖炉の火を掻き起こしてからペンナイフを取り出し、ふるえる手でゆっくり丁寧に包装を解いた。

あれやこれや買いたい本に印をしながら書店の目録を繰るのは楽しみだ。金がなかった以前は、目録はなるたけ見ないようにしていた。今は隅から隅まで吟味して、欲求に歯止めをかける分別を徳としている。だが、それにも優る喜びは中身を知らずに買った本を手にしてはじめて開く時のおののきだ。稀覯本を集める趣味はないし、初版本や豪華本に目の色を変えることもない。買うのはもっぱら魂の糧、古典と決めている。埃除《よ》けの、最後の包み紙を剝いで表紙に目を凝らす。本には本の匂いがある。背文字の金の輝きが眩しい。書名を知りながら、半生の間、読まずにきた本がここにある。押し頂くようにして、静かに表紙を開ける。章題を拾い読みすれば、いよいよ先が楽しみで、期待に目頭が熱くなるほどだ。トマス・ア・ケンピスの『キリストに倣《なら》いて』の一節を心に刻んでいることにかけてはおさおさ人後に落ちないつもりでいる。「すべてに安息を求めたが、座右に書を得て片隅に身を置くほかに安息はなかった」

古典学者たる素質はあった。充分な時間と心の静穏が約束されていれば学問の道を歩んだはずだ。象牙《ぞうげ》の塔に立て籠《こ》もって機嫌よく、人には迷惑を与えず、ただひたすら古《いにしえ》の世界に想像を馳せたことだろう。ジュール・ミシュレは『フランス史』の序文で述べている。「世の片脇を素通りした私は歴史こそが人生と思っていた」今にして思えば、これこそが追うべき理想だった。貧窮の底で苦闘に明け暮れたあの頃はいつも、現在よりは過去に生きていた。ロンドンで文字通り飢えて痩《や》せ細り、筆一本で食えるとはとうてい考えられなかった時期、大英博物館に入り浸って何の憂えもないかのように、よくまあ本を読んだものではないか。干涸《ひか》らびて味も素っ気もないパンだけで朝を済ませ、残る半ばを夜の備えにポケットに持って、あの広壮な閲覧室に席を占めたことを思い出すと自分でもつくづく感心する。目の前にある万巻の書がただちに稼ぎの種になろうはずもなかったが、そんな中で、古代ギリシア・ローマの哲学を扱ったドイツの典籍を貪《むさぼ》り読んだ。アプレイウス、ルキアノス、ペトロニウス、ギリシア詞華集、ディオゲネス・ラエルティオス……、数えだしたらどこまで行っても切りがない。本を読めば空腹を忘れ、下宿へ寝に帰らなくてはならない憂鬱が思考を妨げることもなかった。いくらかは自慢していいことのように思えて、これを書きながら、痩せこけて青白い顔をした青年に拍手する心で笑いかけている。私だろうか。今ここにこうしている、この私か。いやいや。あの白面の若輩は三十年前に死んでいる。

高度な学問知識はついに身にならなかった。今となってはもう遅い。それでも、まずパウサニアスを前にして、この学者の書いたものは片言隻語《へんげんせきご》にいたるまで漏らさず読もうと心に誓っている。多少とも古典を囓《かじ》っていながら、パウサニアスを読みたがらない人間がいるだろうか。ただの引用書や参考資料ではなしに、原書をだ。フェリックス・ダーンの『ゲルマン列王記』も揃っている。ローマを征服したチュートン民族について知れる限りのことを知りたいと思わない人間がいるだろうか。ほかにも読みたい本は山とあって数えきれない。飽きずに読んで、やがてはすべて忘れて終わる。はてさて、何とも嘆かわしい。生涯を通じて吸収した知識を残らず自在に駆使できたら学者を名乗ってよかろうものを。記憶に長く留《とど》まる心労、焦燥、恐怖は何よりも始末が悪い。読んだことのほんのわずかしか覚えられないが、これからもなお倦まず弛《たゆ》まず、喜びをもって読み続けると思う。先々役に立つ学識が身につくだろうか。もしそうなら、忘れることを気に病むにはおよばない。読めば束の間の快楽に恵まれる。死ぬる定めの人間として、この上、何を求めることがあろう。

18

一晩ぐっすり寝てゆるゆると遅めに起き、年寄りの緩慢な動作で身支度を終えて、今日もまた日がな一日、静かに本を読んで暮らせると、晴れやかな心で階下におりる。これがこの私、ヘンリー・ライクロフトだろうか。長いこと困苦に苛《さいな》まれて息つく閑《ひま》もなかった私、ヘンリー・ライクロフトがここにこうしているのだろうか。過ぎ去ったこと、インクにまみれた背後の世界に残したことを考えたくはない。考えたところで惨めになるだけだ。それも、何のために。とは言いながら、ちらりとでもふり返ったからには、考えなくてはならない。今この瞬間にも、浅ましい仕事に押しつぶされそうになりながらペンと格闘している人々がいる。頭にも心にも語るべきことは何もなく、できるのはペンを持つだけで、ただ生きるために書くしかない売文の徒だ。年々歳々、そうした文筆家は数を増し、出版社や編集者のもとに押しかけて、自分を売りこみ、摑み合いを演じ、悪態を吐《つ》き合っている。何とも悲しく異様な、寒々しい光景ではないか。

ものを書いて暮らしてはいながら、まずもって文筆を一生の仕事とする見込みのない人間は無数にいる。ほかに何をする当てもなく、独立の身分と輝かしい成功の夢に引かれて操觚《そうこ》の道に入った人たちで、このはなはだ心許ない職業にしがみつき、人に頭を下げたり、借金を重ねたりして細々と生きるうち、気がついてみればもはや手遅れで、潰《つぶ》しがきかなくなっている。さて、どうしたものだろう。生涯の惨めな体験を引きずっている立場から言わせてもらうと、男であれ女であれ、若い者に「文学」に生きることを奨《すす》めるのは罪でしかない。愚見にいくらかなりとうなずくべきところがあるならば、万人を前に声を大にしてこれを言いたい。どんな形であれ、生きるための闘いは難儀だが、文学の現場の波風、浮き沈みは何よりもえげつなく身に辛い。千語につきいくらの稿料は不当に安く、新聞雑誌から依頼があれば片っ端から書かねばならず、対談に応ずるのは煩わしい。そんなふうに扱《こ》き使われた挙げ句の果てに、踏みにじられて目の前は真っ暗だ。

昨年の夏の盛りに、タイプライターを扱っているさる人物から注文を勧誘するチラシが届いた。どこかで私の名を聞き知って、いまもまだ煉獄《れんごく》の苦難を舐《な》めていると思ったらしい。チラシにはこんな文句があった。「クリスマス商戦の煽《あお》りでご苦労のところ、もし当方でお役に立てますならば……」

小売り商人が相手なら、ほかに書きようもなかろうが、「クリスマス商戦の煽り」とは。いやはや、あまりに不愉快で笑う気にもなれない。

19

誰やら、喜々として声高に徴兵制度を称賛しているようである。こんなことが新聞雑誌に出るのは極く稀だが、イギリス人の大半は当然ながら私同様、これを読んで恐怖と嫌悪に吐き気を催したと想像する。イギリスで徴兵制度はあり得ない。今さら言うまでもないだろう。多少とも考える頭があれば、人類はおのが身内に潜む蛮力に対していかに守りが手薄か知っているはずだ。特権的な先進民族が長いこと苦労してやっと手懐けた力である。民主主義は明日に賭《か》ける文明の希求をことごとに脅かす。その民主主義と自然に共存する形で軍国主義に基づく君主政体が復活するかとなると、見通しははなはだいかがわしい。どこかに北欧神話の人狼フェンリルに似た殺人狂の元首が登場すればそれだけで国と国が互いに喉を搔っ切ろうといがみ合う。自国が危機に瀕《ひん》すれば、イギリス人は戦うだろう。さし迫った情況では否も応もない。だが、危険がただちにふりかかる気遣いはない中で国民皆兵の厄災に見舞われたら、この島国の人々はどんなに気を悪くするだろうか。イギリス人は思慮分別の埒《らち》を越えてでも、熟成した自分たちの自由を守ると思いたい。

知り合いで、教養の豊かなさるドイツ人は兵役時代をふり返って、軍隊生活がもうひと月かふた月も長引いたら自殺に救いを求めたに違いないと語った。堪《こら》え性《しょう》のない私だったら一年と続かず、屈辱と怨恨と嫌悪から狂気を発したろうことは疑いない。学校では週に一度、校庭で「教練」をさせられた。四十年経《た》った今も、思い出すだけでぞっと寒気がする。あの苦痛と辛酸は時に胸が悪くなるほどだった。意味もなくただ決まりきった動作を繰り返すことからして耐え難い。整列して、号令に従って前へ倣えだの、足踏みだの、一斉に地べたを踏み鳴らしたりのと、無理強いされるのは嫌いだし、個性を抹殺される恥辱は何にもまして腹立たしい。訓練教官から不器用を咎《とが》められることもしばしばで、その際、教官は生徒を番号で呼ぶ。「七番！」これには口惜しさと怒りとで、かっと体が熱くなった。もはや生身の人間ではない機械の一部で、名前は「七番」だ。隣の生徒が教練を楽しんで精いっぱい体を動かしているのを見ると驚き呆れて、どうしてこうも違うものかと不思議でならなかった。実際、同級生の大半は教練に喜びを感じるか、そうではないまでも、およそ無神経で辛いとは思わない様子だった。それどころか、みな教官と親しくなり、中には得意げに並んで歩いて仲の好いところを見せつける調子はずれもいた。左向け、左！　右向け、右！　打ち明けた話、あの肩幅の広い、いかつい顔で濁声《だみごえ》の教官以上に嫌悪を催す相手はいない。投げつけてよこす言葉は常に毒を孕《はら》んでいた。遠くから姿を見かければ、いちはやく脇へ避《よ》けて敬礼の決まりを躱《かわ》した。ただ不愉快というだけではない、神経に障る苦痛を逃れるにはそれしかない。この身に危害を与えた人間がもしいるならば、あの訓練教官だ。肉体と、精神の両面にまたがる害悪である。つくづく思うに、弱年の頃から悩まされている不安神経症はもとを糺《ただ》せばさんざんな目に遭った軍事教練に原因するに違いなく、何よりも厄介な性格である鼻持ちならない自惚《うぬぼ》れもまた、あの呪われた教練に根を発していると確信する。もちろん、この傾向はもともとあったが、矯《た》めなくてはならないもので、助長されるべきではなかった。

若気のいたりで、学校の教練場で傷つくだけの感性を具《そな》えているのは自分一人と思い上がっていた。今は同級生の多くが同じ気持で不快を忍んでいたろうことと察している。教練を子供のように楽しんでいた生徒にしても、青春の盛りを国のためであれ何のためであれ、喜んで兵役に捧げようという物好きはめったにいまい。考えようによっては、イギリスは軽々《けいけい》と無分別に徴兵制度を受け入れて安泰を保つよりも、占領されて血を流した方がはるかにいい。イギリス人がこの考えに立つことはなかろうが、国を愛する者の誰一人、そうは思わない日が来るとしたら、それこそはイギリスの不幸である。

20

ふと思ったのだが、芸術とは人に満足を与えて永続する生の歓喜の表現と定義してよかろう。これは人間が創り出したあらゆる形式の芸術に当てはまる。雄渾《ゆうこん》な戯曲であれ、木の葉一枚を象《かたど》った彫刻であれ、創造の意欲が湧いた時、作者は身のまわりの形象に見て取った無上の歓喜に打たれ、触発されて芸術を生む。余人には求むべくもない鋭敏な神経が受容した喜悦はまたとない生命の輝きを映す感情のうねりだが、これを目に残り、耳に響く形で再現する作者の才能があって、うねりはさらに大きく高く続くようになる。その才能の依《よ》って来たるところについては今は措《お》く。人間、誰にでもいくらかは芸術の才がある。野良仕事で鍛えた頑健な体だけが取り得の名もない農夫ですら、夜明けの大地に立てば歌らしきものを歌う。当人は歌っているつもりだろう。その荒削りな歌も、生きる歓びに感極まって出たとなれば、歴《れっき》とした音楽だ。雛菊《デイジー》や野良鼠《のらねずみ》を歌い、『タモシャンター』の物語を軽快な詩に仕立てたロバート・ロバート・バーンズも貧農の育ちだった。バーンズにとって生の歓喜は主人公の作男《さくおとこ》を衝き動かす以上に、はるかに鮮烈で、かつ深遠であったというだけでなく、それを人の心に食い込む言葉と韻律で表現したために、作品は古典の名に恥じない生命力を持つことになった。

ここ数年来、この国の芸術をめぐって議論が盛んである。そもそものはじまりはヴィクトリア朝のまっとうな芸術衝動が衰退して、輝ける時代の力が失《う》せたことだろう。実際の領域に翳《かげ》りが生じると、原理原則の論ばかりが喧しくなるのは世の常だ。芸術家は頭で考えてなれるものではなし、考えたところで何の進歩もない。現に一家をなしている人物が知恵を絞ってももはや新しいものは生まれないというのとはわけが違う。人間性のすべてにわたって足下にもおよばない模倣者たちがよく引き合いに出すゲーテは考えに考えてファウストを造形した。だが、さほど評価されていない若い頃の叙情詩はどうだろう。ゲーテはじっくり想を練る暇もなく、ただ斜めに棒を引くように、ペンに任せて殴り書きをしたろうか。芸術家は生まれながらであって作られるものではないという、この目から見てもゆるがせにはできない一面の真理について今さら何を言うこともないのだが、スコットを頭ごなしに扱きおろす批評が幅をきかせる時代だから、まんざら無駄でもないように思う。評に曰く、スコットは作家の良心を持たず、文体に気を配るでもなく、結構を考えもせずに不用意に書きはじめる。フロベールは間違ってもそんな杜撰《ずさん》な真似はしない、と云々《うんぬん》。かと思えば、ウィリアム・シェイクスピアとやらは世に傑作の誉れ高い芝居の数々を、犯罪にも等しい不注意なやっつけ仕事で書き飛ばしたと難じているのもある。それを言うなら、セルバンテスの名で知られる粗忽者《そこつもの》は自分の書くものにおよそ無責任で、ある章でサンチョ・パンサの驢馬《ろば》が盗まれた話をしておきながら、そんなことはけろりと忘れて、後の章でサンチョは何ごともなかったかのように、ダプルにまたがって登場するではないか。サッカレー某は恥知らずにも、重ったるい主観小説『ニューカム家の人々』の最後でファリントッシュ卿の母親を亡き者にしたにもかかわらず、別のところで生き返らせているではないか。それでいながら、この種の罪作りはいずれも世界文学史上、屈指の名人に数えられている。それというのも、この作家たちが文芸論壇のおよびもつかない雲の上に生きて、人に満足を与えて永続する生の歓喜を作品に表現したからだ。とうの昔に誰かが同じ定義に行き着いているだろうことは疑いない。いいではないか。独創力に乏しいということか。仮にも剽窃《ひょうせつ》を疑われることがあってはならないと思いつめていたから、その心配をしなくなってまだそう長い時間は経っていないのだが、今はジョン・ヴァンブルーの喜劇『逆戻り』のフォピントン卿と同じで、他人が似たようなことを考えようとどうしようと、自分は自分で、自然な発想を楽しんでいる。例えば、ユークリッドについてはまったく何も知らずに幾何学の初歩の初歩の定理を発見して、それを書いた本が注目されたからといって忸怩《じくじ》たる思いに悩みはすまい。こうした自然の発想は、いわば人生の豊かな収穫で、実社会で市場価値を持たないとしたら、それはただ時の運でしかない。この自由の時代にあって、心して向かうところは智に生きることである。以前は本を読んで感銘し、あるいは励まされる言葉に出逢えば「後々のために」手帳に書き写した。胸に応える詩句や文章は、いずれ引用に使えて重宝と思わずにはいられない。物書きとは因果な商売だ。近頃はこの習慣を嫌って自問している。何のために読んで記憶に残すのか。自分を相手にこれほど愚かな問いはないと知りつつもだ。本を読むのは楽しみのため、慰めを得て、自身を強くするために決まっているではないか。ならば、楽しみはただの身勝手か。慰めは長続きするだろうか。強くなるといったところで、取っ組み合いをするわけでもなかろうに。いやいや、そんなことはどうでもいい。無為とも思える読書の時間がなかったら、何を心の糧にこの田舎家で命の暮れ方を待つことができようか。

誰か、傍《そば》で朗読を聞いてくれたらと思うことがある。だが、この広い世の中に、常に変わらぬ共感と理解を期待できる相手がたった一人でもいるだろうか。いや、何人《なんびと》であれ、本の好みや評価からしておいそれと一致するものではない。そのような知性の諧和《かいわ》は例外中の例外だ。人は生涯をかけてこれを庶幾《こいねが》うが、願望は悪魔のように人を駆りたてて不毛の地へ押しやり、果ては泥沼の混迷に陥れる。そうなってはじめて、追い求めていたのは幻想と知るのだが、誰だろうと人はみな、あらかじめ釘をさされている。汝《なんじ》、孤独に生きよ。凡俗を脱したと思えるなら幸いだ。脱したと錯覚している限りはだけれども。そんな幸いに恵まれない人間も、せいぜい苦々しい幻滅を避けるようにすることだ。どれだけ不快だろうと、現実を直視した方がよほどいい。あるところで空《むな》しい希望をきっぱり断てば、その埋め合わせに、いよいよ翳りのない心の平穏が訪れる。

21

庭中、鳥の声が頻《しきり》である。あたりには鳥の歌があふれているなどと言ったところで、この絶え間なしの地鳴き、囀り、高啼《たかな》きがどれほど盛んかはとうてい伝わらない。鳥たちの勝ち誇った歌声は渾然と溶け合って、時に天も響けと谺《こだま》する。中には柄の小さな歌い手もいて、さも嬉しげに、周りに負けまいと全身を口にして鳴き立てる。鳥たちの合唱は、同じ大地の子らながら他の生類すべてがその声を持たず、心も知らぬ頌歌《しょうか》である。耳を傾けていると喜びに輝く音声《おんじょう》に命が洗われて、穏やかにも熱を帯びた陶酔に身は蕩《とろ》ける。限りなく謙虚な思いに浸って目が潤むほどである。

22

文芸雑誌だけを見て時代を考えるなら、文明は長足の進歩を遂げて、世界は希望に満ちた啓蒙《けいもう》の段階にさしかかったと納得するのは容易だろう。毎週毎週、盛りだくさんの広告欄に目を通すが、夥《おびただ》しい出版社が新旧とり混ぜて、あらゆる種類の本をどしどし出しているところは壮観だ。すべての分野で数知れない筆者が仕事をしている。広告で見かける本の多くは出版社が自らさして重要ではないか、あるいはまるで価値がないことを認めているようだが、それにしても、思考する読者、知識欲のある読者を引きつける出版物の厖大《ぼうだい》な数は驚くばかりだ。大衆を相手に名のある著者の業績が装い新たに、次から次へ廉価《れんか》で提供されている。価値のわかる読者の前にかくも多数の書物が安く、おまけに行儀よく勢揃いした時代はかつてない。富裕な階層向けには豪華本がある。凝った装幀で、図版も念入りに、金に糸目を付けずに作った美本である。古今東西の知識教養の集積がここに公開されている。関心の対象が何であれ、折りに触れ、時に当たって心引かれるものが広告欄にはきっとある。ありとあらゆる領域でその道その道の先人たちが研鑽《けんさん》を積んだ汗の結晶である。科学は世界中の新発見を紹介して、孤独な哲学者や市場の群衆に語りかける。好奇心から暇に任せてのめりこんだ研究の成果を発表している本も無数にある。知的な趣味で社会の隅々、場末の横丁や路地裏から拾い集めたささやかな、あるいは珍奇な人間模様も本になる。人それぞれの好みに応じて書く寓話作家もいて、広告欄では概して丁重な扱いを受けている。書き手の数がどれほどか、誰が知っていよう。どれだけの読者がいるものか、いったい誰に把握できようか。詩人は世に数多だが、よくよく見れば、大衆の好みを映す新刊広告で現代詩人はほとんど目立たない。それにくらべて紀行文は盛んに売れている。遠い国への憧れは冒険小説嗜好にいささかも劣らないと思われる。

こんな広告を見せつけられたら、現代人のもっぱらの関心事は精神の充足であると考えざるを得まい。陸続《りくぞく》と刊行される本を買うのは誰か。知の領域に国民が心を傾けるようになった結果でなかったら、どうして出版業界がかくまで繁盛するものか。もちろん、都会と地方の別なく、全国で私立図書館が目に見えて機能を拡充し、一般庶民が読書に多く時間を割いていることは言うまでもない。ならば、大衆の文学志向は文明の進歩を促す何よりも卑近な動因だろうか。

そうに違いない。これはすべて、現代のイギリスについて言える。だが、これだけでイギリス文明の先行きを楽観していいものだろうか。

留意すべきことが二つある。どれだけ本が売れていると出版業界が思おうとも、そんなものは高が知れている。それと、もう一つ、文学活動は決して本当の意味で教養人の精神性の証ではないことだ。

週刊の文芸誌は脇へ置いて、朝夕の日刊新聞を読めばものごとのありようがよくわかる。三ペンス、もしくは半ペニーの一枚新聞を読んで受けた印象をとくと考えることだ。新刊の書評もちょくちょく出る。評が多少とも注目に価するならば、その一文が占める紙幅を物質文化に関する記述の量とくらべてみるといい。これこそは一般大衆にとって知的な営為がどれほど重要かを正確に知る尺度である。何と、曲がりなりにも意味のある形でものを読む人間は極く極く少数でしかない。明日にも出版が跡絶《とだ》えて、世の中から本がなくなったところで痛くも痒くもない人間の数は膨大だ。意識を鼓舞する知者の仕事は、実は、英語圏の全域に散らばっているわずか数千の読者を対象としている。本当に中身のある本は長いことかかって数百部売れるのがやっとだろう。大英帝国の津々浦々から、重厚な文学書を迷わず買い求め、あるいは常々心がけて図書館で探す人々、早い話が、本を精神生活の糧としている読者を呼び集めたところで、アルバート・ホールの一堂に会して窮屈すると思ったら大間違いだ。

それを認めた上でなおかつ、知的な世界を愛好する風潮に見られる通り、時代の意識が文明の円熟に向かっていることは厳然たる事実ではないか。学術書や抒情の文学がこれほどまで広く普及した時代がかつてあったろうか。限られた少数の知者が大衆にどれだけの影響をおよぼすかは測り知れない。大衆の進歩がいかに遅々として、かつ気まぐれであろうとも、そのような本当の知性こそが時代を導くはずではないか。その通りだと思いたい。気が塞ぐような現実に直面した時には、自分に言い聞かせることにしている。知恵に長《た》けた人物はそうやたらにいるものではないと知れ。その稀有な人物が行く先々で理性の光を放つ努力をしている。人類がここまで来た今、そうした努力の成果が無知の暴虐に押しひしがれるようなことがあっていいものか。ああ、そうだとも。だが、高い見識をもって人を感化し、恩恵を与えて、周囲から理知のかたまりと仰がれている著者、研究者、教師、また聞こえある篤学《とくがく》の士は、必ず正義と平和の具現者で、礼節を重んじて人当たりよく、清廉潔白な非の打ちどころない文明人の鑑だろうか。そのように思うなら、頭でっかちの不了見《ふりょうけん》だ。これまでの体験に照らすなら、活発な頭脳はどうやら人格の片面に過ぎず、一皮むけば知者も道徳をわきまえない未開人と言うしかない。優れた考古学者でありながら、人間の理想像にはとんと関心のない俗物がいる。歴史家、伝記作家、さらには詩人であってすら、実は金融市場の賭博師かもしれない。社交界のおべっか使いや、けたたましい狂信的愛国家、あるいは陰で糸を引く腹黒い策士もいる。「科学の指導者」を高潔な義人の部類に数える楽天家がどこにいよう。教育者、あるいは啓蒙家を自称してやたらに目立つ著名人と同じように考えなくてはならないと言われて、ただ拝聴するしかない一般庶民はどうしたらよかろうか。読者大衆。そう、問題は読者大衆だ。思慮深い統計学者なら、揺るぎなく評価の定まった本を実際に繙《ひもと》く読者のうち、本当に著者を理解しているのは二十人に一人とすら言うことを躊躇《ためら》うのではなかろうか。中身の確かな由緒正しい作品がよく売れているからといって、それがただちに全読者のまっとうな評価の証と考えるのは早計ではないか。流行を追うだけの読者がいる。人目にいいところを見せたいか、ただ自己満足のためということもある。贈りものに本は安上がりだろうし、あるいは装幀が気に入っただけかもしれない。何はともあれ、予備知識もなく、自分の判断に確信も持てぬまま本屋に押しかける熱心家が多数いることを忘れてはならない。生半可な教養人の集団で、時代の趨勢《すうせい》とはいえ、危険な傾向だ。なるほど、大衆は盛んに本を買う。中には少数ながら、心から本好きで見識のある良心的な読書家がいるのは事実で、それを認めなかったら罰が当たる。千人に一人いるかいないかというその手の愛書家に祝福あれだ。だが、それにしても軽佻《けいちょう》浮薄《ふはく》な似非《えせ》読者はあまりに多い。書名や作者名を誤って発音する恥知らず。詩文の韻律をでたらめに崩して読む無神経。六ペンス余分に出してでもアンカット本の小口を切らせる見栄っ張り。稀覯本の安売りにはすぐ飛びつく勘定高い先走り……。こうしたありさまを見て、来たるべき次の世紀に希望を抱くことができようか。

半端な教育はいずれ不足を補って万全になると聞いている。今、この国は過渡期にあって、教育が限られた層の特権だった旧弊を脱して誰もが自由に学べる明るい未来へ向かっているというのである。だが、不幸にしてこの議論とは裏腹に、教育は有能な少数だけのためでしかない。いくら教えたところで、熱意が通じて学んだことが身になる生徒はほんの一握りだ。痩せた土地に豊かな実りを期待しても無駄である。凡庸な人間はどこまで行っても凡庸だ。その凡人が支配欲に目覚め、身のほどを知らずに大きな口を叩《たた》いて国中の物的資源を手にしたら、今すでに、恵まれていると虐げられているとの別なくイギリス人すべてを脅かす体《てい》に垂れこめている怪しげな空気が現実となることは目に見えている。

23

毎朝、目が覚めると静寂を天に感謝する。心から捧げる感謝の祈りである。ロンドン時代は雑音、騒音、怒声、叫声《きょうせい》に眠りを妨げられ、目を覚ませばまっさきに身辺の喧噪を呪った。木製や金属のものとものが当たる音、車輪の響き、何やら道具で叩く音、鳴る鐘とその残響と、音という音が耳障りだが、何にもまして耐え難いのはけたたましい人の声である。この世で愚かしくも浮かれ騒ぐ奇声、歓声ほど聞き苦しいものはなく、粗暴な腹立ちから出る怒号、罵声以上に不愉快な人語はない。なろうことなら、極く親しい何人かは別として、この先、人の口から発される言葉はいっさい聞きたくない。

朝は早い日もあれば、ゆっくりのこともあるが、目覚めてしばらくは澄んだ静かさの底に横たわっている。時に馬が地を蹴《け》る軽やかな蹄《ひづめ》の音が聞こえ、近くの農家で犬が吠《ほ》える。エクス川の向こう岸を行く汽車の遠く微《かす》かな音が伝わってくる。ほかに耳朶《じだ》をかすめる物音はほとんどない。日暮らしここにひっそりといて、人の声を聞くことは稀である。

朝まだき、あるかなきかの風にそよぐ葉擦《はず》れは耳に快い。日はありながら驟雨《しゅうう》が窓を打つこともある。囀りは絶える隙《ひま》もない。このところ夜通し寝られず、何度か明け方に鳴き初《そ》める雲雀《ひばり》を聞いた。不眠の夜も報われる思いだった。そんな時、一つだけ心に懸かるのは生涯の長い時間を人間世界のがさつな音に妨げられて空しく過ごしたのではないかということだ。この土地には年を重ねても変わらない静穏がある。もともと与えられているほかに、わずかな幸運と、ほんの少しの知恵があれば、われながら人生後半を衒いなく祝福できたろうし、木々に囲まれた平穏な暮らしの記憶をせいぜい長引かせようとしただろう。今では、自然の音楽に満ちた静寂はやがて誰をも包みこもうと待ち受けている底知れぬ沈黙の前奏曲と思い、いくばくかの哀切を胸に余生を楽しんでいる。

24

ここしばらく、朝な朝なの散歩は道順が決まっている。行く先は若い落葉松《カラマツ》の植林地だ。今ほど落葉松の緑が美しい季節はない。目を洗われて、歓喜は深く心に染みわたる。これもほんのしばらくだ。透きとおるような若緑は心なしか、すでに夏の黝《くろ》みを帯びはじめている。まさに落葉松が美の頂点を極める時期である。年々、春ごとに機会を得てこの喜びを味わえるのは幸せだ。

ここに暮らして、毎日ただのんびりと落葉松の林を見に行くばかりか、その楽しみのためには欠くことのできない心の安定に恵まれているのは忝《かたじけな》い。これに優る幸福があるだろうか。麗らかに晴れた春の朝、本当に安らかな心で天地の間に映発する生の歓喜に浸りきることのできる人間が果たしてどれだけいるだろうか。ほんの五万人に一人だとしても異とするには当たるまい。何の憂いも悩みもなく、五日も六日もひたすら瞑想と思索に耽《ふけ》るには、運命のひとかたならず情け深い計らいが頼りであることを考えてもみるがいい。人の心には「羨望《せんぼう》の力」に対する信仰が根づいていて、それもなまじなものではないところから、この神聖なる平穏の代償として何らかの悲運に見舞われずには済まないのではないかと自問している。一週間あまり、運命のこれ以上はない祝福によって全人類から選ばれた数少ない中の一人だった。誰もが順繰りにこれを体験するのかもしれない。おそらくは生涯に一度、それもほんの束の間だろう。世間一般の人々よりはるかに恵まれている身分を思うと、時にうそ寒いものを覚える。

25

通い馴れた小径に山査子《サンザシ》の花が散り敷いていた。うっすらと黄色味を帯びた白い花弁は五月の明るい日射しを受けて、萎《しお》れながらも馥郁《ふくいく》と香り立つ。春は過ぎた。あの情景を存分に楽しんだろうか。自由を許されてからこれまでに四度、立ち返る年を迎えた。菫《スミレ》が終わって薔薇の季節にかかるといつも、目の前にある天の恵みを思うさま讃美しきらなかったのではないかと恐れた。牧場に出て不思議はなかったろうはずの、あまりにも多くの時間を本に埋もれて過ごした身の咎《とが》だ。果たしてそれに見合うだけのものを得たろうか。その点、いささか不確かで、忸怩たる思いで心の訴えに耳を傾けるしかない。

ほころびる花それぞれを見分けた喜びや、芽吹いたばかりの木々が一夜にして緑に更衣した時の驚きは憶えている。柊 樫《ブラックソーン》の小さな花が純白に咲き初める時を見逃したことはない。いつもの土手に早咲きの桜草《プリムローズ》を待ち、雑木林に金鳳花《アネモネ》を捜したりもした。同じ金鳳花の仲間、馬足形《バターカップ》が黄色く咲きこぼれる牧場や、立金花《マーシュマリゴールド》がいっぱいの日当たりのいい窪地《くぼち》はいつまで眺めていても見飽きない。猫柳《サロウ》の銀色に光る綿毛のような花穂と、金粉をまぶしたかと思う艶やかな姿もいい。こうした何げない景物がいよいよ見る目を楽しませ、賛嘆を誘う。夏に向かって心の内は不安と期待の綯《な》い交ぜだ。

夏

1

庭で本を読んでいるところへ爽やかな風が夏の匂いを吹き寄せて、子供の頃の夏休みの記憶を呼び覚ました。読みさしの本のどこかに記憶につながる何かが隠されていたのだと思うが、それが何だったかははっきりしない。ただ、課業から解放されて海辺で過ごす長い休みの晴れやかな気分は不思議なほどありありと胸裡《きょうり》に蘇った。夏の海は子供にとって天国だ。追憶の列車は遠い距離を一気に突っ走る急行ではなく、どこといって名だたる土地へ向かうでもない素朴な鈍行で、機関車の吐く白い蒸気が高く低く行く手の牧場に流れ漂った。温厚で賢明な父のおかげで、子供たちは大勢の人で賑《にぎ》わう海浜の土地にはまるで縁がなかった。なにせ、四十年以上も前の話だ。イングランド北部の東であれ西であれ、人気《ひとけ》がなくて景色のいい海岸を好む者だけが知っている場所はあちこちあった。花壇に囲まれて日盛りにひっそりとした佇《たたず》まいを見せている小さな田舎の駅に停まる。作物でいっぱいの籠《かご》を担いで乗ってくる農夫たちの土地訛《なま》りは、英語には違いないが、まるで外国の言葉に聞こえる。やがて遠くに海が見えてくる。潮の満ち引きがどんな様子か、窺《うかが》ううちにも胸が躍る。砂浜はどこまでも続くかと思えば、磯の潮溜まりには海藻が靡《なび》き、昼顔が咲く砂丘を越えた視野の果てに漣《さざなみ》が揺れて逆光を跳ね返している。気がつくと、そこが下車駅だ。

いやはや、子供の舌に焼きついた海水の辛《から》い記憶は消え去ることがない。今は好きな時に休暇を取って、気の向くままにどこへなりと行ける身分だが、あの潮の香を含んだ海の空気は二度と吸えまい。すっかり感覚が鈍って、自然とじかに接するのはもう無理だ。悲しいかな、雲や風には恐怖を覚える。以前なら喜び勇んで駆けまわり、飛んだり跳ねたりしたところも、用心に用心を重ねてそろそろ歩くしかない。なろうことなら、ほんの三十分でも炎昼の波打ち際にひっくり返って思うさま日に焼かれてみたい。海羊歯《ウミシダ》の絡む岩から岩を飛び移り、足を滑らせて海星《ヒトデ》や磯巾着《イソギンチャク》のいる浅瀬に嵌《はま》ったら心おきなく笑えばいい。気持はまだしも、体の方がずっと老いこんでいる。かつては全身で楽しんだことも、今はただ見るだけだ。

2

この一週間をサマセットで過ごした。清々しい六月の陽気に誘われてそぞろ歩き、セヴァーン海に思いを馳せて、グラストンベリーから、ウェルズ、チェダーと、飛び石伝いにイギリス海峡に臨むクリーヴドンまで足を延ばした。十五年前の休暇をふり返り、当時と今の自分を引きくらべては感慨に耽《ふけ》ることしばしばだった。歴史の古い辺地の美景はとうてい言葉に尽くせないが、メンディプス丘陵の南麓に終《つい》の棲家《すみか》を定めたら、霧に閉ざされてじめじめと湿った冬の気候は耐え難かろう。由緒ある地名はどれもみな何とも言えず耳に心地よく、畑や牧草地の中程にぽつんと忘れられて、現代文明の喧噪に侵されていない小さな町の閑寂な空気は何に喩《たと》える術《すべ》もない。鬱蒼《うっそう》とした木立か、盛りの花をつけた生け垣が、古い教会や所縁《ゆかり》の場所を守っているところもいい。イギリスのどこを捜しても、グラストンベリーのホーリーソーン丘陵から見晴らす変化に富んだ絶景に優る眺めはない。ウェルズのパレス・モートに沿って続く並木ほど静思にふさわしい場所はない。あの木陰で過ごした至福の時間を思い出すと言い知れぬ感動がこみ上げて、心は言葉にならない陶酔にうちふるえる。

かつて外国旅行に憧れて、いても立ってもいられない時期があった。見馴れたもの、知っていることの何もかもが苛立《いらだ》たしく、年が年中やり場のない焦燥に悩んだ。ようう脱出の機会を摑《つか》んで待望久しかった異国の地を踏むことがなかったら、鬱屈は死ぬほど募ったに違いない。私以上に心から放浪を楽しんだ人間がそうざらにいようはずはなく、喜びに満ちた放浪の思い出がなおのこと新たな憧れを掻き立てるという人種も多くないだろう。とはいえ、実りの秋に葡萄《ブドウ》や橄欖《オリーヴ》を思ってどれほどの誘惑に傾こうと、二度と再び海を渡ることはない。余生は短く、体力は衰えて、愛するこの国について知る限りのことを楽しみ、知りたいと思うことを学ぶ喜びさえももはや残されてはいない。

子供の頃は、壁いっぱいにイギリス風景画家の複製をかけ並べた部屋で寝ていた。半世紀前には大層もてはやされた鋼板印画で、「ヴァーノン美術館蔵」などと肩書きが添えてある。幼な心に自分でそれほどとは知る由もない感動に打たれて、子供の好奇心と空想から描線の一本一本が眼裏《まなうら》にこびりつくまで飽かず眺め入った。こうしている今も、目の前の壁に黒白の風景を思い浮かべることができる。小さい時から想像力を鍛えていたといえばその通りで、この訓練が知らず知らずのうちに田舎の風景をこよなく愛する感性を育て、以後、何かにつけて心のありようを左右することになった。そして、よく描けた絵よりむしろ黒白の写真版を好むのも、おそらくは少時の遠い記憶のせいだろう。

さらに踏みこむならば、少壮の頃から初老を過ぎるまで絵画に表現された自然を自然そのものより面白く思ったのも、このあたりに理由がありそうだ。貧苦と情熱が絡み合って、地に咲く花を愛《め》でることすら思うに任せなかった辛酸の時代にも、田舎景色の素朴な写生を見れば深く感動した。めったにない機会に恵まれて国立美術館へ行った時には『谷間の農場』、『唐黍畑《とうきび》』、『マウスホールド・ヒース』といった絵の前に長いこと立ちつくした。頭の中は靄《もや》がかかったようで、平和と美の世界からは締め出され、それ以上に、自分から意識を向けるゆとりもないありさまだったが、これらの絵はきっと心の奥の何かに触れた。反対に、感動を呼び覚ますのに巨匠の筆はいらこれは今も変わりない。くすんだ小さな木版画なり安手の写真製版なりで、草葺《くさぶ》きの小屋、羊腸《ようちょう》の野路《のじ》、果てもない広野原など、田舎の景色を見せてくれれば心の耳に音楽が湧き起こる。ありがたいことに、これが老境のますます確かな感懐だ。死の床に横たわって最後に思い描くのは、イギリスの日射しあふれる牧場だろう。

3

薔薇《バラ》が匂う夜の庭で、アイザック・ウォルトンの『フッカー伝』を読んだ。これ以上にふさわしい場所と時があるだろうか。ヘヴィトゥリー教会の塔は指呼《しこ》の間《かん》である。ヘヴィトゥリーと言えばフッカーの生まれ故郷だ。イギリスをあちこち転々とする間、フッカーは折に触れてエクス河の緑の谷に下る牧場や、ホールドンの松林の向こうに沈む太陽を懐かしんだに違いない。フッカーはこの土地を愛していた。嬉しくも感銘深いことに、テンプル教会の牧師だったフッカーはロンドンから田舎の教区へ転任を願い出た。「神の祝福が地に溢《あふ》れるのをこの目で見ることのできる場所」が望みだった。ウォルトンの伝記には、ホラティウスを手にして羊の世話をするフッカーの姿も語られている。田舎で孤愁に生きてこそ、フッカーはあの雄渾《ゆうこん》な散文詩を思わせる韻律を編み出した。天球のどんな音楽が、わわしい女に泣かされた、吹き出物だらけの顔をした気の毒な男に歌いかけたのだろうか。

最後の数ページは満月の明かりで読んだ。それまでは残照で間に合っていた。いったい、これほど長く文筆に骨を折っていながら、アイザック・ウォルトンの一連の几帳面な伝記に比肩し得る、間然《かんぜん》するところない小品一編すら書いていないとは、われながら何たる不毛だろう。ここには文学がある。似て非なるものではない、正統な文学だ。これをただ理解するに止《とど》まらず、深い味わいを知って楽しむだけの悟性が与えられたことに感謝したい。

4

日曜の朝である。美しく装った大地に、澄みきった空から軽やかな初夏の光が燦爛《さんらん》と降りそそぐ。窓は開け放った。庭の木の葉や野の花は日に照り映えている。鳥たちはいつものように歌いかける。ときおり、軒下に巣を作っている岩燕《イワツバメ》が声もなく視野をかすめる。教会の鐘が鳴りだした。遠近の鐘にはそれぞれの音色がある。

かつて一時期、イギリスの日曜を笑いのめしていい気になっていた。週に一度、労働から解放されて憂さを忘れる習わしは、時代後れな愚昧《ぐまい》の沙汰か、現代の偽善としか思えなかった。今はこの習慣をこれに優るものとてない恩恵と有難く思い、静かな安らぎを妨げられてはと恐れている。「安息日厳守主義」を鼻で嗤《わら》いながら、その実、日曜日はいつも待ち遠しいのではなかったか。ロンドン中の教会や礼拝堂の鐘は至って耳障りだが、それでいて鳴る音を思えば、そう、どの宗派よりも排他的で形式主義に凝り固まった非国教徒の集会を告げるあのけたたましくも陰惨な鐘ですら、休息と自由の連想を誘う。この第七の日は自分本来の資質のために空けることにしている。仕事は脇へ置いて、天が許すとあれば煩《わずら》わしいことは考えない。

イギリスを離れている間は、空気までがいつもと違う静かな日曜が恋しかった。人々が教会へ行き、店が閉まって工場は作業をしないという休日の決まりだけが日曜をして日曜たらしめるのではない。考え方は人それぞれにせよ、とりわけ神聖な安息日の意味はぼんやりとながら、多かれ少なかれ誰もが感じ取っていると思う。村の子供たちのクリケットを見に行こうが、芝居見物に町へ出ようが、それは同じだろう。週の一日を世知辛《せちがら》い現実から切り離し、日常の煩いを超越すると同時に平素とは別な喜びの日とする思いつきは、とかく苦労の絶えない人間が授かった何よりの知恵の閃《ひらめ》きだ。とかく狂信的な逸脱が横行する中で、この工夫はいいことずくめで、昔から日曜は大多数に命の洗濯をさせ、選ばれた少数にとってはまさに精神生活の柱だった。一部にこの言葉をどれほど歪めて理解する向きがあろうともだ。古来の習慣が廃れるとしたらそれこそはこの国の不幸だが、廃れることは目に見えている。田舎の閑寂に生きてはじめて、すでに大衆から日曜の神聖な空気を奪っている変化を忘れることができる。この分で行くと、日を決めて訪れる静穏もいずれ跡を絶つ。そうなれば、たとえほとんど意識に上らないとしても、人類に与えられた最良の恵みと言っていい静心《しずごころ》は求むべくもない。何にもまして手に入り難く、守ることのむずかしい日曜の静穏は至高の意思から賜《たまわ》ったこの上ない祝福である。かつては国中が労働の週の終わりを告げる鐘の音とともに静謐《せいひつ》に憩った。土曜の暮れ方にはものみなすべてが声を潜めて、無音の安らぎがあたりを包む習いだった。古い信仰が衰えれば、日曜の有難みも薄れるほかはない。現に世の中に害をおよぼしている病弊は数限りないが、昔ながらの生活習慣を見捨てる以上に大衆の俗化に拍車をかける欠落はない。日曜を特別の日と定めた権威がもはや認められないとしたら、どうしてこの日の安息を徳とする美風を守ることができようか。日曜のほかに週に一度、法定休日があったらどうなるか考えてもみるがいい。

5

日曜は普段よりもゆっくり起きる。着るものもいつもとは別にする。心の休日には、労苦の週の仕事着は脇へ寝かせておくのがいい。労働と名のつくことは何もしていないが、それでも日曜日には安息が訪れる。世の中が静かになって気分も和み、思考は現実を脱して、こせこせした俗世間のことは常にもましてきれいさっぱり忘れてしまう。

この家がどのようにして日曜の静寂にしっくり溶けこむのか、不思議でならない。もともと、ほとんど無音に近い家ではないか。それなのに、日曜は何かが違う。家政婦は日曜の笑顔でやってくる。この日のためにとっておきの幸せな顔である。そのにこやかな表情を見るだけで一緒に嬉しくなる。声も努めて控えめだ。着ているものは、今日ばかりはせかせか働かず、汚れ仕事はいっさいなしという拵《こしら》えで楚々《そそ》とした印象を与える。その姿で朝と夕べに教会へ行く。祈ればますます心は満たされよう。出かけた留守を見届けて、普段は決して足を踏み入れない部屋から部屋を覗《のぞ》くことがある。

有能な女性の持ち場なら必ずと言っていい、塵《ちり》一つなくきれいに整頓された室内の様子が目を楽しませてくれる。片方に磨き上げたように清潔で奥床しい匂いのするキッチンがなかったら、どうして書斎を本で埋め、壁に絵をかけ並べることができようか。この家の静謐は、表立たずに万事に行き届いた誠実な一婦人のおかげとしなくてはならない。月々の手間賃は正当な報酬のほんのわずかな部分でしかない。古風な人柄で、自分の務めと心得るところを果たすこと、ただそれだけが生きる目的であり、し終えた手仕事がそのまま満足と誇りの形である。

子供の頃、日曜には普段うっかりぞんざいには扱えない本も手に取ることを許されていた。挿絵入りの豪華本や、名の知れた著者の美装本、あるいは、分厚くて重たいというだけで丁寧に持たなくてはならない本などだ。嬉しいことに、その手の本はいずれも評価の高い文学書だったから、頭の中で休日と、詩文、散文の大家の名が結びついた。長じて後も習慣は変わらず、日曜日はせめて少しの時間でもそうした本を静かに読んで過ごしたいと思う。いつもなら親愛と崇敬を口実ににべもなく脇へ退け、新しい興味に引かれてそれきり顧みようともしない本である。ホメロス、ウェルギリウス、ミルトン、シェイクスピアのどれか一冊を開かずに暮れた日曜日はめったにない。いや、そう言ってはとかくありがちな誇張になる。正しくは、休日にはちょくちょくその気になって、努めて読む機会を作ったということだ。今では努めるまでもなく、いつも気持はあって機会にも事欠かない。ホメロスなり、シェイクスピアなり、思いのままに取り出せばいい。だが、雲の上の大家と同席する光栄に似つかわしい日となると、どうしたって日曜だ。名にし負う不朽の泰斗《たいと》は当座の関心だけで寄ってくる半可通《はんかつう》など相手にしない。悠々の時間を長衣のごとくに身に纏《まと》い、安らぎの調べを奏でる心の調弦をして、はじめて深交を許される。そこで恭《うやうや》しく本を開く。神聖という言葉がいくらかなりと意味を持つとしたらこのことではなかろうか。読み進む間は何ものにも邪魔させない。胸赤鶲《ムネアカヒワ》の鳴く音《ね》と蜂の羽音はわが聖域の頌歌《しょうか》である。ページはめくって、かさ、とも言わない。

6

屋の内に怒りの言葉一つなく、同居人の間にいっさい感情のわだかまりもないという家が、果たしてどれだけあるだろうか。大半の人々が自身の経験から、世界中のどこであれ、人間が住んでいる限りそんな家のあろうはずはない、と言ったにしても無理からぬことだ。何はさておき、一軒そういうところを知っているのでまだほかにもありそうに思うのだが、臆断の危険は避けるに如《し》くはない。確信をもって指させる例はなし、隠遁《いんとん》する前の世俗の生涯をふり返っても、波風の立たない家はついぞ見たことがない。

複数の人間が起居をともにするのはえらくむずかしい。いや、それ以上に、文句なく恵まれた条件でほんの一時たりとも、互いに感情を害することなく交友を続けるのは極めて困難だ。仕事や習慣の違いがある。偏見の衝突がある。意味はこれとほとんど同じだろうが、意見の相違も稀ではない。二人の人間がただ顔見知りというだけではない関係になり、傍目《はため》にどれほど気が合っているように見えても、一、二時間も一緒にいればたちまち不協和が生じて、腹の底では自制に努めなくてはならない。人間はもともと他人と仲よく付き合うようにはできていない。身勝手で、我が強く、理解できない相手には多かれ少なかれ反感を抱いて非難めいた口をきく。優しい心根があるとしても、極《ご》く稀にそれが持ち前の喧嘩《けんか》好きを抑えるか、悪口雑言に歯止めをかけるかといったあたりがせいぜいだ。愛すらも、言葉の最も深く厳密な意味において、険悪な向かっ腹や生来の癇癪《かんしゃく》をなだめる安全弁ではない。習慣という強い身方がなかったら、愛はどこまで持続するだろうか。

あの町この町の家という家で、ある瞬間に交わされる言葉をすべて同時にはっきりと聞き分ける能力を授かったとしたらどうだろう。聞こえてくる響きの基調をなしているのは、不機嫌、性格の不一致、意見の相違など、さまざまな不和に発する刺々《とげとげ》しい語気に違いない。よほどおめでたい夢想家でもない限り、これは疑いようのないところだ。ただし、怒りの感情が人間生活を支配する最大の要因だと言うのではない。

文明の歴史が事実はその逆であることを証している。闘争本能があまりにも多くの場面で衝突を招くため、ただそれだけのために、人間社会は一つにまとまって全体として見かけの安定を取りつくろう。どれほどの年月か正確には知る由もないが、長い間に人間は驚くばかりの自制心を身につけた。悲惨な体験が妥協の必要を強い、習慣は個々人が静かで秩序ある生き方を選ぶように仕向けた。とはいえ、根っから喧嘩好きな性質は変わらず、自分にとって都合のいい理屈が立つ限りは衝動に逆らわない。往々にしてほどをわきまえないのはもちろんだ。たいていの男女はいつも誰かとおっぴらにいがみ合っている。大多数は、またかというほどごたごたせずには生きられない。気心の知れた相手と腹を割ったところで、友人や親類からどれだけ冷たくされ、疎まれ、憎しみを受けたか、記憶のありったけを尋ねてみるといい。数えだしたら切りがないはずだし、そうした行き違いが日常の「誤解」に原因する場合も極めて多かろう。喧嘩口論は安楽に暮らす富裕階級よりも下々の貧しく無教養な人種の間で持ち上がるのが普通だが、ならば少数の貴顕人士にくらべて底辺の大衆は人付き合いが下手で社会生活が苦手かというと、そんなことはない。高い教養は自制心を培うかもしれないが、その分、人間関係の軋轢《あつれき》が増す。みすぼらしい町家におけると同様、荘園領主の屋敷でも人と人の緊張、摩擦は絶えず、夫婦、親子、遠い近いはあれ類縁同士、雇い主と使用人の間で口諍《くちいさか》いが起き、詰《なじ》り、誹《そし》り、言い募って、果ては罵《のの》り合うまでになる。言うだけ言って胸がすっとすれば、ふりだしに戻ってまたぞろ同じことのくり返しだ。外に出れば騒ぎはあまり気にならないが、身のまわりですったもんだが絶えないことに変わりはない。毎朝配達される手紙のうち、不平不満、遺恨、憤りの訴えがどれほどの割合を占めているだろうか。郵便袋は非礼な当てこすりと陰に籠《こ》もった敵意ではち切れんばかりだ。人間の生きざまが公私両面においてここまでいざこざを避ける高度な仕組みを作り出しているのは喜ぶべきことという以上に、驚異の中の驚異ではなかろうか。

心優しい理想主義者たちは戦争が続いていることを慨嘆《がいたん》して訝《いぶか》りの言を吐く。それはそうだろう。何はともあれ国々が仮にも平和を保つとはどういうことか、説明するとなると人間の知恵では追っつかない。よほどの幸運によらずしては個々人が周囲と上手《うま》く折り合えないならば、異国の住民との間に相互理解と善意が生まれる可能性ははるかに減ずるだろうからだ。実際、二つの国が掛け値なしに真の友好関係を維持している例はどこにもない。国同士が批判をやりとりすれば、そこには自《おの》ずと敵対感情が紛れこむ。敵を意味するラテン語、ホスティス（hostis）は、もともとはただ見ず知らずのことでしかないのだが、並みの人間が外国人でもある赤の他人に反感を抱かないとしたら、それこそ不思議ではなかろうか。おまけにどの国でも大多数が国際間の対立を煽《あお》ることに喜びを感じ、仕事の上でもそれに荷担している。常識がせめて痕跡なりと留めていれば話は別だが、すっかり失われた世の中で戦争が絶えず話題になり、宣戦布告もままあることを人は何とも思わない。以前は遠く距離をへだてて対話も稀《まれ》であることが広い世界の平和を守っていたが、今では国と国が肘《ひじ》を接しているありさまで、新聞記者や政治家が口を開けば蒸し返す不信、脅威、憎悪についてことあたらしく説明するまでもない。距離が縮まったせいで世界中の国が寄ると触るといがみ合うようになった。喧嘩の種が尽きないことは異とするに当たらない。百年先には国際関係も文明人の暮らしに恩恵を施してきた法則に従うべきではないかという考えが、理屈ではなく、生身の勘から生じる可能性がなくもない。どこかの国と国が流血を避けてとくと話し合い、共通の利益のために、暴虐に走ることを控えるならしめたものだ。もっとも、そういう情景を想像に描いて正当に理解されるまで、一世紀は短すぎるだろうかと恐れずにはいられない。まさかとは思うが、この世から新聞という新聞が消えてなくなったら……。

戦争の話となると、ついついこんな脳天気なことを考えてしまう。

7

国際関係の展望と称して評論雑誌がちょくちょく掲載する予言記事を読んでいる。どうしてそんなことに時間を費やすのか、自分でもよくわからない。強いて言えば、嫌悪と恐怖の刺激が懶惰《らんだ》にふやけた頭をどやしつけるからだろう。えらく目先がきいて威勢のいい論者は欧州大戦が避け難いことを公言し、その予測がある種の精神構造に訴えて興奮を煽ることに不思議な満足を見出《みいだ》している。「未曽有の惨禍」について論者が弄《ろう》する言辞には何の意味もない。全体の調子から、論者が主戦陣営の代表を自任しているのは明らかで、そこでの役割はどうにでもなる無責任な発言で戦争の不可避を認めたがらない勢力を扱きおろすことである。執拗な予言の反復は既成事実を作り上げようとするいかさま師の常套《じょうとう》手段だ。

もうこんなものを読むのは止《よ》そう。この先、決心は動かない。どうして怒りに神経をふるわせ、一日の静穏を妨げなくてはならないのか。読んで何の得にもならないというのにだ。世界の国々が殺し合ったところで知ったことではない。それは愚か者のふるまいだ。せいぜい楽しんだらいいではないか。突きつめた話、平和は少数者の願望だ。いつの時代もそうだったし、どこまで行ってもこればかりは変わらない。ただ、虫酸《むしず》が走る「未曽有の惨禍」の一本調子は願い下げにしてもらいたい。どこの国の指導者も大衆も、そんなことは考えてもいない。濡れ手で粟《あわ》のぶったくりで大儲《おおもう》けを見こむにせよ、波に攫《さら》われるように首項垂《うなだ》れて駆り出されるにせよ、身内に巣くう獣の本能が人を戦場に向かわせる。いざ肉弾戦となったなら、討ち討たれ、斬り斬られ、気の済むまでやればいい。胃の腑が裏返るまで、血の雨を浴び、腸《はらわた》の泥濘にのたうちまわったらいいではないか。黍畑や果樹園を焼き、人家に火をかけるようなこともするだろう。にもかかわらず、少数ながら黙然と自分の道を行く人々がきっといる。腰を屈めて花を摘み、夕映えに息を呑んで立ちつくす人たちだ。これだけは考えるに価する。

8

暑い時に外を歩くなら、かっと照りつける日盛りがいい。この国の太陽は耐え難いほどの灼熱とまではいかず、それでいて真夏の蒼穹《そうきゅう》を領して誇らしげな輝きが歓喜を誘う。街路はさすがに暑さが厳しいが、見る日があれば夏の日射しが卑俗なものにまで美観を添えて風景の奥行きを深めていると知れる。かつて、よんどころない事情から八月の休日にロンドンを端から端まで歩いたことがある。不気味に人が絶えた大通りを行くのは思いのほかに愉快だったが、やがてその気持は美しいものに打たれた驚きに変わった。雑然とした沿道の景色や、それまで知らずにいた何の変哲もない建物に不思議と心を引かれた。路面に落ちる黒い影が一夏に何度かと思うほどくっきりと輪郭を印し、人通りのないところではなおのこと明暗の対照が著しい。馴染みのある寺院や塔や記念碑がまるではじめて見るようだったのを憶《おぼ》えている。テムズ川北岸のどこだったかで腰をおろしたのはゆっくり景色を眺めるためで、歩き疲れて休むほどではなかった。真昼の陽光が頭上に降りそそいで、血管に生気が漲《みなぎ》るかと思われた。

あの感覚はもう戻らない。自然は慰めと快楽を与えてはくれても、活力を呼び覚ますことはない。太陽はこの身を生かしてはくれるが、かつてのように存在を一新することはできない。ならば、くよくよ考えこまずに楽しんだ方がいい。

昼日中の散歩でいつも通る道に馬栗《マロニエ》の大樹がある。根方は恰好な緑陰の休息所だ。見晴らしはきかないが、それでもなかなか景色がいい。玉蜀黍《トウモロコシ》畑のはずれの空き地に罌粟《ケシ》と野原辛子《ノハラガラシ》が咲き乱れて原色の赤と黄が日の輝きによく似合う。近くに三色昼顔《サンシキヒルガオ》が白い大きな花をつけた生け垣もあって、いつまで眺めていても見飽きない。

草花では針苜蓿《ハリモクシュク》が大好きだ。暑い夏の日を浴びてこの花が発する特有の芳香が何とも言えず頬笑《ほほえ》ましい。愉悦にも通じる気持がどこから来るかはわかっている。ハリモクシュクは砂浜によく生える草で、子供の頃はいつも炎天下の灼《や》けた砂に寝そべって時を過ごした。めったにそれと意識することはなかったが、紫がかった薔薇色の小さな花が頰をくすぐれば仄《ほの》かな匂いが伝わってくる。今ではこれを嗅ぐだけでたちまちあの頃の記憶が蘇り、ずっと北のセント・ビーズヘッドに続くカンバーランドの海岸線が目に浮かぶ。水平線にうっすらとマン島の影が霞《かす》んでいる。内陸は子供心にも未知の驚異を取り巻いて守りを固めているように思えた山岳地帯である。遠い遠い昔のことだ。

9

以前にくらべてまるで本を読まなくなった。その分、考えてばかりいる。だが、もはや人生の道案内は勤まらない思考に何の用があろう。どうせなら、ひたすら本を読み続けて役立たずの自己はうち捨て、先達の思索の世界に戯れた方がいい。

この夏は新しいものを読まぬ代わりに、長いこと表紙を開けもしなかった何冊かと再会して、言うなれば旧交を温めた。中には分別盛りを過ぎたらまずめったに読みそうもない本もある。いつの間にかわかった気になってそれきり見向きもせず、知ったかぶりの口をききながら、その実、二度と繙《ひもと》くことなく終わる本だ。今回たまたま手に取ったクセノフォンの『アナバシス（小アジア遠征記）』にしても、普通はその類だろう。学校で読んだ小型のオックスフォード版で、見返しに拙《つたな》い文字の署名がある。ページは染みだらけの上にアンダーラインと余白の書き込みで汚れている。恥ずかしながらほかの版は持っていないが、なろうことならきれいな状態で読みたい本だ。ページを開くと少年時代を思い出して心が疼《うず》き、章から章と息つく閑《ひま》もなく数日で一巻を読み終えた。

夏のことで幸いだった。少年時代と長じて後の接点を探るには教科書に立ち返るのが何よりだろう。どんなものも学校で読まされるとつまらなくなるのは世の常だが、この本は実に楽しかった。

ちょっとした記憶のいたずらで、子供の頃に読んだ古典はきっとからりと晴れた夏の日の連想を誘う。雨の日や陰気で薄ら寒い日の方がよほど多かったに違いないが、そんなことは思い出さない。決定版と名も高いリデル／スコット共編のギリシア語辞典は今も役立って、顔を寄せてページから立ちのぼる匂いを嗅ぐと、はじめてこの字引を使ってまだ新しいクセノフォンを読んだ少年時代に引き戻される。見返しにはとうの昔にいなくなった一読者の手で日付が印されている。夏の日だった。不安と喜びが相半ばする初心《うぶ》な興奮を覚えつつ文字を辿《たど》るページに明るい朱夏《しゅか》の光が躍っていた。あの心のときめきは歳月を経てなお折に触れて記憶の底から浮かび上がってくる。『アナバシス』。これがもし、今に伝わる唯一のギリシア語文献だとしても、読みこなすのに古典語を学ぶだけのことはある。『アナバシス』は実に見上げた文芸作品だ。簡潔にして流麗な文体と、色彩豊かな情景描写の絶妙な組み合わせは類がない。ヘロドトスの『歴史』は終始一貫、著者の個性で読ませる散文詩だが、クセノフォンは好奇心旺盛で冒険好きなところに同じギリシア人の資質を窺わせながらも無念無想で新しい表現を模索し、独往の歴史物語を完成した。この小冊一巻には瞠目《どうもく》の世界が迫真の筆で描かれている。ここには野望があり、葛藤があり、異土の驚異がある。命懸けの冒険や決死の救出劇が重層して、山と海の鮮烈な風が全編を吹き抜ける。カエサルの『ガリア戦記』を思い出してみるといい。比較できないものを比較するというのではない。ただ、クセノフォンの完璧なまでに磨き抜かれた文章を味読するにはそれが早道だ。同じ優れた文章家でも、ローマのカエサルとクセノフォンでは肌合いが違う。カエサルの果断な語調は権力者の誇りから出ているが、対するにクセノフォンの端正な軽みは豊かな想像力の所産である。『アナバシス』にはあっさりとした描写で胸の底に訴える場面が少なくない。例えば第四話でギリシア軍の兵士らが危険な土地で手引きをしてくれた案内人を懇《ねんご》ろにもてなして送り返すくだりなどは、この著者の巧みな話術が余韻を残して味わい深い。兵士らが恩義の念から差し出した財貨を身に帯びて敵中を横断する案内人は命の危険に曝《さら》されている。「日暮れて男は別れを告げ、夜陰の奥へ立ち去った」暗示を活かす省略の効果が心憎い。背景は広漠たる東方の僻地である。今や日は落ちた。ギリシア軍の兵士らは遠征途上にあって、ひとまずほっと息をついている。頼りにしていた未開の山岳部族民は盗賊を誘惑することにもなりかねない褒美の財物を懐中に、単身、危険が潜む夜の闇を遠ざかる。

これも第四話で、もう一つ忘れ難い場面がある。カルドゥキア丘陵で男二人が逮捕されて道を訊《き》かれる。「一人は黙して語らず、あらん限りの脅しにも頑として口を割らなかった。それがために、連れの目の前で虐殺された。ここに至って今一人は男が道を教えることを拒んだ理由を明かした。ギリシア勢が兵を進めるべき方角に、嫁いだ娘の住む家があったという」

切りつめた言葉でこれ以上に哀感を表現するのは生易しいことではない。クセノフォン自身はさほどとも思わず、ただ事実をあるがままに伝えるつもりだったろう。しかもなお、この短い文章は時代を超えて色褪《いろあ》せることのない人間愛と自己犠牲の何たるかを語って光彩を放っている。

10

一年の日射し明るい半分をイギリス諸島漫遊で暮らそうかと思うことがある。まだ見ていない風景や名所古跡は数知れず、愛する故国に訪れたことのない場所を残して生涯を閉じるのは業腹《ごうはら》だ。かつて歩いたところを回想して、馴染みのある地名がまるで風景の記憶を呼び戻さず、そわそわと気が焦ったりもする。本屋の棚で旅行案内を見かければ手を出さずにはいられない性分で、家に山とある案内書が旅心を掻き立てる。めくって退屈なのは工業都市を紹介するページだけだ。が、それはともかく、この先二度と旅に出ることはない。もう年寄りだし、身についた習慣は抜けないだろうからだ。鉄道は嫌い、ホテルは苦手で、旅をすれば書斎や庭や窓からの眺めが恋しくて堪《たま》らなくなることはわかりきっている。それに、どこだろうと旅の空で死ぬなど思いも寄らない。

旅もいろいろだが、かつて強い印象を受けた場所、もしくは、ふり返ってそう思える場所ばかりを再訪する想像の旅が何よりだ。そう思える場所というのは、時間を隔てて瞼《まぶた》に浮かべる曽遊《そうゆう》の地の記憶は往々にして、はじめに受けた生の印象とは似て非なるものだからだ。実際はほのぼのと心が温《ぬく》もる程度だったり、たまさかの心境や周囲の条件が大幅に感興を殺《そ》いだりで、さしたることもなかった光景が遠くから見ると鮮烈な歓喜や深く静かな幸せの構図に変わる。一方、記憶が幻想を生まず、特定の地名が生涯でも最高の瞬間とだけ結びついているならば、再びその場所を訪れて過ぎ去った日の感動を期待するのは思慮浅薄というものだ。目に映るものだけが喜びや安らぎをもたらすのではない。どれほど眺めがよかろうと、空が澄んでいようと、頭と心、そして血潮の協和なくして人間の本性はかつてのように外界と呼応しない。

午後、本を読みながら、いつしか心は宙にさまよってサフォークの丘辺を思い出した。二十年前のある夏の日、歩き疲れて気怠《けだる》くへたりこんだ場所だった。無性に懐かしい気がしてすぐにも出かけ、あの高い楡《ニレ》の木の下でパイプをくゆらせながら、炎昼の眩《まばゆ》い日を受けて金雀花《エニシダ》の莢《さや》がカリッ、カリッ、と爆《は》ぜるのを聞きたいと思った。衝動に任せてその場から飛び出したら、記憶が慈しんでいる至福の時を昔のままに味わえたろうか。いやいや、思い出したのは場所ではない。当時の年齢、境涯、心情がたまたま一つに融け合ってあの束の間の陶酔を醸したのだ。同じ丘、同じ明るい夏空の下で吸うパイプがあの時と変わらず香りよく、同じ慰めを与えてくれることと仮にも考えられようか。腰を降ろす芝生は今も緑だろうか。楡の木の大きな枝は照りつける真昼の日射しを心地よく和らげてくれるだろうか。ゆっくり休んで疲れが癒《い》えたら、あの時のようにきびきび立ってまた確かな足取りで先を急ぐだろうか。いやいや、こうして記憶にあるのは若い時分、サフォークの絵のような風景と心がゆくりなく相和したほんの一齣《ひとこま》でしかない。あの場所はすでにない。もともと、どこという場所はなく、ただそこに人が一人いただけだ。意識が周囲の世界を作る。牧場に並び合って立ったとしても、他者が見るものを自分は見ず、人を揺り動かす感情に心打たれることもない。

11

四時ちょっと過ぎに目が覚めた。ブラインドに日が当たっている。いつもきっとダンテの天使たちを思わせる、金色に透きとおった夜明けの光だ。常になく夢も見ずに熟睡して、休まった全身に生気が満ちあふれるようだった。頭がすっきりして、脈拍も落ち着いている。しばらく仰向けのまま枕元の書架からどの本を取ろうかと思案するうち、外に出て朝まだきの空気を吸いたい気持がにわかに疼いた。すぐ起きてブラインドを上げ、窓を開け放つとますます気が急く一方で、庭を抜ければ心も軽く、そのまま行く当てなしに歩きだした。

夏の朝明け早々、こうして出歩くのは何と久しぶりだろう。これはそこそこ健康な人間が、心身ともに、自分に許せる最高の快楽だが、気分と条件が揃って行動を起こすまでになるのは年に一度あるかないかのことだ。日が高くなってまだぐずぐず寝ているというのは、考えてみればおかしな習慣ではないか。実に罪な習慣だ。近代の生活形態が、かつての健全な暮らしぶりにつけたした最も愚かしい変化の一つと言っていい。だが、持ち前の体力が思いきった変革に適応できないはずはなかろうから、これからは日没とともに休み、日の出とともに起きるとしよう。定めし健康によく、人生に喜びを添えるに違いない。

以前は旅先でちょくちょく日の出を拝んだ。朝の太陽はどんな自然の姿にもまして歓喜を呼び覚ます常だった。地中海の夜明けは忘れ難い。遠近《おちこち》の島影が次第にほんのり曙光《しょこう》に染まり、やがて金色の海に浮かび出る。山々に目を転ずれば、今しがたまで蒼白く冷ややかに聳《そび》えていた彼方《かなた》の頂きが、次の瞬間、薔薇色の指をした女神の一触でふくよかな輝きを纏《まと》う。あのような情景をもう二度と見ることはない。記憶があまりにくっきりと鮮やかなために、新しい体験に濁されてはと恐れずにはいられない。すっかり衰えた感覚は前に見たものを同じようには見せてくれない。

早起きをして、ほかの生徒たちがまだ寝ているうちに寄宿舎を抜け出すのが嬉しかった時代も遠くに去った。早起きの理由に他意はない。ただただ自習のためだった。がらんとした広い教室に朝日が射し初《そ》めている。教室には特有の匂いがある。教科書、石版、壁の地図、その他、何とも知れないもろもろの匂いだ。いくらかつむじ曲がりだったせいか、五時起きでないと数学の勉強には身が入らなかった。昼間は思っただけで虫酸が走る科目である。教科書の、ともすれば恐怖の元凶ともなりかねない箇所を開いては、いつも自分を励ました。「さあ来い。今朝はここをやっつけるぞ。ほかのやつらにわかって、おれにわからないことがあるものか！」ある程度は甲斐があった。ある程度はだ。どう頑張ったところで、実力には限度がある。

　下宿住まいの頃は、めったに早起きはしなかった。一年だけ、正確にはある時期だけほぼ一年、毎朝きちんと五時半に起きた。これには立派な理由がある。ロンドンの大学入学資格試験に向けて準備している男の「指導」を引き受けたのだ。昼間は仕事で、朝の食事前しか勉強の時間がない相手だった。下宿はハムステッド・ロード、生徒の家はナイツブリッジで、早足で歩いて一時間だから、六時半の約束には起き抜けに出ればちょうどいい。この条件は少しも辛くなかったし、ささやかながら謝礼を受け取って、飢えに脅かされることなく書き物に集中できるのはありがたかった。ただ、一つ不便なのは時計がなくて、近所の時計でしか時刻が知れないことだった。たいていは頃合いに目が覚めて、五時を聞いて飛び起きたが、時たまどんより暗い朝などには心ならずも不覚を取る。時計が鳴るのを半分聞いて、早めに起きたのか寝過ごしたのかわからない。時間に不正確なのは我慢できない性分だから、服を着るなり通りへ走り出て、今鳴ったのはとあたりを窺うこともしばしばだった。一度、霧雨の煙る朝、そんなふうにあたふたと出てみるとまだ三時前だったのを憶えている。

ナイツブリッジまで行って、生徒のミスター某《なにがし》は疲れが溜まって起きるのが辛いと言われたことも何度かあった。謝礼を差し引かれるわけではなかったから、一向に構わない。勉強の面倒を見ようと見まいと、往復二時間、歩いた分だけ腹が減って食事の旨《うま》いことといったらない。パンにバターとコーヒーだけの粗末な食事だが、とりわけコーヒーは生き返るようだった。食欲は道路工事の労働者も顔負けするほどで元気がもりもり湧いてくる。帰る道々仕事の段取りを思案して、先の目処《めど》はついている。朝はまだ早い時間で頭はすっきり冴《さ》えているし、適度な運動と健康なればこその空腹が手伝って、気力満々、何もかもが絶好調だ。食事を終えて書き物机に向かえば、途中で一度、軽いものを摘《つま》むほかは七、八時間ぶっ通しでペンを走らせる。ロンドン中を捜しても、これほどの喜びと、意欲と、希望を持って仕事をしている人間はめったにいない……。

ああ、そうだとも。充実した日々だった。だが、それも長くは続かず、あの時期を挟んだ前後は心労と悲嘆と艱難《かんなん》と、ただただ辛いことばかりだった。一年間の健康と、ほぼ不足ない平穏を与えてくれたナイツブリッジのミスター某には今もって感謝している。

12

昨日はまる一日、当てもなく歩いた。足の向くまま、気の向くまま、ただ歩くだけが楽しかった。トプサムまで行って、小さな教会墓地の石段に腰を降ろして潮が満ちてくる河口を眺めた。トプサムは大好きで、海とまでは言わず、それでいて河よりは広い水面を望む教会墓地はどこよりも心が休まる場所だ。この気持がトプサムの水夫を詠《うた》ったチョーサーの連想に重なることは言うまでもない。ずいぶん疲れて帰ったが、まだまだ老い衰えてはいない。感謝しなくてはいけない。

自分の家がある幸せを、どうして言葉に尽くせよう。三十余年、ずっとこだわりを捨てなかったが、終《つい》の棲家《すみか》の安心を約束されることがこんなにも深く甘美な喜びとは知らなかった。ここへ来て、何かにつけてそれを意識する。死をおいてほかの何ものも、この安らぎの場から立ち退《の》きを強いることはできない。死はかけがえのない静穏をいっそう確かにしてくれる畏友と思いたい。

家にいて、人は時が経つにつれて周囲のすべてに愛着を増す。現に、今いるこのデヴォン一帯はもともと好きだったが、このところ日ごとに募る親愛を思えば、以前の気持など何ほどでもない。建物にはじまって、棒杭一本、石ころ一つ、何から何まで気心の知れた身内同然だ。ドアの側柱にも馴染みがあって、撫《な》でさすったり、庭の木戸口へ出しなには親しみをこめて叩いたりする。庭の立木や灌木《かんぼく》はどれも仲の好い友だちだ。乱暴にして痛い思いをさせたり傷つけたりはしたくないから、手を触れるならそっと優しくあやすように心がけている。散歩の道端で草を摘めば、憐れみをかけてから捨てる。これもわが家の一員だ。

周囲に開けた田園の風土もいい。村々の名の何と耳に心地よいことだろう。エクセターの新聞はいずれも郷土に寄り添った紙面で、読んで飽きることがない。人心にはとんと興味がないけれどもだ。ほんの一人か二人を別として、人間はどうでもいい。人付き合いは避けるに越したことはない。ただ、土地には親しみが増すばかりだ。ヘヴィトゥリー、ブランフォード・スピーク、ニュートン・セント・サイリスといった土地土地の出来事なら、何であれ知りたいと思う。近頃では数マイル四方の街道や、大路小路《おおじこうじ》、馬道、裏道を残らず知って得意になっている。農場や牧草地の名もすべて記憶に留めておきたい。それというのも、ここが心の故郷で終焉《しゅうえん》の地となろうからだ。

真上の空を流れる雲さえが、どこで見た雲よりも情趣があって美しく思える。

かつて一時期、社会主義者、もしくは共産主義者、さらにはそれに類する革命派を自称していたことを考えると慚愧《ざんき》に耐えない。むろん、長いことではなかった。その種の言葉を口にすると、ふんと鼻で嗤《わら》う心が自分の中にあったように思う。何といっても、これほど所有欲の強い人間はいまいし、このように骨の髄まで徹底した個人主義者がいようはずもない。

13

この夏の盛りに、自分の意思で夜となく昼となく、都会で暮らす人々がいるかと思うと奇異な気がする。客間に群れて騒々しくしゃべり立て、飲食店でどんちゃん騒ぎにうつつを抜かし、あるいは照明のどぎつい劇場の桟敷《さじき》で手に汗を握る人々だ。当人たちはそれを人生と言い、快楽と胸を張る。ああ、そうだろうとも。人間がそのように出来上がっているとあってはだ。脇から見て、あれが運命に従うことだろうかと首を傾《かし》げたところではじまらない。

それにしても、洒落《しゃれ》た帽子のご婦人方や、身なりのいい紳士諸君とは縁がないことを思えば心静かで、深い感謝の念が兆す。幸いにして、ほとんど付き合わずに済んでいる。やむを得ない事情から、ごめんこうむりたい人種と同席したことは時たまあるが、思い出しただけで耳鳴りがして、疲労がのしかかってくるようでうんざりする。用が片付いて表に出た時の救われた気持といったらない。あの頃は貧乏が自由を与えてくれる味方だと思えたし、何にもまして自尊心を教えてくれる文筆稼業が有難かった。

男と女の別なく、心から打ち解けない相手とはこの先二度と握手を交わすまい。知り合いとは名ばかりの他人に会うのも止《や》めにしよう。人間みな兄弟だ？　冗談ではない。いい加減にしてもらいたい。もちろん、なるたけ人に悪さをする気はないし、誰に対しても善《よ》かれと願う。とは言うものの、自分を偽ってまで人に優しいふりを装うつもりはない。大嫌いな相手、あるいは気後れを覚える相手に愛想笑いをしてみせたり、心にもない追従《ついしょう》を言って後悔したことが何度あったろう。すべては信念に欠ける臆病のせいだ。自分の弱みを知っているなら、世間とは一線を画すに如くはない。

その点、サミュエル・ジョンソンは立派だった。あの歯に衣着《きぬき》せぬ直言居士《ちょくげんこじ》には人倫を説く世の道徳家、説教師が束になってかかっても敵《かな》わない。ジョンソンが隠棲《いんせい》したならば、それこそは国の損であったろう。恐いものなしのジョンソンがずばりと言ってのけることは何もかも、片言隻句にいたるまで、小心な善人が口にするきれいごとよりも重みがある。ジョンソンに倣《なら》って、身なりが上等だろうとどうだろうと俗物は俗物と切って捨てればいい。美服を着た愚者や悪党がはっきりそう言われることはまずないし、面と向かってそれを言う資格のある人物もめったにいない。悪口雑言のぶつけ合いからは何も生まれない。気のきいたことを言ったつもりでも、お前だって、とやり返されるのが落ちだろう。が、それはそれとして、今はこういう世の中だから、まっとうな見識があったら毒舌家ならざるを得まい。遠慮は無用。言いたい放題、好きなだけ言ったらいいではないか。

14

イギリスの気候を悪く言うのは愚かしい。これほど気候のいいところはほかにない。健康な人間にとってはだ。それを言うなら、気候の良し悪《あ》しはその国その国に生まれ育って普通程度に健康な市民の判断で決まる。病人は季節の移り変わりを嫌ってどうこう言う資格はない。自然の方で病人は眼中にないからだ。できるものなら、病人は普通ではない自分の条件に合った土地を見つけてどこへでも好きなところへ行ったらいい。後に残った無数の丈夫で元気な男女どもは巡る季節を心待ちに迎え、惜しんで見送り、おりふし自然の恵みに浴する。寒暖の差が極端ではなく、だいたいは穏やかで、時に気まぐれな空模様があるにしても絶望的というまでにはならないから、この島国の気候はほかとくらべていささかの遜色《そんしょく》もない。イギリス人ほど春夏秋冬の変化を心おきなく楽しんでいる人種があるだろうか。人が寄れば時候の話題になることからして、イギリス人が気象の恩恵を強く意識している証拠ではないか。青空ばかりが続いて単調な国や、気候風土が苛烈で住みにくいところでこんなふうに天気で話が持ちきることはない。天気の悪い日は少なくないし、東から吹きつける風が首を絞め、霧は痛風の元で、太陽が長いこと顔を隠して輝きを出し惜しみするのはしばしばだと認めた上でなお、最後には何もかもがよくなるのは知れている。この気候が千変万化する天象にひたと向き合うイギリス人の感性を育て、野外の暮らしに憧れを募らせる。わがことながら、天気の苦情を言って憫笑《びんしょう》を買うだけでしかない弱虫は生まれつきだ。この七月は、ここデヴォンですら陰気に曇った風の日が多い。寒さの夏に気は塞ぎ、南の空を思っては愚痴をこぼしてばかりいる。何たることだ。この年齢で人並みにそこそこ達者なら、鬱陶しい天気をものともせず、ホールドンを歩きまわって日射しの不足を補う楽しみをいくらでも見つけられるはずではないか。堪《こら》え性《しょう》はどうした。やがてある朝、東の空がほころびる蕾《つぼみ》のように明らんで澄んだ輝きが夏を呼び戻す時、頭上の深い紺碧がこの飢えた心身に与える慰めは、失意が長引いたからこそであることを知らないとでもいうのか。

15

しばらく海辺の夏を楽しんだ。その通りには違いない。が、老いた足弱の何と危うげだったことだろう。あれが、かつては吹き靡《なび》く潮風をワインを呷《あお》るように吸い、濡れた砂浜を歓声を発して駆けまわり、海藻の滑《ぬめ》る岩から岩を裸足で飛び移った私だろうか。白く泡立つ砕け波にかけ声もろとも躍り込んで抜き手を切った私だろうか。あの頃は天気の悪い海を知らず、ただ沸きたつ興奮と血気の若さがあるだけだった。今ではいくらか風が吹き荒れ、俄《にわか》の雨が叩きつけでもしようものなら、たちまち上っ張りを手に逃げ場を捜さなくてはならない。これが、老人は家にいるのが何よりで、旅は回想でするのが一番だと、ことあたらしく思い知らせてくれる。

ウェイマスで、腹から笑った。中年を過ぎてはめったにないことだ。岸沿いを航行する蒸気船が乗客向けに札を掲げている。「手洗い、婦人化粧室完備」たいていがこれを見て、くすり、とも笑わない。

16

この十年間にイギリス中、あちこちの旅籠《イン》を見てきたが、そのあまりの酷さには呆《あき》れ返ってものも言えない。インでも、ホテルでもいいけれど、多少とも気持よく泊まったのはほんの一、二軒だ。ほとんどどこも、まずベッドが気に食わない。わざとらしい大きさで、カーテンで息がつまりそうだったり、固い上に、掛けるものが薄っぺらだったりだ。家具調度がまた見苦しい。何よりも無難な装飾に配慮した跡もなく、かと思えば、これでもかこれでもかと悪趣味を押しつける。概して料理が粗末で味気なく、給仕もぞんざいでもてなしの心に欠けている。

自転車旅行者が沿道の昔ながらのインを復活させたようにも聞いている。そうかもしれないが、だとしたら自転車旅行者たちは程度が低い。古い文学にやたらと騙《だま》されていないのであれば、イギリスの旅籠は居心地のいい場所だったはずだ。安楽で、食事もよく、心から丁寧にもてなしてくれるのが当たり前だった。近頃の旅籠は、都会も田舎も同じで、そうした古風なところがなくなって、ただの居酒屋と変わりない。亭主の一番の関心は酒を売ることだ。客はその気なら食事をして泊まりもしようが、何はともあれ、まずは酒を飲むことを期待されている。ところが、その飲む場所からして快適にはほど遠い。客は、いわゆるバー・パーラーに案内されるが、窮屈でごみごみした一室だ。傾いでがたの来た椅子を楽ちんと思えるのは年中へべれけの大酒飲みだけだろう。手紙を書こうにも、穂先の割れたペンと劣悪なインクしか貸してもらえない。旅商人を上得意としている安宿の客室、俗に言うコマーシャル・ルームでさえ、どこも似たり寄ったりだ。ことほど左様に、旅籠屋《はたごや》商売のやり方は何から何まで信じ難いほどでたらめになっている。ままある不心得、ないしは無分別で、とりわけ腹立たしいのは古色蒼然たる絵のような建物を台無しにしていることである。由緒ありげな造りで、望む限り心地よく、休息と快楽の場所ともなるはずの建物が粗末にされているのはあまりに惜しい。

居酒屋には居酒屋の作法があろう。インなり、ホテルなりの看板を掲げているところでもその点は変わりない。上辺だけでも丁寧な客あしらいで後味が悪くなかったことは数えるほどで、何とも嘆かわしい。どこもたいてい、亭主や女将《おかみ》はてんから客を見下しているか、さもなければ馴れ馴れしいのが度を越してあくどいほどだ。給仕や仲働きはいけぞんざいで、客が帰る段になってやっといくらか愛想を見せるが、チップが不足だと聞こえよがしに厭味《いやみ》を言い、一昨日《おととい》来いとばかり出て行けがしの態度を取る。あるところで泊まったインで、都合で昼前に二度、三度と外出しなくてはならなかったが、いつも太った女二人、女将と仲働きが場所を塞ぎ、通りを見ながら話しこんでいた。堪《たま》りかねて道を空けるように言うと、いかにもわざとらしいそぶりで脇へ避けたきり、ほんのひとこと謝るでも何でもない。これがサセックスの市場町で最高級と言われている「ホテル」だった。

そこへ持ってきて、料理が食えたものではない。街道を馬車で移動した昔の旅行者が、現在、地方のホテルでテーブルに出されるもので満足するとはとても思えない。

料理はまずくなる一方で、肉も野菜も今や質は並み以下だ。何たること。イギリスのインやホテルできちんとした肉料理を注文しても無駄だというのか。これまでにも、すじ肉や脂気のないぱさぱさの肉を前にして食欲が失《う》せたことが何度あったか知れない。昼食に五シリングも取られるホテルで、ぐずぐずのポテトや、糸くずのようなキャベツにげんなりしたこともある。肉は、リブ、サーロイン、脚、肩、のどれを取っても貧弱だ。萎《しな》びて汁気のない肉をオーブンで焦がしただけだから味も素っ気もありはしない。牛の腿《もも》にいたっては、もはや姿を消したに等しい。塩加減のこつを心得た料理人がいなくなったせいだろう。朝食のベーコンが硝石《しょうせき》臭くて我慢がならなかったこともある。それも、最上の羊肉、ウィルトシャーの燻製《くんせい》と同じ値段でだ。毒草を煎じたかと思うような紅茶や白湯《さゆ》と変わりないようなコーヒーに不平不満を並べるのは、今や過ぎた贅沢でしかない。こうした場所で本格の紅茶、コーヒーが飲めないのは誰でも知っている。だがしかし、ビールがまずいことに歴《れっき》とした理由があるとしたらどうだろう。今なお地方の醸造元で、こくがあって喉越しのいいビールを造っているところがないでもないが、悲しいかなそれも目に見えて下り坂だ。ほかと同じで、時代の流れについていけずに撤退する例もあり、利益優先で手抜きをしているとは言わぬまでも、気の緩みから味が落ちる傾向は否めない。この分で行くと、早晩、イギリスではビールができなくなるだろう。その時は、ミュンヘン産の輸入ビールを当てにするしかない。

17

ロンドンのレストランで食事をした時のことだ。客を集めてよく流行っている大きな店ではなく、それなりに格式のある閑静な地区のこぢんまりとした店だった。若い男がやってきて隣のテーブルに座った。労働者ふうの男で、休日とあって一張羅と思われる服にめかしこんでいた。見るからに落ち着かず、馴れない店の空気や、席を占めたテーブルや、何もかもが気詰まりな様子だった。給仕がメニューを差し出すと、困惑と羞恥《しゅうち》で途方に暮れた顔をした。どういう風の吹きまわしか懐が潤って、勇を鼓してはじめての店に入ってみたものの、すぐにも飛び出したい気持でいるに違いなかった。それでも、給仕の薦めに従ってとにもかくにもステーキと野菜料理を注文した。ところが、料理が運ばれてくると、気の毒にどこから手をつけていいやらわからない。ナイフとフォークの数といい、皿の配置といい、ソースの鉢や薬味の瓶もさることながら、何よりも身分の違う周囲の客と、正装の給仕にかしずかれる初の体験に気が転倒した格好だった。青年は真っ赤になって不器用な手つきで肉を皿に取り分けようとしたが、どうにも思うに任せない。ゼウスの怒りを買って飢えと渇きに苦しんだタンタロスと同じで、料理は目の前にありながら口へ運ぶことができず、舌鼓《したつづみ》どころではなかった。せいぜい非礼を慎む心でそっと様子を見ていると、青年は胸のハンカチをテーブルに拡げ、決然として皿の肉をそれへ移した。客の難儀を見かねた給仕がすり寄って何やら耳打ちした。青年は恥じるあまりにかっと腹を立てて、食ってかかるように勘定を尋ねた。とどのつまり、給仕が奥から新聞紙を取って戻ると肉と野菜を包んで渡し、青年は代金をテーブルに叩きつけた。見当はずれな虚栄の犠牲者はそれきりぷいと立ち去ったが、どこか気楽なところで心おきなく飢えを満たしたことだろう。

階層の違いを絵に描いたような不愉快な一幕だった。イギリス以外の国でこんなことがあるだろうか。まず考えられない。気まずい思いをしたあの青年は風体卑しからず、レストランで食事をするにもいつもの通り落ち着いてゆったりふるまえばあれほど場違いには見えなかったはずだ。それが、青年は世界でも類のない無骨な柄と、新しいものをなかなか受け入れない不器用な質《たち》で知られた階層に属している。イギリスの下層階級はあれこれの欠陥を補う何か際立った長所を身につけなくてはいけない。

18

外国人一般がイギリス人をどう見ているかは理解に難くない。異邦人がこの国を鉄道で旅し、ホテルに泊まって、世俗の表向きだけを見るならば、イギリス人は陰湿で無愛想な我利我利亡者の集団だと思うだろう。何のことはない、社会生活、市民生活の理念に真っ向から反する国柄だ。が、実のところ、これほどまで社会や市民の意識が高い国はほかにない。イギリス人は人付き合いが悪いか。ふん。いったい、あらゆる階層にまたがって、こんなにも多様で活気のある、しかも血の通った協力関係が成り立っている国が世界中のどこにあるだろうか。とりわけ、公共の福祉に向けた知識階級の働きは目覚ましい。人付き合いが悪いだと？　どういたしまして。イギリスのどこへなりと行ってみるといい。学術であれ、スポーツであれ、何らかの協会もしくは団体に加わっていない人間はめったにいまい。男だけの話ではない。近頃では教育のある女性の多くが結社に属して地域のため国家のために尽くしている。そして、仕事を離れても社会人として最善の努力を惜しまない。すっかり寂れて景気の傾いた、俗に言う眠ったような市場町でさえ、人々が力を合わせてさまざまな活動が賑わいを呈している。それもほとんどは市民の自主参加だ。地元の人たちの熱意と協力が実を結んだ光景で、高度な「社会性」を誇っているはずの国々でこんなことは夢にも考えられない。社交的とは、誰彼かまわず行きずりの相手と気さくに言葉を交わすことではない。生まれつき品があって人当たりがいいことを言うのでもない。よくよく見れば、社交性はこの上なく不器用でぶっきらぼうな性格と抱き合わせなのだ。いずれにせよ、イギリス人はこの二百年ばかり、ただ形ばかり、その場を笑いに紛らすだけの社交術を敬遠してきた。それでいて、心身の健康、快楽、安寧など、共同社会の福利は何よりも大切にする。イギリス人の公共心は筋金入りだ。

このまぎれもない事実と、これに劣らず明白なもう一つの通性、イギリス人の不親切を同等に扱うのはなかなかむずかしい。ある視点から同国人を手放しで褒めそやしておきながら、立場が変わると大嫌いで顔も見たくないということがある。イギリス人は、根は親切だと思いたい。それが、どうしたことだろう。科学と金儲けの一世紀が国民性を著しく歪めたとでもいうのだろうか。旅籠に泊まってイギリス人の心がまるで乾ききっているのを感じなかった例しがない。料理は貪《むさぼ》り食うだけで楽しみのうちには入らず、酒はただ惰性で飲んでいるとしか思えない。人が愛想よく声をかけてくるなどはめったにないことで、つい何ごとかと身構えるほどだ。

頭に入れておかなくてはならないことが二つある。同じイギリス人でも、育ちのいい人間と素性も知れない生まれでは、態度ふるまいが雪と墨ほどに違う。それに、イギリス人はもともと控えめで、よほど寛《くつろ》いだ場でないことには人に素顔を見せたがらない。

階級によってものごとの流儀があまりに大きく違うため、気の早い他所者《よそもの》は人の意識や性格も同様で、階級ごとに雲泥の違いがあるように思うかもしれない。現に上層と底辺の差が極端に開いているロシアは例外として、ヨーロッパのどこを捜しても、身分の違いがイギリスの紳士と下々ほどあからさまな国はない。下々、つまりは庶民大衆だ。この下々が異邦人に強い印象を与える。距離を隔てれば正当な見方ができて、初歩から仕込まなくてはならないのは事実だとしても、まんざら捨てたものでもなし、育ちのいい人間とくらべて優劣を言うほどのことはないと知れる。一人一人が個別に国を代表しているのではない。ちょっと見ただけでそう思うのは間違いだ。大衆を理解するには底辺に降り立って我慢のならない習俗の隔てを見越し、優れた市民感覚もおよそ虫が好かない性格と同居していることを知る必要がある。

さてそこで、教育のある人間の頑《かたく》なとも言える他人行儀だが、これについては自分のことを考えれば充分だ。もとより典型的なイギリス人を名乗る気はない。自意識と、思索の習癖が一国の市民として、また社会人として、曖昧な性格を作っている。とは言いながら、大衆の中に身を置けばたちまちにして嫌悪の情が湧き起こり、自分の殻に閉じこもらずにはいられない。これは通りすがりの外国人がイギリス人を非難して言う冷淡で独りよがりな性格を絵に描いたようなものではないか。ただ、最初に抱く反感を押し殺すことに努めて、だいたいは不機嫌を隠しおおせているところは人と違う。自分から言うのもおこがましいが、少なくとも不親切ではないつもりだ。だが、近しい知人の多くが親切心の欠如を短所に挙げるだろうことはわかっている。思うさま自分をさらけ出すのはよほど気がほぐれて心を許せる場に限ってだ。要するに頭のてっぺんから爪先まで、正真正銘のイギリス人だと言うしかない。

19

朝食のテーブルに蜂蜜の壺《つぼ》がある。蜂蜜と称して店で売っている紛い物ではない、巣箱から採った本物で、近くの農家が分けてくれた。そこの蜂はよくこの庭にも飛んでくる。打ち明けた話、蜜は口にするよりも見た目に愉しみがある。もちろん、蜂蜜だから味はいい。

サミュエル・ジョンソンは言った。文学の素養があるとないとで人は生者と死者ほども違う。ある意味で、誇張ではない。ありふれたものも文学との関連で見方が変わることを考えればよくわかる。古代、蜂蜜の産地だったヒュメトスやヒュブラを知らず、詩の知識も、恋の思い出もなかったら、卓上の蜜の壺に何の意味があるだろう。都会を一歩も離れずに暮らしていたら、蜂蜜という呼び名は空気のいい田園の快楽を想像させるかもしれないが、それとてもおよそ深みのない心象風景でしかない。田園と聞いて牧草地や黍畑や野菜畑を思い浮かべるだけならば、まるきり本を読まず、ましてや読む意思もない人間が何も考えないのと同じことだ。なにさま、詩人は創造主である。これはキリスト教で神を意味する言葉だが、古くは詩人を指してこう呼んだ。詩人は狭量な人間に踏みしだかれた感覚世界の上に自由な精神を鼓舞して新たな世界を構築する。黄昏《たそがれ》の闇を間切って窓をかすめ飛ぶ蝙蝠《こうもり》を見たり、とっぷりと暮れきった中で梟《ふくろう》の声を聞いたりすることがあれほど楽しいのは何故か。蝙蝠は好きになれないし、梟は何やら迷信がらみの気味悪さを感じるか、気にもかけずに聞き流すかのいずれかだ。それが、蝙蝠も梟も詩の世界では晴れて場所を与えられていることから、役立たずのこの身さえ浮き立つような高揚に誘ってくれる。

以前、ある小さな市場町に泊まった時のことだ。草臥《くたび》れて宿に着いて、そのまま横になった。枕に頭を預けると同時に寝入ったが、何かに驚いて目が覚めた。暗い中で音楽を聞いたように思いながら、やがて意識がはっきりして、耳を澄ませばなよやかな教会の鐘だった。はて、何時だろうか。マッチを擦《す》って時計を見た。ちょうど真夜中だ。と、そこではっと閃《ひらめ》いた。「よく二人で真夜中の鐘を聞きましたっけ、シャロウ殿」シェイクスピアの史劇『ヘンリー四世』にあるフォルスタッフの台詞《せりふ》を思い出して、はじめて本当に鐘を聞いたと言うしかない。泊まった町はイーヴシャム。シェイクスピアの生地ストラトフォード・オン・エイヴォンは目と鼻の先ではないか。あの真夜中の鐘をただほかで聞くのと同じに聞いて、眠りを妨げられたと忌々《いまいま》しく思ったらどうだろう。サミュエル・ジョンソンの言ったことに誇張はない。

20

ヴィクトリア女王即位六十周年の祝典、セカンド・ジュビリーが催されている。丘に赤々と燃える篝火《かがりび》はトロイ戦争におけるギリシア水軍の武将、アガメムノンの陣営を思わせる。いや、ギリシア悲劇の英雄を担ぎ出すよりも、むしろスペインの無敵艦隊を破ったエリザベス女王の面影を偲《しの》ぶ方が今日この場にはふさわしかろう。早いところお祭り騒ぎがめでたく終わってくれることを願うや切だが、祝祭の意味は世間並みに理解している。現行の王政はイギリス人の常識の勝利である。大君主がいなくては国が存続し得ないことは認めるとして、問題はその大君の統治権と最大多数の自由をどう両立させるかだ。何はともあれ、イギリスはこの問題をひとまず解決した。ひとまずでしかないのだが、ヨーロッパの歴史を考えれば、国民が挙げてこの日を喜び祝うのはもっともと言える。

これまでの六十年、イギリス共和国は一大統領のもとで独自の道を歩んできた。大統領がちょくちょく替わるほかの共和国の方が君主政体の見かけがよくて国民の負担もはるかに少ないと言うのは的はずれだ。イギリス人は今のところ、国家元首が王、もしくは女王であることに満足している。王、女王の呼称は好みに合う。おまけに忠誠という、いささか曖昧ながら効験のある国民感情に訴える。大多数がそう思い、支配体制がまずは我慢できる形で機能しているとなれば、改新を図ることに何の意味があろう。国民は犠牲を厭《いと》わない。ことは自国の問題だ。それに、どこも似たり寄ったりの共和制に移行することが大方のためと、いったい誰が仮にも考えようか。実験を試みた国々が政治の安定、国民の福祉という観点からイギリスよりもはるかによくなったかどうか。理論家は時代に追い越されて生き延びている形態、検証に耐えない特権、愚かしく見える妥協、卑しむべき服従を嘲笑《あざわら》う。ならば人がみな道理をわきまえ、言行一致して、公正な世の中になるように、実際の役に立つ方策を提唱するがいい。イギリス人はどうやらそうした資質でずば抜けているとも思えない。政治について言えば、イギリス人の強みは既定の事実を尊重することから来る臨機応変の判断だろう。中でもとりわけはっきりしているのは、この海に囲まれた国で幾世代にもわたる営々の努力によって確立された政治体制がイギリス人の意識、気質、習慣にしっくり馴染むことだ。理念がどうこうの話ではない。イギリス人は「人権」に頭を悩まさない。例えば、商店主なり、農夫なり、猫の餌《えさ》を売り歩く小商人《こあきんど》なりを相手に権利についてじっくり時間をかけて話せば、向こうは黙って耳を傾け、いざとなると自分の判断でことに当たる。これがイギリス人の「常識」だ。あらゆる角度から考えて、この常識が大きくものを言い、ひいてはこれによって世界中が少なからず得をした。時として「非常識」が有利に働いたという議論は問題外だ。イギリス人はものごとすべてをあるままに捉え、何よりもまず第一に自身の存在を肯定する。

祝典は一般庶民の堂々たる勝利を告知している。六十年をふり返って、この間にイギリス市民の物的生活水準が著しく向上したことを、いったい誰が疑うだろうか。内輪もめはたびたびあったが、摑み合いまでにはならず、真面目な議論はきっと大きな収穫を生んだ。イギリス人は以前にくらべてずっと清廉で沈着になっている。あらゆる階層で暴力行為は影をひそめ、何を意味するにせよ、教育は確実に普及した。圧政は廃止され、配慮の不足や無知によるある種の迷惑もさほどではなくなった。なるほど、その通りには違いないが、いずれも瑣末《さまつ》なことでしかない。目に見える変化が果たして文明の順調な進歩を語るものかどうか、判断が下るのはまだ先だ。まあ、それはともかく、一般大衆がこの日を喜び祝うだけのことはある。進歩的な時代色は理解できるし評価もできる。翻《ひるがえ》って、イギリス人の道徳観念に影を落とすかもしれない疑問は今のところ欠片《かけら》もないか、もしあったとしても意識には上らない。というわけで、夜通し丘に篝《かがり》を焚けばいい。金で買った喜びでもなし、浅薄な媚態でもない。大衆は自分たちの代表者たる女王の栄光と権威に心から恩義を感じ、親愛の情をもってこの祝典を歓迎している。憲法の協定はきちんと守られた。数ある王国の歴史を閲《けみ》すれば知れることだろうが、君主と民衆がともに無血の勝利を喜び祝った例はそうそうざらにない。

21

北部の旅籠で、三人の男が朝食をしながら栄養摂取について論じ合っているのを聞いたことがある。総じて人は肉を食いすぎるという点で意見が一致したところで中の一人が乗り出して、自分はどちらかといえば菜食主義だと胸を張った。「ああ、そうさ。朝は林檎《りんご》だけという日もある。本当だって」二人はこれに答えなかった。どう考えたものか、戸惑っていることは顔に書いてある。件《くだん》の男はいよいよ気負い込んだ。

「嘘じゃない。朝しっかり食べるとなれば、林檎は二ポンドから三ポンドだ」

面白い。いかにもイギリス人らしい話ではないか。この一本気な男はいささか開けっぴろげに過ぎた。菜食主義もあるところまでは結構だが、朝は林檎だけと力むことはない。同席の二人が黙っていたのは男の言葉に貧困、もしくは卑屈の臭みを感じてたじろいだからに違いない。二人から見れば、男が自分の顔を立てるには林檎を食べることをさももらしく言うよりほかに知恵がなかった。それも、一個二個ではなく、ポンド単位で山のようにだ。傍で聞いて笑ったが、男の胸のうちはよくわかる。イギリス人なら誰しも同じだろう。それというのは、吝嗇《りんしょく》を極度に嫌う心が国民感情の根底にあるからだ。これがイギリス人の愚かしくも笑うべき言動ことごとくに現れるのだが、同時にその心こそがイギリス人の優れた資質の原点である。イギリス人は何にもまして気前よくふるまうことを佳しとする裏返しで、貧困を恐れるばかりか、もってのほかと忌み嫌う。さてこそ物惜しみせず温かい心でふんだんに与えることを美徳と考える。出銭を厭い、ほどこすことなど思いも寄らない人間に通有のみすぼらしい心根は、耐え難い苦痛と屈辱を強いられた劣等感に由来する。イギリス人の背徳は多くの場合、地位を失ったことによる自尊心の欠如に端を発している。

22

こうした感性を持つ国民が民主主義に傾くとなると、そこにある種の危険が伴う。根が貴族趣味のイギリス人はかねてから貴族階級に、ただ身分を崇《あが》めるだけでなく、道徳の規範に照らしても尊敬を払ってきた。名門の血筋は理想の人生を約束する才能と美徳の生きた見本だった。古来、貴族と庶民の間に深い心の結びつきがあることをなおざりにしてはならない。貴族の廉潔な騎士道精神に、庶民は進んで誇らかな恭順をもって応じる。双方が相携えて自由の大義のために力を尽くす構図だが、貴族の権力と栄誉を守るのにどれほど負担が大きかろうとも、庶民は犠牲を厭わなかった。これがイギリス人の信仰であり、持って生まれた敬愛の心である。およそ鈍重な精神の持ち主も胸の底では貴族の地位と切っても切れない徳義を知っている。卿、または閣下と尊称される貴族は代々の雅量を受け継ぎ、それを行動に示す手段、すなわち資産をも有する特権身分である。貧乏貴族という呼称は矛盾を孕《はら》んでいる。もしそのような人物がいたとしても、運命の気まぐれに弄《もてあそ》ばれた犠牲者と面白半分の憫笑《びんしょう》を買うだけのことだろう。貴族の肩書きには名誉、高貴を意味する接辞「オナラブル」がつく。貴族の言行は事実上、イギリス人が何かにつけて指針と仰ぐ社交儀礼である。海の向こうの新世界に、イギリスから枝分かれした異人種が育っている。栄えある貴族の伝統を重んずることなしに存在を現したが、時代とともに今やこの意気揚々たる共和国は母国の理念を揺るがすまでになっている。一見したところ、文明はイギリスと似通っているものの、しょせん異質である。これを優秀と考えるのは人の勝手だが、一つだけはっきり言えるのは、伝統崇拝から解放されたイギリス人がそのまま行けば勢いに任せてどこへ向かうか、すでにあらかた見当がついていることだ。一部にこの大きな国の影響をただ害悪とだけ論ずる立場があることは理解に難くない。果たして何か良いものをもたらしたかどうか、それはまだ目に見える形で実証されていない。かつてのイギリスでは、民主主義は長い伝統と強固に根づいた国民感情にまるで馴染まず、その進展は破滅の道を辿るとしか思えなかった。民主主義という言葉そのものからしてイギリス人を竦《すく》ませる。民主主義は国家の変節を意味し、この国が栄光を勝ち得る力となった信念を否定する以外の何ものでもない。民主主義を標榜するイギリス人は根っから油断がならない。粗野で、放埓《ほうらつ》で、傲慢な気性に歯止めをかけていた良識を失い、由緒正しい生まれの貴族に背を向けて、大半が低俗な有象無象《うぞうむぞう》に肩入れするつむじ曲がりだ。自信たっぷり、騒々しく立ちまわるが、そのくせ自己懐疑に悩んでいる。

この先、待ち受けている課題は侮れない。貴族を見限っておきながら、この階級が体現していた理想を堅持できるだろうか。とかく物質に左右されがちなイギリス人が、旧来の上下関係を脱してなお、精神生活の領域で以前の価値観を守れるだろうか。古びて草臥れた階級の代表者に敬意を払わなくなったイギリス人が、灰色ずくめの大衆から誰かを選び、「全能の神から特権を認められている」貴族以上に崇めたてまつることができるものだろうか。この点にイギリスの将来はかかっている。従前は、貴族階級に媚びへつらう俗物もまたそれなりに自分の流儀を言いつくろって批判を躱《かわ》した。何はともあれ、さもしいふるまいはできず、下々とは折り合えない上《うえ》つ方《かた》を見習っている、というのである。が、その手の俗物も今では見ての通り堕落している。手本を替えて、言葉遣いまで乱暴だ。言うことすることに多少の違いはあれ、どこへ行ってもこういう俗物がいる。その様子を見れば時代の趨勢《すうせい》が知れる。俗物の頭の隅に、そんな愚かしさも多少は許される現実主義があるならまだしも、それすらないとなっては、キケロの言う通り「見よ、執政官よ」だ。

23

N来訪、二日滞在。もう一晩いてくれてもいいと思ったが、誰であれ三日を超えて歓待できるかとなると自信がない。どんなに楽しい語らいも長くは続かず、じきに一人きりでほっとしたい気持になる。

Nは会っているだけで嬉しい相手だ。もちろん、話も面白い。見かけを信じていいものなら、あれほど人生を楽しんでいる人間はめったにいない。ずいぶん苦労もしたようだが、それで体を壊したり、落ちこんだりということはなかった。本人が言っている通り「さんざん辛い目」に遭った分、器が大きくなったのであろう。五ポンドを稼ぐのに四苦八苦しなくてはならず、それとてもたしかな当てはなかった時代の記憶が何不自由ない今も旺盛な意欲の源泉であることは明らかだ。その成功と、おおざっぱな見当で現金収入について話をせがんだ。昨夏の四半期支払日の数字で、年収は二千ポンドを上回っているという。世に言う売れっ子作家たちのことを思えば何ほどでもないが、大衆向けの俗悪な作品を書かないにしては見上げたものだ。年収二千ポンド。われ知らず、驚嘆と畏敬に目を瞠《みは》った。

羽ぶりのいい物書きはほんの一握りでしかない。その意味で、Nは文学的成功の何たるかを誰よりも明朗に体現している。幻滅の生涯を送った作家がどう言おうと、はったりのない堅実な仕事で高収入を得ている書き手は羨《うらや》ましがられる少数の部類で、Nもその一人だ。なかなか人には真似のできないことをいとも容易《たやす》くやってのける。一日に二時間か三時間、それも毎日ではなしに書くだけでいい。物書きの例に洩《も》れず、思うように筆が進まないこともあれば、悩み苦しみ、あるいは作品の出来映えにがっかりすることもあるが、気分が乗って仕事が捗《はかど》り、充分に報われる時間にくらべれば、それしきのことは何でもない。近頃はよく運動をしているし、ちょくちょく旅にも出るせいか、会うたびにますます元気な様子である。妻子とも仲が好い。家族に安楽な暮らしを約束できることがN自身には常々の喜びだろう。いつ死んでも妻子は飢えないから、後顧《こうこ》の憂いはない。友人、知人にも恵まれている。気のおけない顔ぶれが食事に集い、自身、どこへ行っても歓迎される。誰それが褒めるなら、と言われるほどの識者たちはみな口を揃えてNを称賛する。それでいながら、危うきに近寄らずで、個人の自由はどこまでも大切にしている。日の当たる境遇に甘えてふやけた人物になる気遣いはない。仕事は暮らしの糧を得る手段というだけではなく、読むことも仕事のうちで、年収が二百ポンドにも満たなかった頃と同じように、今も読みさしの本については熱を帯びて滔々《とうとう》と語る。隙《ひま》を見て読むのは最近のものばかりとは限らず、新旧とり混ぜて広く深く読み漁《あさ》って往年のまま知識欲は衰えることを知らない。

Nは躊躇《ちゅうちょ》なく大好きと言える一人だ。向こうはさほどに思ってもいないだろうが、そんなことはどうでもいい。付き合いを拒まず、現にこのデヴォンまでわざわざ足を運んでくれるだけで充分ではないか。過ぎた昔を思い出すよすがでもあるところから寄ってくるなら不思議はない。十ばかり年嵩《としかさ》だから、耄碌爺《もうろくじじい》と思われているに違いなく、実際、Nはややともすると敬老の度が過ぎる。いくつかの作品を認めてくれてはいるようだが、いいところで筆を断ったと思っているのはたしかで、なるほど、それはその通りだ。運に見放されて、こうしている今も食《く》い扶持《ぶち》を稼ぐことで手いっぱいのありさまだったら、二人はめったに会うこともなかろうし、感受性の細やかなN

はうら寂びたグラブ・ストリートの貧乏作家に懐具合のいい勢い盛んなところを見せつけることに気後れを覚えるのではなかろうか。そこはお互いさまで、形ばかり義理で付き合ってほしいとは思わない。それが、この通り友人と呼び合って何のこだわりもない間柄だ。先の二日、親しく語らって愉快な時間を過ごした。ゆっくりできる寝室を提供して、まずまずの食事でもてなしたのは自慢していい。いずれ招待を受ける番になっても引け目を感じることはない。

二千ポンド。Nの年でそれだけの収入があったら、果たしてどうなっていたろうか。いいことずくめに違いないが、そのいいことはどんな形だったろう。社交家になって、人に食事を奢《おご》り、クラブに籍を置いたろうか。それとも、十年早く今の暮らしをはじめただけのことだろうか。どうやら、そんなところだ。

二十代の頃、よく自分に向かって言った。千ポンドあったらどんなに幸せだろう。千ポンドは疎《おろ》か、多少ともまとまった金を手にしたことはなし、この先どこまで行ったところでとうてい金には縁がないだろう。とはいえ、どんなに幼稚な夢であろうとも、身に過ぎた高望みとは思わなかった。

黄昏の闇が次第に濃くなる庭で、パイプの煙と混じり合った薔薇の香を嗅ぎながら、

Nはいくらかからかうような口ぶりで言った。「ところで、遺産贈与の話が降って湧いた時、どんな気がしましたか？」すぐには答えようがなかった。何を話していいやらわからない。記憶を手繰《たぐ》ってみてもはっきりしたことは浮かんでこない。Nは不躾《ぶしつけ》を恥じたか、すかさず話題を変えた。今にして思えば、あの生涯至幸の瞬間に何を感じたか、言葉にならなかったとしても無理はない。浮き浮きすることはなかった。歓喜に酔うでもなく、一瞬たりとも我を忘れはしなかった。ただ、強度の抑鬱と緊張から解放された気がして一つ二つ深い溜息《ためいき》をついたのを憶えている。ある種の動揺を意識したのは数時間後のことだ。その夜はまんじりともせず、翌晩は二十年ぶりとでも言うしかないほどぐっすり眠った。それから一週間を経るうちに何度かやけに気持が高ぶって、溢れる涙は堪《こら》えようがなかった。不思議なことに、それもこれも遠い過去の出来事で、以後、何年も自由の身を楽しんだ気がするが、実際はあれからまだほんの二年しか経っていない。そうなのだ。これこそは時に思う真の幸福の姿だと言える。束の間の充足も、常住の満足と変わりない。死ぬまでに憂い悩みを忘れて大好きな土地で憩いたいと願っていたが、夢が叶った。わずか一年限りだったとしても、快楽の深みは十年の逸楽《いつらく》にいささかも劣るまい。

24

庭の手入れに来る正直者はこの屋の主の風変わりな性分に面食らっている。時々、怪訝《けげん》そうな目つきでこっちを窺《うかが》うのを見ればわかる。花壇を普通と同じようにはいじらせず、玄関前の小さな土地をきれいに均《なら》して植木を刈りととのえることを許さないのが不思議なのだろう。はじめは垢抜けない趣味と割りきったが、今はそれでは説明がつかないことを知っているらしい。近隣の農家が眉を顰《ひそ》めるほど不細工で殺風景な庭を好むのはなぜか、何とも理解しかねる様子だが、この口からわけを話すのはとうの昔に諦めた。人の好い庭男は、一人ぼっちで本ばかり読んでいるせいで根性がねじけたと思うことだろう。

庭の花で好きなのは昔ながらの薔薇、向日葵《ヒマワリ》、立葵《タチアオイ》、百合《ユリ》、といったあたりで、なるたけ自然のままがいい。ちまちまと幾何学図形になっている花壇は大嫌いだし、そういうところに植わっている「ジョーンジア」だの、「スヌークシア」だの、名前からして気味の悪い雑種の花は見たくもない。ただ、何といっても庭は庭だから、道端や野原で目を慰めてくれる花を持ちこもうとは思わない。例えば、狐手袋《ジギタリス》を花壇で見たら胸が痛むのではなかろうか。

ジギタリスは今ちょうど花の時期を迎えている。昨日、毎年この季節に歩くことにしている野道に遊んだ。裏星科《ポリポディウム》の羊歯の群葉に覆われた土手の間に馬車が深く轍《わだち》をえぐっているところを下ると、西洋春楡《ウィッチエルム》や榛《ハシバミ》が枝を差し交わして涼しい影を落とす草地に出る。ジギタリスは身の丈ほどの茎の頂きに姿のいい花をつけている。これほど立派なジギタリスはほかで見たことがない。幼い頃の記憶と結びついて、この喜びがあるのだと思う。子供心に何よりも鮮やかな印象を焼きつけた野の花だ。水際に日を浴びて淡紅色に咲く禊萩《ミソハギ》や深い淀《よど》みに白く浮く睡蓮《スイレン》もいいが、ジギタリスの群落を見るためなら、何マイルの道も厭わない。

家の裏手の菜園では庭男と気持が通じて、変人扱いされることはない。野菜畑の方が花壇より楽しいと言ってもあながち偽りではないと思う。毎朝、野菜類がどんな具合か、食事の前にひとまわりする。豌豆《エンドウ》の莢《さや》が脹《ふく》れ、馬鈴薯が勢いよく育って、大根や油菜《クレス》が芽を出しているのは何とも嬉しい。今年は菊芋《エルサレム・アーティチョーク》を植えた。七、八フィートにも伸びる茎はまるで木の幹で、大きな葉が美しく、見ているだけで元気を

与えられる。紅花隠元《ベニバナインゲン》も面白い。丹念に添え木をしてやらないと、盛んに稔《みの》る豆の重みで倒れてしまう。籠に野菜を摘みながら畑を歩く喜びは格別だが、食生活を豊かにしてくれる自然の恵みを思わずにはいられない。畑の匂いは新鮮で健康にいい。とりわけ雨上がりの空気の清々しいことといったらない。

今年は見事な人参《ニンジン》が穫れた。先細りのまっすぐな姿が潔く、半透明に近い色合いが瑞々《みずみず》しい。

25

二つのことがあって、時折りロンドンが恋しくなる。輝きに満ちて奥深い名手のヴァイオリンや、完璧な技巧でたっぷりと余韻が尾を曳《ひ》く歌手の声楽が聞きたいのと、絵が見たいのと、この二つだ。音楽と絵画は何をもってしても代え難い心の支えだが、ここにいては記憶を伝《つて》に楽しむしかない。

むろん、コンサートホールや展覧会場にも不愉快なことはある。大勢の中に座って、両隣から愚にもつかない私語が聞こえてきたりすれば音楽の喜びどころではない。絵

画展も、場合によっては十五分で頭痛がする。「われは昨日のわれならず」で、以前はアデリーナ・パッティのソプラノを聞くためなら天井桟敷の入り口で何時間も待つことも苦にならなかったし、一夕《いっせき》のコンサートがあっという間で、少しも疲れを感じなかったり、美術館を出ると夕方の四時で、まる一日、何も食べていないことに気がついて驚いたりということがあった。実のところ、近頃では一人きりでなくては何ごとも存分には楽しめない。われながら陰湿だ。人がこれを聞いたら何と言うか、あらかた想像がつく。省みて恥とすべきだろうか。

新聞の展覧会評は欠かさず読む。風景画の展覧会ならなおのこと読み甲斐がある。絵の題名を見ただけで一日が楽しくなったりもする。海岸や川辺、湿原、森の景色が目に浮かぶ題名だ。評は拙《つたな》くとも、筆者は多少とも主題を理解して書いているから、どこだろうと実際に出かけていってこの目で見る機会のない風景に想像を馳せることができる。批評家の巧まざる手品には感謝している。考えてみれば、ロンドンまで行って絵を見るよりこの方が、がっかりする心配がなくてはるかにいい。イギリスの風景画家ならば、二流、三流でも評価できるし、敬愛を惜しまない。ただ、展覧会場へ足を運ぶと一度にたくさんの絵を見ようとするあまり、以前の不機嫌がぶり返して、

今風の世の中に不平不満をいだくことにもなりかねない。この一、二年はほとんど愚痴をこぼさなかった。これに越したことはない。

26

ここしばらく音楽に飢えていたが、ふとしたことで願いが叶った。昨日エクセターへ行き、用事を済ませて薄暮の道を戻る途中、サザンへイにさしかかったところでとある家の開け放った窓からピアノが聞こえた。指使いから、かなりの弾き手と言っていい。足を止めて期待に耳を澄ませると、やがて曲はショパンのノクターンになった。ノクターンの何番か、正確には知らないが大好きな作品で、心が躍った。黄昏の闇が次第に濃さを増す中で甘美な音の流れに浸っていると、いつかこの身は喜びにうちふるえた。曲が終わって次を待ったがピアノはそれきりで、心を残してその場を後にした。

音楽を聞きたい時に聞けないなら、それはそれでいい。その分、偶然の喜びは増すというものだ。距離は意識になく、まだ半道を越したかどうかと思う頃には帰り着いたが、歩きながらずっと見知らぬ奏者に感謝した。かつてしばしば抱いたことのある気持だった。どん底とまでは言わずとも、まだまだ苦しかった時代、下宿にピアノを弾く知り合いがいた。どんなに有難かったか知れない。「ピアノを弾く」と言っても、その意味するところはいろいろだ。あの頃は考えられる限り解釈の幅を拡げて、音楽と名がつくものは何であれ歓迎し感謝する度量があったから、ピアノ教則本の初歩の初歩、五指練習さえ時にはまったくの無音よりかましだった。机に向かって呻吟《しんぎん》していた時代で、楽器の音はずいぶんと助けになった。人によってはそんな時、ピアノは神経に障って耐え難いかもしれないが、音楽らしきものが聞こえたら天の恵みと思えば、頭がすっきりして言葉は面白いように湧いて出た。辻音楽師の手回しオルガンでさえ気を引き立ててくれた。なまじ静まり返った中では鬱々と塞ぎこむばかりでろくなものも書けなかったろう頃の作品は音楽に多くを負っている。

懐中無一物で惨めな思いを持てあましながら夜更けのロンドンを彷徨《さまよ》っている折しも、昨日と同じように、窓からこぼれる音楽に足を止めたことが何度かある。イートン・スクウェアの寸景は今もよく憶えている。疲労と空腹とやり場のない焦燥に打ちひしがれてチェルシーへ帰る途中だった。草臥れきって眠りこけ、何もかも忘れ果て

たい考えでただ当てもなく長いこと歩きまわっていたのだが、そこへピアノが聞こえてきた。宴たけなわの賑わいが手に取るようである。一時間あまり道端に佇《たたず》んで聞き惚れた感悦は、そこに集っていた誰よりも深く大きかったろうと想像する。みすぼらしい下宿へ戻った時は、羨望も狂おしいほどの欲求もない晴々とした気分だった。横になって寝入りしな、あのピアノで心に安らぎを与えてくれた見も知らぬ奏者に感謝した。

27

今日は『テンペスト』を読んだ。戯曲ではたぶん一番好きな作品だが、知りつくしたつもりでいるせいで、日頃はたいてい素通りだ。ところが、シェイクスピアとなるといつものことで、今回も読み直してみれば、自分で思っているほどではない。これはどこまで行っても同じだろう。ページを繰って戯曲を読むだけの体力と気力がある限り幾つまで長生きしようともだ。

シェイクスピアはこの最後の作品を、故郷ストラトフォードで、少年時代にイギリ

スの田園を愛することを教えてくれた野原を毎日のように歩きながら書いたと思いたい。『テンペスト』は並びない想像力の熟れた果実、名人の完璧な技巧の結晶だ。英語を学ぶことを生涯の務めと心得る身にとって、言葉を自在に操り、その道でいずれ劣らぬ練達の作者たちを易々と超えるシェイクスピアの異能に感じ入る以上の喜びがあろうか。察するところ、シェイクスピアはそんな自身の力量を熟知して『テンペスト』を書き上げた。作者の守護神である劇中の妖精エアリエルが人の思いも寄らない巧みな言葉を絶妙の韻律でささやきかければ、莞爾《かんじ》と笑いもしたであろう。シェイクスピアは言葉に遊び、新たな表現の発見を楽しんでいる。王から乞食にいたるまで、あらゆる階層の、意識もさまざまな人物がシェイクスピアの口を借りてものを言っている。妖精国の伝説も作者はかつて語った。そして、この作品では人でもなく妖精でもなく、野獣と人間の中間に位置する存在を造形して、その意志《はら》するところを語る台詞を与えることに悦楽を見出している。流麗な台詞が生命を孕んで湿潤な大地の情景や、地べたを這《は》うしかない生き物のふるまいを、何と詩趣豊かに表現していることだろう。このことを人はもっと考えた方がいい。驚きの感動がないとしたら、それは見方が浅いためだ。目の前で起きている奇跡に注意を払わないからだ。自然の驚異も見

馴れてしまえば珍しくないのと同じことである。

『テンペスト』は世にある戯曲という戯曲のうち、どれよりも気品の高い瞑想的な作品だ。シェイクスピアが行きついた果ての人生観を語った傑作で、哲学の教訓を論ずる識者が引用せずには済まされない台詞の宝庫だと言える。何にもまして、ここにはシェイクスピアの洗練を極めた叙情詩があり、柔和な愛の言葉がある。第五幕におけるプロスペローの訣別《けつべつ》の辞、「丘や小川や、淀んだ湖と森の精たち……」は妖精国の景色をさらりと言いおおせて、その淡彩の美は『夏の夜の夢』に優ると思う。これもまた一つの奇跡であって、くり返し読んでくすむことがない。何度でも、読むほどに今しも詩人の頭から紡ぎ出されたかと思う新鮮な味わいがある。わずかな疵《きず》を見つけて退屈を覚えるような作品とはわけが違う。間然《かんぜん》するところない、とはこれだろう。読後にもう一度と思わせる余情が『テンペスト』の名作たる所以《ゆえん》である。

イギリスに生まれてよかったと思う理由は数ある中で、筆頭はシェイクスピアが母国語で読めることだ。間近に向き合うことができず、遠くから声を聞くだけで、それも、さんざん苦労して言葉を学ばなくてはシェイクスピアの神髄には触れ得ない立場を想像するとうそ寒い絶望と喪失の恐怖を覚える。ホメロスは読めるつもりだし、理解の深さでは人に譲らない自信があるのだが、ホメロスが本当に詩韻のすべてを直《じか》に伝え、それが当時エーゲ海の岸辺でギリシア人が聞いたまま、同じようにこの耳に響いているとは夢にも思わない。悠遠の時間を隔てて聞こえてくるのは跡絶《とだ》える間際の幽《かす》かな残響でしかないし、それとても、古代文明の余光にも似た若年の折の記憶を伴っていなければ、なおのことか細く弱々しい空音《そらね》だろう。どの国にも、国民文学を代表する詩人がいてていいはずだ。詩人、すなわち国であり、その国に固有の崇高な文化の香りを体現する存在でもあって、つまりは幾世代にもわたって人々が築き上げた国民性という無形遺産のすべてである。シェイクスピアを読んで、巻を擱《お》く時はいつも親愛と敬慕の念で胸がいっぱいになる。果たしてわが全霊を魅了するのはあの大魔術師か、それとも、魔術師が呪縛したこの島国か、判然としない。もとより別々には考えられないことである。詩文きっての詩文に呼び覚まされた親愛と敬慕において、シェイクスピアとイギリスは一つだと言うほかはない。

秋

1

今年は晴れの日が多い。天気に意地悪されることもなく月が変わる。目にはさやかに見えないうちに七月が過ぎて八月になり、八月と思う間もなく、気がつけばもう九月ではないか。まだ夏の暑さが残っているが、秋の草花が野の道を黄色く縁取っている。

このところ、柳蒲公英《ヤナギタンポポ》で忙しい。草花の名をできるだけ多く、正確に知りたいからだ。学術的な分類は性に合わないせいで、ほとんど関心がない。ただ、散歩の途中に見かけた花は何であれ、正しい名で呼びたいと思う。それも、学名ではなしに、一般に知られている通り名の方がいい。「ああ、ヤナギタンポポか」と言うだけではつまらない。それでは黄色い舌状花を十把《じっぱ》一絡《ひとから》げに「タンポポ」で片付けるのと同じで、花が可哀想だ。花の方でも、きちんと個性を認めてもらえば嬉しかろう。花という花にずいぶん世話になっているから、せめてものお返しでそれぞれに挨拶しなくてはいけない。同じ理由から、何はともあれ学名「ヒエラキウム」は避けて「ヤナギタンポポ」と言うようにしている。俗称で呼べば、それだけ親しみが増すというものだ。

2

無性に本が読みたくなって、その衝動が何によるものかわからないこともあれば、ほんのささいなきっかけで起きることもある。昨日、夕方の散歩で古い農家の前を通った。庭の木戸口に、かかりつけの医者の二輪馬車が停まっていた。行きすぎてふり返ると、残照が煙突の向こうの空を淡く染め、上階の窓に灯《ひ》が瞬いた。「『トリストラム・シャンディ』だ」われしらず声が出て、家に飛んで帰り、二十年ぶりかでロレンス・スターンを貪《むさぼ》り読んだ。

つい最近も、ある朝、目が覚めると同時にゲーテとシラーの往復書簡が気になってじっとしていられず、いつもより一時間前に床を出た。早起きするだけのことはある本だ。サミュエル・ジョンソンをベッドから引きずり出したロバート・バートンの古めかしい一書よりはるかに読む甲斐がある。世の中いたるところで交わされている空疎な、もしくは毒のある雑話を忘れさせ、「そういう人種もいる世界」に希望を抱かせてくれる。

これらの本はいずれも身近にあって、読む気になればいつでも手に取ることができる。ところが、ふと思い出した本がどこかへ紛れこんで見つけるのが一苦労だったり、さんざん捜してついには諦めの溜息をついたりということもしばしばだ。悲しいかな、そんなこんなで二度と読まない本が増えた。喜びを与え、時にはそれ以上の何かをもたらしてくれた本だ。記憶に残り香を漂わせる本もある。人生はそうした本の脇をすり抜けて、もはや後へは戻らない。だが、じっと思い返せばそれからそれへ目に浮かぶ。しっとりと穏やかな本、荘重で気概をふるいたたせる本、一度ならず再三再四、熟読に価する本と、数えだせば切りがない。それでいながら、今となっては手に取ることもないだろう。年月は隙《ひま》ゆく駒《こま》で、残された時間はあまりに短い。最後の時を待って駆けめぐる夢の枕に、あるいは失われた本の何冊かが顔を出すかもしれない。言うなれば旧友で、みなそれぞれに懐かしい。親切にしてくれた友人もいれば、すれ違いで終わった相手もいる。別れの悲しみはいかばかりだろうか。

3

人は誰しも、ふと意識が思わぬ方へ飛躍して、はてなと戸惑うことがあるのではなかろうか。本を読んでいながら、あるいは考え事をしている時、何の関連もなく前触れもなしにかつて見た景色が目に浮かぶ。なぜその特定の場所が記憶に蘇ったのか、説明のしようがない。大脳の働きはとかく微妙で、どう探ってみたところで記憶の発端がどこだったかわからない。これが読書中のことならば、そこに語られている事柄や、辞句、時には単語一つが記憶を呼び覚ますきっかけともなろう。あるいは別のことをしている時、目に映る何やかや、ものの匂いや手触り、場合によっては動作や姿勢すらが意識を過去に引き戻すかもしれない。記憶の情景はほんの一瞬、眼間《まなかい》を過《よぎ》ってそれきりのこともあれば、個人の意思にかかわりなく、記憶が独り歩きして次から次へ脈絡を欠いたまま連鎖することもある。

ついさっき、通いの庭男と言葉を交わした。話は土壌のことになり、どの野菜に向く向かないでひとしきり談義に花を咲かせたが、はたと気づくと眼前にアヴローナの海が開けていた。どう考えてもそんなところへ意識を向けた覚えはない。これには少なからず驚いた。こもごも思い返してみるのだが、なぜあの眺めが記憶に蘇ったか、今もってはっきりしない。

アヴローナを見たのはまったくの幸運だった。コルフからブリンディジへ渡る途中のことだ。船は午後遅く港を出た。風があって、十二月の夜は冷えこみが厳しく、早々に船室へ引き取った。翌朝は日の出とともに甲板に立った。もうじきイタリアと思ったが、意外なことに行く手の陸は山また山で、船は全速で波を蹴っていた。聞けばアルバニアの岸だという。船は耐航性に優れているとは言えず、海が荒れると安定を損なう憂いがあった。風はなお強く、乗客が船酔いに悩むほどではなかったが、船長は大事を取ってアドリア海の中程から引き返し、雪を戴《いただ》く山の陰に風を避ける考えだった。やがて船はくびれた湾口に島を抱く大きな入江に針路を向けた。地図をあらためると嬉しいことに、湾の南を高く囲う連山がそのままアクロケロニア岬で、内海側の肩に小さく見えているのは歴史の古いアウロンの町、すなわちアヴローナだった。

船はまる一日、湾内に錨泊した。食糧が底をついて、水夫らがボートで調達に当たった。いろいろ買い求めてきた中でも、不味《まず》くて食えたものではないパンを水夫らは「天日焼き」と言った。空には雲一つなく、風は夕方まで頭上で唸《うな》るほどだったが、海は見渡す限りどこまでも青く平らだった。甲板で日向《ひなた》ぼっこをしながら奇峰を連ねる崖や、沿岸の緑濃い渓谷の眺めを楽しんだ。荘厳な夕映えの空もいつしか暮れて、黄昏《たそがれ》の闇が忍び寄ると山襞《やまひだ》は得も言われず深く濃い緑に染まった。小さな灯台が沖を照らし、静まり返った中で岸に寄せて砕ける波の音が遠く聞こえた。

夜明け方、船はブリンディジの港に入った。

4

英詩の最も顕著な特色は自然に対する親愛、とりわけイギリスの田園風景に見られる自然を主題に親愛を謳《うた》うことである。初期の英語による『郭公《かっこう》の歌』から、アルフレッド・テニスンの無限の情趣を湛《たた》える詩編にいたるまで、自然に寄せる想いは一貫している。全盛期の演劇作品もこの点は変わりない。シェイクスピアから自然描写や田園生活に触れたさりげない台詞を残らず削ったら、どれだけ作品の価値を損なうか、言うまでもないことだ。弱強五歩格の対句を連ねる詩形、ヒロイック・カプレットが主流だった時代にも、自然を謳歌するイギリス古来の伝統はいくらか陰が兆したものの、跡を絶つことはなかった。アレグザンダー・ポープは時代の旗頭だが、一方に『夕べの歌』のウィリアム・コリンズや、『墓畔の哀歌』のトマス・グレイが登場しているではないか。とりわけグレイの作品は言葉の美しさといい、格調の高さといい、他に類を見ない叙情詩で、これこそは英詩の精髄と後々まで評価されることだろう。

この自然を好む民族性はやがてイギリス画派の誕生を促した。後ればせだったには違いないが、そもそも美術の領域にイギリス絵画が場所を得たという、そのこと自体を見過ごしてはならない。思うに、絵画向きにできていない点でイギリス人ほどご念の入った人種はまずいない。それが、牧場や小川や丘を愛するゆえに、言語表現だけでは飽きたらず、絵筆を取り、鉛筆を取り、エッチングの道具を手に持って、新しい美術の形を創り出したのだ。国立美術館は繊細巧緻《こうち》にして多種多様なイギリス風景画のほんの一部しか展示していない。画材も画法もさまざまな、ある限りの名品を収蔵して展示に趣向を凝らせたら、イギリス人の心に強く訴える感情は、誇りか、喜びか、優劣はつけ難かろう。

ターナーが長いこと日の目を見なかった理由は一つはっきりとあって、それは何かと言えば、この天才が生粋のイギリス人らしくなかったことだ。ターナーの風景画は見馴れた景色さえも捉え方がどこか普通とは違う。絵描き仲間も、意識の高い素人《しろうと》も納得しなかった。素晴らしい絵には違いない。それはその通りだが、本質的な何かが欠けている。ターナーが果たしてイギリスの田園を肌で知っていたか、イギリス人の詩心を持ち合わせていたか、いささか疑問なしとしない。イギリス人が美を感じるありふれたものの奥深い意味を感得していたかどうか訝《いぶか》しい。こうした疑念が色彩と形容の詩人、ターナーの天才に影を落とすはずはないのだが、イギリスがターナーを歓迎しなかった秘密がここにあるとかねがね思っている。かなりの知識人と認めていい誰かが、同じ風景画家でもターナーよりバーケット・フォスターを好むと言ったら、声もなく笑うほかはあるまいが、その心は理解できる。

5

しばらくぶりでこれを書いている。九月に風邪を引いて、三週間ほど寝込んだためだ。

大したことはなく、ちょっと熱が出て体力が弱り、日に一、二時間、極《ご》く軽いものを読むほかは頭が働かなかっただけだが、雨まじりの風が続いて晴れの日は少なく、天気は病人につれなかった。床に臥《ふ》せって空ばかり見ていた。雲はただ灰色をした蒸気のかたまりではなしに、雲が雲である限り、眺めて面白い。本が読めない恐怖は常のことで、一度は目が不自由になってこのまま視力を失うかと思うと生きた心地もなかった。ところが、静かな家で、邪魔が入る気遣いはなし、何の責任も心配事もない身の上で、本の助けを借りずとも時間が流れるに任せておけばなかなかに心地よいことを知った。しがらみに囚われていた時代には思いもよらなかった瞑想、夢想も慰めだった。これでいくらか知恵が進んだのではなかろうか。

それというのも、自分一人で考えを弄《もてあそ》んだところで人は賢くならないからだ。人生の真理は発見するものではない。思ってもいない瞬間に天啓が下るにも似た何かが閃《ひらめ》いて心に触れ、どういう段取りかは知らないが、その影響で意識の動きが思想に転化する。これは五感が沈静して、情念とは無縁の瞑想に耽《ふけ》っている時に限って起きることだ。今では静寂主義者の心情がよくわかる。

もちろん、有能な家政婦はいっさい余計なことを言わずに手厚く看病してくれた。

いい人だ。

甲斐ある人生の証に「栄誉、敬愛、服従、数多《あまた》の友人」は欠くべからざるものとするならば、われながら控えめに見ても理想に遠いことは明らかだ。友人には恵まれたが、今や数えるほどになった。栄誉と服従は、あるところまでM夫人の献身に示されていると言って言えないこともない。敬愛についてはどうか……。

ここは自分に向かって言うところだ。一生を通じて親愛をもって報われるに足る人間だったろうか。どうやら、それは違う。親愛を期待するにはあまりにも自己本位だったし、周囲には厳しく、やたらと自惚《うぬぼ》れが強すぎた。こういう人間は、知友に囲まれているように見えながら、きっと孤独に生涯を終える。悔いる気持は少しもない。一人、沈黙のうちに臥してこれでいいと思った。少なくとも人に迷惑をかけていないだけ上等だ。何よりも、命が暮れる間近の長患いばかりは勘弁してもらいたいと切に願っている。なろうことなら、この静かな快楽の今生から一跨《ひとまた》ぎで終極の安息に消え入りたい。誰も惜しまず悲しまず、後腐れもないようにだ。最期がどのようであれ、一人か二人、いや、三人くらいは哀悼を表してくれるかもしれないが、それとても、ほんの時たまいくぶんか懐かしく思い出してもらえるなら望外としなくてはならない。

そうであれば、この人生もまるまる失敗ではなかったということだ。毎日の暮らしが夢にも思わなかった一故人の好意に依《よ》っていることを惟《おもん》みれば、満足にもまして感謝すべきではなかろうか。

6

打撃をこうむることなしに世故《せこ》に長けている人間がつくづく羨《うらや》ましい。稀《まれ》な人種かというと、どうやらそうでもない。人生の可能性を損得だけで判断する計算高い冷血漢や、想像力に乏しいばかりに人が踏み固めた安全な道から逸《そ》れることを知らない盆《ぼん》暗《くら》は問題外として、ここは頭が切れて懐の深い器用人の話だ。いつの場合も常識を標《しるべ》に人生の階梯《かいてい》を着実に登り、行い正しく、分別があって奇矯のふるまいはせず、自《おの》ずから周囲の尊敬を集め、めったなことでは他力を仰がず、自身は人を助けて、人格円満な上に思慮深く、幸せな人生を送っている人々。何と羨ましいことだろう。

ふり返ってみれば、何であれ貧乏人にあり得べき愚行の一度や二度はどこかで犯している。生まれつき方向感覚をつかさどる理性が欠落しているらしい。子供の頃から大人になって後にいたるまで、つい先に見えている溝という溝、泥濘《ぬかるみ》という泥濘に嵌《はま》った。かくも苦い失敗の体験を重ねた出来損ないがそんじょそこらにいるものではない。そのことを物語る痣《あざ》や傷痕が体中にある人間もいはしない。これでもか、これでもか、という目に遭った。手ひどく打ちのめされて、ようよう起き上がる途端にまた一撃を食らうことのくり返しだ。「要領が悪い」と遠慮がちに言うのはいい方で、うるさ型の諸子からはさんざん「間抜け」と叩かれた。その通りだ。うねうねと曲がりくねった遠い道程を思い出すと、われながらいかにも間抜けだった。明らかに、はじめから何かが欠けていた。誰しも多かれ少なかれ与えられているはずの平衡感覚と言ったらよかろうか。まんざら空っぽではないつもりの頭も、日常のありふれた場面でおよそ役に立たなかった。迷路から拾い上げてこの天国へ送りこんでくれた幸運がなかったら、最後までじたばたし通しだったに違いない。ようよう分別のあるひとかどの人間になりかけるところへ止《とど》めの一撃で地にまみれ、それきりで終わったことだろう。

7

朝方の日射しはだんだんと広がる雲に薄れたが、白光はなお宙に淡く漂ってしめやかな雨に情趣を添えている。庭の木の葉を揺らさぬほどの雨音は心を和ませて静思を誘う。

ドイツの旧友、E・Bから便りが届いた。久しい歳月、友の手紙は人生の楽しい彩りだったという以上に、時につけ折に触れ、励ましと慰めを与えてくれた。異国の友人、それも、この二十年で会ったのはただの二度という間柄で、生涯の大半にわたって親しく文通を続けているのは極めて珍しいことに違いない。ロンドンで知り合った時はお互いにまだ若く、貧しく、悪戦苦闘しながらも、希望に満ちて理想に燃えていた。人生の秋にさしかかった今は、こうして遠ざかる記憶を懐かしんでいる。Bは達者で悠々自適している様子は文面から見て取れる。嬉しい限りだ。ゲーテの言葉が引いてある。「人は青春時代に憧れたものを晩年になって手に入れる」

ゲーテのこの言葉は、かつては希望の拠《よ》り所《どころ》だった。長ずるにおよんでは信じられずにただ首を傾《かし》げるばかりだったが、今では来《こ》し方《かた》をふり返って、その通り、とほくそ笑んでいる。だが、正確には何を意味する言葉だろうか。楽天家の無頓着を言っただけのことだろうか。だとしたら、楽観主義とは俗向きのははだいかがわしい了《りょう》見《けん》だ。人はみな年を取れば若い頃の望みが叶うと本当に言えるだろうか。十年前ならば、即座にこれを否定して、いくらでも反証を挙げるくらいわけはなかったろう。自分のことを言えば、かねてからの思いをあらかた遂げて幸福な晩年を送るようになったのは、単なる偶然の果報ではなかろうか。いや、そもそも偶然などということはない。その伝《でん》で行けば、今の暮らしをするだけのものを自力で稼ぎ出したにしたところで、それとても偶然と言えば言えるではないか。

大人に仲間入りしたはじめから、暇に任せて本を読んで暮らせたらと思ったことは事実で、若さにも似ずの願望だが、やがては多くが心の充足を求めて不思議はなかろう。これにくらべて、富だけを追う金の亡者はどうだろう。権力も栄華も物質的快楽もすべて金次第と、富ばかりに執着する我欲の信者たちだ。それで成功する人間が極めてわずかなことは知れている。欲望が満たされなければすべてを失うに等しい。その種の人間にとって、ゲーテの言葉はお笑い種《ぐさ》ではなかろうか。

人類全体を考えれば、おそらくはゲーテの言う通りだ。国家の繁栄と自足は当然ながら、国民を構成する大多数の個人の繁栄と自足を意味する。つまり、中年を過ぎた平均的な個人がそれぞれに努力目標に掲げた職業上の成功を摑《つか》んでいるということだ。若い頃は意気盛んでもっと大きなことを考えていたかもしれないが、結局はそのあたりで満足するのが現実ではなかろうか。楽観主義に身方して、現在の境遇に不満を託《かこ》つ年寄りはめったにいないと論じる向きもあるだろう。それはそれで正しいが、自分を抑えて不遇の人生に甘んじる忍耐を思うと限りない哀切の情を禁じ得ない。満足は往々にして諦めの裏返しだ。希望はしょせん手が届かないと見切りをつけて断念することだ。

何が本当か、この疑問には今もって答が出ない。

8

サント・ブーヴの『ポール・ロワイヤル』を読んでいる。かねがね読みたいと思いながら、あまりにも大部なのと、時代背景に関心が乏しいために繙《ひもと》かずにいた本だ。

幸い、機会と心境が符合して、いくらか身になる知識の収穫もある。衒《てら》いなく、蒙《もう》を啓《ひら》かれると言える類の本で、「ポール・ロワイヤルの人々」としばらく一緒の時間を過ごすと何やら心が豊かになった気がする。とりわけ面影に立つのは天国から遠くないところに生きていた賢者たちだ。

ここには初期のキリスト教に関する言及はなく、登場するのは神学者ばかりで、教義の暗雲が夜明け方の神々しい光を遮っているが、時折り涼しく澄んだ風が吹き抜ける。人間世界の俗臭に染まっていない清々《すがすが》しい風である。

一書はさながら陰影に富んで彫りの深い肖像を連ねた画廊と言える。幻影のうちにキリストの復活を見た高徳の士、ド・サン・シラン。輝かしい経歴の絶頂にあって世を捨て、瞑想と悔悟の生涯を送ったル・メートル。天才の名をほしいままにして幾多の業績を残しながら、魂と肉体の相克に悩んだ殉教者、パスカル。模範的な教師で、文法書を著し、古典の編集に力を尽くした好人物、ランスロ。宗教家よりはむしろ学者肌で、自身の信仰に長いこと苦しんだ行動派のアルノー。ほかに、ワロン・ド・ボーピュイ、ニコル、アモンといった穏和で謙虚な顔ぶれが登場して、ページから薫香が立ち昇ってくるようだ。中ではド・ティユモンに最も心引かれる。あのような生き方ができたらと思う。静穏と静謐《せいひつ》に浸って閑雅に信仰を深め、ひたすら研究に打ちこむ明け暮れだ。十四の時からただ一つこと、教会史の研究に専念したと、これは自身で語っている。朝四時に起き、聖務日課の祈禱《きとう》と昼しばらくの休憩を挟んで夜の九時半まで書見と執筆を怠らず、外出は稀だった。旅をするとなれば杖を携えてどこへでも歩いていった。口ずさむ詩篇や讃美歌が旅の憂さを慰めた。この博学の修道僧がまた、どこの誰にもまして純真無垢な心の持ち主だった。道端で子供たちを相手に話すことを好んだが、巧みに気持を引きつけて教訓を垂れるこつを知っていた。年端《としは》もいかぬ少年少女が牛の世話をしているのを見かければ気さくに声をかける。「君たちのように小さな子供が、ずっと大きくて力も強い生き物を手懐《てなず》けられるのは、どうしてかな?」このあたりからはじまって、人間の魂を語り、道理を説く話術は卓抜だったという。ギボンの著でティユモンの名は知っていたが、人物像に接したのはこれがはじめてだ。几帳面にこつこつと史料を蒐集《しゅうしゅう》しただけと思ったら大間違いで、仕事の中身もさることながら、初志を貫徹した精神こそは賛嘆に価する。そこを考えなくてはならない。ティユモンは研究のための研究に的を絞って、真実以外には目もくれなかった。自分の研究が世に知られようが知られまいが、そんなことはどうでもいい。

努力の形見が人の役に立つとわかれば、いつなりと惜しげもなく提供したはずだ。

尼僧院ポール・ロワイヤルはオランダの神学者、コルネリス・ヤンセンが首唱した教会改革運動——ジャンセニズムの拠点だった。一方にフランス文化の黄金時代を築いた太陽王ルイ十四世のヴェルサイユ宮殿がある。リシュリューの後を継いだ宰相マザランがブルボン王権に反抗する貴族の内乱——フロンドの乱を鎮圧して絶対王政の基礎を固めた十七世紀半ばのことだ。ポール・ロワイヤルとヴェルサイユをくらべてみれば、ジャンセニズムの信仰や運動の意図をどう評価するにせよ、生の尊厳を貫いたのは宗教家たちだったことがわかる。その点、朕《ちん》は国家なりと豪語した大君さえも貧相な、薄汚い人物でしかない。劇作家モリエールが埋葬を許されなかったのは人も知るところだ。もはや人を喜ばせることができなくなった才能に対する国王のこの酷薄な仕打ちは権勢の正体を露呈している。どんなに地味で目立たない人物であれ、真摯で敬虔なポール・ロワイヤルの誰かと向き合うなら、宮廷人が揃いも揃っていかに卑小で品性陋劣《ろうれつ》かがわかる。宮殿や広大な庭園に尊厳はない。ポール・ロワイヤルの隠者たちが祈り、学び、教えた質素な部屋にはきっとある。それが人類の理想であるかどうかはともかくも、まずは見上げたものではないか。そのような称賛に価するにもまして甲斐ある人生が考えられようか。

9

科学的実証主義に対する浅薄な反応に目を向けると、何かと面白いことがある。学術界におけるダーウィンの勝利は、当時もてはやされたトマス・ハクスリーの巧みな造語「不可知論者」によって決定的となった。だが、不可知論はいかにも理に適《かな》っていたために、さほど長くは流行らなかった。やがて東洋の魔術が噂《うわさ》を呼んだ。歴史は繰り返すとはこれだろう。ほどなく、別にすることもない閑人たちが揃って「密教」を取り沙汰しはじめた。深遠な奥義を意味する「密」の字が上流社会で受けたが、これも長続きせず、作家までがじきにそっぽを向いた。イギリス人の感性に密教は馴染まなかったということか。そうこうするうちに誰かが、身近なところで昔ながらの「コックリさん」や「叩音降霊術《こうおんこうれいじゅつ》」も新しい科学の光で見直してはどうかと言って世間がこれに飛びついた。迷信家が学者気取りの眼鏡姿で大手をふって歩きだし、研究所を作ってまことしやかな報告を発表したこともあり、日増しに関心の輪が広がった。

催眠術は不思議を売り物にするいかさま師どもに場所を与え、さらには発音に訓練を要するギリシア語まがいの術語が続々と登場した。「霊能者《サイキカル》 psychical」という巧い言葉を思いついて流行らせた仕掛け人もいる。頭のpは話者の好みで発音してもしなくてもいい。科学時代の新しがり屋はすっかり調子づいた。「何かがあるはずだ。きっと何かあると前から思っていた」散見するところ、心霊科学は中世の呪術と要領よく手を結んでいる。人の心を覗《のぞ》いて言葉巧みにささやきかける魔法使いにとっては今が稼ぎ時だろう。貧民街や僻地の寒村で時たま例があるように、上流社会でも売卜《ばいぼく》行為を法律で厳禁したならば、世の中ずいぶん住みやすくなるのではなかろうか。もっとも、精神感応《テレパシー》の術者を告発するのはむずかしい。当事者はその宣伝効果を大歓迎するだろうからだ。

もちろん、心霊現象を語る人間の全部が全部、胡散《うさん》臭い同類ではないことは承知している。健康であれ病態であれ、人間の意識を研究する学問分野はあって、他の領域で優れた人材が真面目に進めている研究に劣らず敬意を払うべきなのだ。その種の研究は時間と金の浪費であって、似非《えせ》学者や悪党を優遇することになるという議論は筋が違う。ただただ尊敬するしかないような賢才すらが心霊研究にのめり込み、一般に認められている生の法則では説明できない現象に触れたと確信していることがある。それはそれでいい。実際、その手の研究者たちは人知を超えた世界に何かを発見するとば口に立っているかもしれないではないか。だが、個人的にはそんなことにまるで関心がない以上に、耐え難い不快を感じる。心霊研究協会が検証した驚異の記録が確固不動の証拠とともに残らず目の前に提示されたとしてもこの気持は、偏見と言わば言え、いささかも変わらない。欠伸《あくび》も出ずにそんな書類は脇へ伏せることだろう。ある種の憎悪をもてあましつつだ。『リア王』の台詞にある「麝香《じゃこう》を一オンス持て、薬《くす》師《し》」で、口直しがほしい。どうしてこんなふうに思うのか、自分でもよくわからないが、事実であると想像であるとにかかわらず、心霊現象に無関心なのは近頃の電気技術の実用にまるで興味がないのと同じだろう。何人ものエディソンやマルコーニが新奇の発明で世界をあっと言わせるかもしれない。人並みに驚くにしてもその場限りで、すぐまたもとの自分に返ることはわかりきっている。もとよりこの身にはかかわりのない話だ。世間を騒がせた発見が明日にも新聞記者の勘違いかでっち上げとわかったところで、一ボルトの電気が走る痛痒も感じない。

狭量な唯物論者の言い分だろうか。いくらかは自分を知っているつもりだが、それは違う。いつだったか、G・Aと話した際、あの男を不可知論者と評したことがある。G・Aは言下に否定した。「不可知論は人知を超えた向こうに何かがあるかもしれないことを認める立場だ。とうてい納得できない。知ることができないというのは、つまり、存在しないことだろう。人はそこにあるものを見る。見えているものがすべてなのだ」いや、恐れいった。あれほどの知識人が、こんな考え方をしているとは信じ難い。これはこっちの話だが、自分や身のまわりの世界について、科学的であると否とにかかわらず、どんな説明にも満足できない性分のせいで、宇宙の神秘に打たれずに一日が暮れることは絶えてない。人知の勝利を仰山《ぎょうさん》に吹聴《ふいちょう》するなどは子供染みているよりなお悪い。今も昔も同じで、人間が知っているのはただ一つ、すなわち、何も知らないことだけだ。そうではないか。道端で摘んだ花をじっと見て、その組織学やら形態学やら、植物の研究で扱う限りの何から何までを知った気になったとしても、それで花一輪の意味を知りつくしたことになるだろうか。ハムレットも言う通り、そんなものはただ言葉、言葉、言葉でしかないではないか。なるほど、面白い観察には違いない。が、面白ければ面白いほど驚異は増して、それからそれへ湧き起こる疑問は始末に負えないまでになり、ついには眩暈《めまい》を覚えるほどだ。手にした小さな花一輪が天空に輝く太陽にも引けを取らない超絶の奇跡である。そこに知るべきことは何もないか。花は花と言うまでだろうか。人間は進化の法則が産んだ結果であって、感覚も知性も、自身その一部である自然の機構を知る手がかりでしかないというのか。誰だろうと、そのような頑迷な考えの持ち主がいることからして信じられない。蓋《けだ》し、これは頑迷と言うよりもむしろ疑問が解決しない焦燥、もしくは謎を解いたふりを装う他者に対する苛立ちから、目に見える現実以外をいっさい拒んだ果ての、愚鈍にも等しい自己欺瞞《ぎまん》であろう。

10

不可知はどこまで行っても、しょせん不可知、不可思議かもしれない。この考えは、言うに言われぬ悲哀を孕《はら》んではいないだろうか。人類はいつか死に絶える定めかもしれない。歴史の明け方、恐怖の念から神を思い描いた原初の人間にはじまって、忍び寄る薄暮の底で石や木彫りの神像を拝跪《はいき》する人間にいたるまで、その連綿たる経歴を通じて人類はついに自身の存在理由を知らぬまま死んでいくのだろうか。預言者や殉教者の崇高な苦悩は空しく、永遠を探究した賢者の観念も不毛な夢でしかなかった。生ける神の幻影を追って生涯を過ごした心清らかな人々、嘆き悲しんで来世に救いを求めた人々、至高の審判者に哀訴した不正の犠牲者たち、そうしたすべてが沈黙の闇に隠れ、死者の群を乗せた地球は蕭条《しょうじょう》と冷えきってただ無音の宇宙を巡り続けるのみだろうか。何が悲劇といって、この予測があり得ないことではない以上の悲劇はない。魂はこれに抵抗するはずだが、その抵抗が高次の運命を切り開くかどうか、保証の限りではない。してみると、これは観客のいない悲劇と思った方が安心ではなかろうか。いや、それどころか、現に観客がいようはずがないではないか。生きとし生けるものにとって神の名が理性と信仰に拒絶され、形ばかりの空虚な象徴に成り下がる時が来るかもしれない。それでも悲劇は続くのだ。

そうだとも。考えられないことではない。ただし、人生は知性の感受する範囲を越えたところでは無意味だと言うのとは違う。知性はそのような想定に反撥《はんぱつ》する。何ともどかしいことだろう。これまでをふり返ってみれば、仮にもうなずける世界観は一つとしてありはせず、すべてを説明して納得が行く理論があろうとも思えない。そのくせ、万能の理性を信じる心はびくともしない。すなわち、人の理解を超越して、そこからこぼれる微かな光が感知されることもない理性だが、創造力を秘めているはずだから、思想の形成には不可欠でありながら、まさにその思想によっていっさい否定される理性である。これは時間と空間における無限の概念を規定する二律背反に似ていないでもない。自然の摂理に沿った進化の過程が最終段階に達しているかどうか、いったい誰に判断できようか。これ以上はあり得ない思想の極限と見える情況が、その実、人類の歴史のほんの初期段階かもしれないではないか。現状を「未来の証明」と考えるなら、当然、終着の未来にいたる過程を予測しなくてはならない。野生動物とさして変わりない未開人が最高度の水準に達した文明人と同じ「新しい生活」に移行するのは果たしていつか。この思考の手探りは人間の無知を物語る。おかしなもので、これによって誰しもが、無知こそ究極の知識であることを証明している。

11

とはいえ、ことによると人類はやがてすべてを知るかもしれない。行き着くところまで知性の進歩を達成することはないとしても、何はともあれこれが究極と思える自己満足の時期が長く続くのではなかろうか。人は前途に望みを託す常で、一つの宗教が廃れれば別の宗教が起こることを当然のように思っている。だが、いずれどこかで精神的な要求を感じなくなったとしたらどうだろう。人間がそのように変わることはないとは言いきれず、現に今、日常の暮らしの中に変化の兆しが見て取れる。自然科学を後ろ盾とする考え方が深く根づき、人間の物質的な満足を妨げる天変地異でもない限り、必ずや実証主義の時代が到来するだろう。そうなれば「根本原因の考究」は万人の権利で、超自然という言葉は意味を失う。迷信は昔の人のあやふやな経験則として次第に忘れ去られよう。今は驚異の神秘とされていることも、何から何まで幾何学の証明のようにすっきり整然と片付くに違いない。そのような理性の時代は人類にとって史上かつてない祝福だろう。だがしかし、本当にそういう時代が来るか、来ないか、答は二つに一つだ。苦難と悲痛は何ものにも優る人生哲学の教師であることを思えば、合理主義者の言う至福千年はどうやら期待できない。

12

スピノザは言った。自由な人間は、何がさて、死を思い煩《わずら》うことがない。してみると、われながら自由な人間とは言いにくい。死について考えるのはちょくちょくだ。死は意識の奥に居すわっている。ただ、死ぬことに恐怖はないから、その意味では自由だと胸を張れる。死を恐れた時期もあったが、それはこの筆一本に頼っている者たちの不幸を思えばこそで、存在の終焉に不安を覚えたことはついぞない。痛みにはとんと意気地なしだが、それ以上に、死に臨んで長いこと病に苦しむ艱難《かんなん》は思っただけで気が滅入《めい》る。困窮と闘って骨身を削った生涯、努めて冷静に運命と対峙《たいじ》してきたつもりが、最後の最後にたかが病気というにすぎない弱みのために不名誉をこうむるとしたら残念だ。だが、幸いにしてその憂鬱《ゆううつ》な予測に悩むことはめったにない。

散歩の時にはいつも教会墓地を抜ける。街中の共同墓地が不愉快な分、田園の安息所は空気がいい。墓石の名を読んで、誰もみな繁忙と危難の人生から解放されていることを思うと心が和む。悲しみは少しも感じない。幼い子供であれ、年寄りであれ、首尾よく一つの完結を見たのは同じだろう。ある一瞬を境に永遠の平和が訪れる。その時の早い晩《おそ》いはどうでもいいことだ。「ここに眠る」という碑銘に優る褒め言葉があるだろうか。何が尊厳といって、死を超える尊厳はあり得まい。人間のうちでも上の部に属する先人たちが踏み固めた道を歩み、世に生きるすべてに求められていることを最もよく果たしおおせた人々がここに眠っている。何を悲しむことがあろう。ただその消滅した人生を思いやって親愛の情に深く打たれるばかりだ。木下陰《このしたかげ》の静寂から死者たちはなおこの世に浮き沈む運命にある人間に励ましの言葉をささやきかけてくるかのようである。「われら、かくあるごとく、汝《なんじ》また、かくとこそ。見よ、われらの安らぎを」

13

生活が苦しかった頃、何度となくストア哲学にのめり込んだ。まったくの無駄ではなかった。マルクス・アウレリウスは枕頭《ちんとう》の一書で、悩みごとがあって眠られぬ夜や、とうていほかのものを読む気になれない時に手に取った。読んで気が晴れたというではなし、世俗の煩《わずら》いの空しさを説かれて何の足しにもならなかったが、マルクス・アウレリウスの哲学には安心を与えるものがあり、全体によく均整が取れている。これにはいくらか慰められた。この高度な模範に拮抗《きっこう》するだけの力があったらと思うだけで、堕落から身を守る命綱にすがったと同じだった。とてもそこまでにはなれないことを、誰よりも自分で知っていたけれどもだ。今もマルクス・アウレリウスは読む。漠然とした気持からではない。哲学そのものよりも、この哲人皇帝の人物像を胸の奥に焼きつけておきたいためだ。

今日《こんにち》の思想家がマルクス・アウレリウスの哲学を支持しない理由は、言うまでもなく、その発想が人間は絶対者について知識を有する前提に立っているからだ。理性を磨くことによって人は世界の本質である「理性的実在」との霊的な交感を知るというのは実に崇高な考えだ。しかし、人はその身の内に信ずるに足る確かな指針を見出《みいだ》し得ず、それゆえにこそ、索然とした懐疑主義の迷妄に甘んじている現状である。そこを別とすれば、宇宙の序列における人間の従属的な位置や、万象を支配する運命の理解など、ストア派と現代の哲学の間には接点がある。マルクス・アウレリウスの言う人間の社交性や、人間関係にきっと付随する相互義務なども、向上を志す現代人の精神と軌を一にしている。マルクス・アウレリウスの宿命論は単なる諦観とは異なり、いかなる運命もただ受け入れるだけでなく、歓喜と賛嘆をもって従うべきことが主眼である。人間はなぜこの世に生きているのか。それは、馬がいて、葡萄の蔓《つる》が伸びるのと同じで、自然から与えられた役割を果たすためだ。万物の秩序を理解する力が具《そな》わっているように、人間はその秩序に即して自分の方位を見定めなくてはならない。意思は情況の前に無力だが、心的傾向の選択は自由であっていい。人と生まれて第一の義務は自律である。これに対応する第一の特権は、そもそものはじめから人生の法則を知っていることだ。

ここに、先験的な仮定をいっさい認めようとしない片意地な質問者が立ちはだかっている。どんなに程度の高い有意義な仮定だろうともだ。ストア哲学の理性が世界の法則と協和していると、何をもって言えるのか。いっそのこと、思いきって別の視点から人生を考えてみてはどうか。理性は克己よりも放縦を命ずるかもしれない。抑制を捨てて奔放に徹することで、よほど自然の意に適った生き方ができはしないか。それは誇るべきことで、自然が指さすところだから自信を持っていい。強い人間が思うさま力を発揮して、その威勢の前に膝を屈するのは弱者の運命だ。反対に、弱い人間が虐げられてあっさり運命を是認し、悲惨な境遇に甘んじなくてはならない理由がどこにあろう。いや、人の心には抵抗を煽《あお》るものが必ずあって、わけのわからない力による不正に怨嗟《えんさ》の声を上げる。何やかや、否応もない束縛を強いる世の中の仕組みについて知らなくてはならないのは事実だが、知る知らないはともかくとして、知恵と徳義は忍従にありと、どうして確信できようか……。質問は限りなく、答えようにも言葉がない。哲学は今や何を絶対とも認めず、宇宙の和音に耳を傾けはしないからだ。

「不正な人間は、同時に不信心である。宇宙の創造主は生き物すべてが理解し合い、時と場合に応じて、多かれ少なかれ互いに善をほどこし、間違っても傷つけ合うことのないように心を配った。それゆえ、その意思に違背する者は神々のうち最古にして最も尊崇されるべき神に対して不敬の罪を犯していること明らかである」まさにその通りだ。不正は不敬、しかも、これ以上はない不敬の極みであることを死ぬまで肝に銘じておきたい。だがしかし、ただそれだけの理由でこの信念を掲げるなら、高雅な精神を気取る体《てい》のいい見せかけにすぎまい。正義こそ宇宙の法則であることを示す確固たる証拠に、これまでただの一つとしてお目にかかっていない。それどころか、その反証と言えそうなことどもは数えきれないほどだ。してみれば、人間は最も盛んな時に思いがけずも、現に世界を動かしている力と暗闘する根元《こんげん》の信条を披瀝《ひれき》するのだと理解しなくてはならない。正しい人間が、事実、最古の神の崇拝者だとしたら、その崇拝の対象は崩壊した王朝の所属であるか、さもなければ、古来、正しい人間の言い逃れで、胸中の聖火はヘブル書の「それ信仰は望むところを確信し、見ぬものを真実とすなり」であることを思うべきだ。どちらも納得できなかったらどうか。残るは絶望の果ての強がりでしかない。ローマの詩人、ルカヌスの「敗者の立場はカトーの喜び」だ。しかし、ここに讃美の歌があり得ようか。

「万物の創造主が万人に与えるものは万人のために最良である。しこうして、創造主が与える時こそ、それは最良である」まさに必然性の楽天主義だ。おそらくは、人間が到達し得る最高の知恵だろう。「理性ある人間だけが意のままに進んで従うことを許されると知れ」この高踏の言の説得力に打たれる点ではおさおさ人に譲らないと思っている。言葉が歌いかけてくるようで、秋の夕暮れ、遠く沈んだ日の名残《なごり》が柔らかく余生を包むにも似た心地がする。「人生は束の間と心して、穏やかに、満ち足りて去るがいい。熟れたオリーヴの実が落ちて、培ってくれた大地を讃え、育《はぐく》んでくれた木に感謝するように」死に臨んでは、本当にこう思いたい。かなりな努力を要する死に支度だろうが、何よりの安らぎだ。巧《たく》んだ無関心の静穏ということがもしあったにしても、この方がもっといい。後の祝福を思って今生の労苦を卑しむ喜悦よりなお願わしい。だが、しょせん構えてなることではあるまい。末期《まつご》の安らぎは未知の力の余恵である。夜露のようにしっとり心を濡らすのだ。

14

またしても、ひどい頭痛に見舞われた。この一昼夜、まさに地獄の責め苦だった。ここはストア哲学流に考えることだ。肉体の不調は害ではない。少しだけ覚悟して、病気は自然の流れに生ずる自然な乱れだと思っておけば痛みは我慢できる。永遠な自然の一環である魂に影響するものではないだけ救われる。肉体は「心の衣服、もしくは住処《すみか》」というにすぎない。痛めつけられるまま、存在の主役であるこの「私」は脇で見ているまでのことだ。

だが、その間、記憶や理性など、知をつかさどる機能すべては泥沼の渾沌《こんとん》に嵌ってのたうちまわる。魂と精神は別物だろうか。だとすれば、いっさいの自覚を失って意識は支離滅裂だ。しかし、さんざんな目に遭って思い知った通り、魂と精神は一つであって、存在の基本的要素、すなわち素子である。それが割れるようにずきずき痛む頭に宿っている。この苦痛がもう少し続いたら、自分が自分ではなくなっていただろう。存在の形骸である肉体はもがき苦しんであらぬことを口走るが、錯乱が何によるものかは知る由もない。一個人の存在が多々ある肉体条件の平衡、要するに健康の上に成り立っているのはわかりきった話だ。頭痛がまだ軽かったはじめから、すでにこれが自分とは思えなかった。思考が常のようには働かず、体調に異変を感じながら、数時間後には病気が服を着ているありさまだった。意識、と言ってよければだが……、意識は手回しオルガンと化して、一、二小節の空虚な旋律を際限もなく繰り返していた。

人をこんな目に遭わせる魂に、どこまで信頼を託せようか。感覚と同じ程度と思っていいのかもしれない。その働きによって、現にこうして生きている世界について知るだけのことを知る感覚、ひいては検証の術《すべ》もない場面で、無心でいる時よりもいっそうあざとく人を騙すかもしれない感覚だ。精神と魂は底流に似た肉体の機能だという理解が正しければ、信頼の置ける度合いは感覚とおっつかっつだろう。何かのことで体のどこかに故障が起きれば理性はたちまち混乱に陥り、人の中にあって永遠の一環を担っている「何か」が悪さをして、無限の知恵を珍重しないようにそそのかす。何をもって常態とするかは議論のあるところかもしれないが、人の意識は常態において些細な事件に手もなく翻弄される。口に合わないものを食べて、人生観ががらりと変わるなどもその例だ。ある時を境にそれまでの愛好に関心が失せ、以前は見向きもしなかったものに深く執着することもある。早い話、人は「永遠の実在」について何も知らないのと同じで、自身を知ってはいないのだ。正体不明の力に言動のことごとくを操られ、欺かれている人間は機械仕掛けの人形でしかないのではないかという懐疑は拭《ぬぐ》えない。

どうしてこんなに考えこんでいるのだろうか。自身と世界と上手く折り合っていた昨日、一昨日の自然体で気楽に生きたらいいではないか。いやなに、ちょっと健康を害しただけなのはわかっている。頭痛は去った。埒《らち》もないことを考えるのはもうたくさんだ。気分もだいぶ落ち着いた。健康を取り戻しかけているのは自分の手柄だろうか。不調は意思の力で避けられる落とし穴だったろうか。

15

生け垣に鈴なりの黒苺《クロイチゴ》が遠い記憶を呼び覚ました。ようよう都会から脱出した時のことで、昼日中《ひるひなか》、歩き疲れて腹が減った。道の辺《みちべ》に熟れている黒苺を摘んで食べながら行くほどに、食事に寄ってもよさそうな旅籠が見えてきた。だが、すでに空腹は癒えている。もう何もいらない、と思う途端にほとんど狼狽に近い不思議な驚愕に襲われた。これはしたり。腹いっぱい、食べるだけ食べてまるきり只《ただ》か。これで只とは、只ごとでない。当時はどうしたら生きていくだけの金を稼げるか、それしか頭になかった。なけなしの金を遣いたくないばかりに飢えに苦しむ日もざらだった。どのみち、いつも懐が乏しくてろくなものは口にしていない。そんな身の上で、自然の饗《きょう》応《おう》に与《あずか》った。遠慮なくご馳走になったが、実に旨かった。感激は長く尾を曳《ひ》いた。今でも、思い出せばこの体験の意味は理解できる。

大都会で貧乏するというのがどんなことか、これ以上にわかりやすい話はない。いい体験だったと思う。何不自由なく快適に暮らしている今の境遇はあの貧困時代に多くを負っているが、それはただ、以前から見れば楽になったという比較の問題ではなく、毎日を生きる条件が何にどれだけ左右されるか人一倍、身に染みて知っているからだ。普通の教育を受けた人間なら、衣食足りて憂いのない暮らしは当たり前だろう。問われれば、まずは満足と答えるかもしれないが、それは心身ともに健全な人間がとりたてて幸せを意識するほどでもないのと似たようなものだ。貧乏の悲哀を舐《な》め尽くした立場から言えば、この先まだ五十年生きるとしても、生活を保証されている安心は日々ますます新たな嬉しい驚きに違いない。貧苦を経験しているだけに、生きる手段があることの意味は誰よりもよく知っているつもりだ。普通の教育を受けた人間は、本当の孤独を味わっていない。着の身着のままで、人の生き死になど毛筋《けすじ》ほども意に介さない世界から次の一食を闘い取らなくてはならない孤立無援の窮境を知らない。これに匹敵する政治経済学の教室はあるまい。ここで一通りの講義を聴いていれば、この寒々しい学問の初歩の初歩で二度と躓《つまず》くことはない。

他人の労苦にどれほど恩恵をこうむっているか、誰よりもよくわかる。四半期ごとに銀行から引き出す金は、言うなれば天から降った施しだが、端《はした》の硬貨一つにいたるまで、すべて汗の結晶であることを知らないはずがない。幸いにして、卑劣な資本主義の公然たる搾取ではなく、労働の成果である。おそらく、それ自体は健全ながら、強制された労働でもあろう。大方は肉体労働だ。下々が汗水垂らして働くことで世の中の複雑な仕組みは成り立っている。それを考えると、働く庶民に頭が下がる。遠くから感謝している。かつて民主主義に凝り固まったことはないし、将来もそんなことにはならないが、この一歩引き下がったものの見方は前々から、自分はこれで行くしかないと納得している。富裕階級の特権には反撥を覚えた。ロンドンの街角で、羽ぶりのいい人種が行き交うのを見てわが身が惨めでならなかった当時をどうして忘れられようか。そのくせ、周囲の貧乏人たちには親しみが湧かなかった。理由は単純明快で、貧乏を知りすぎていたためだ。雅《みや》びとゆとりを支えに心を磨く人間は自分より身分の低い相手に幻想を抱いてどこまでも膨らませるかもしれない。それが人物を大きくする場合があることは否定しないが、貧苦に絡まれた立場では、何だろうと幻想はあり得なかった。貧乏人を知っていれば、求めるものが違うこともわかる。あの頃はそれなりに理想があって、思えばわれながら何ともささやかな、罪のない望みでしかなかったが、それとても貧乏人から見れば、どう考えたところでうんざりするような無駄ごとだったろう。上流に対する反感でそういう人種と手を結ぶのは不真面目か、さらには自棄《やけ》のふるまいだ。そこはお互いさまで、貧乏人の欲求はつまらないことに思えたし、こっちの願望はとうとう底辺の理解するところではなかった。

この頭にあることが、人間、誰もが追求すべき理想の姿だと主張する気はさらさらない。そうかもしれないし、そうは言えないかもしれないではないか。個人の好みで改革を唱道することの空しさはとうの昔から肝に銘じている。世界のために新しい経済理論を模索する柄でもない。ただ自分の考えを整理するだけで沢山《たくさん》だ。が、それはともかく、自分の角度から澄んだ目でものを見ることは大切だろう。その意味で、意識の底にそっとしまっている貧困時代の記憶は少なからず意味がある。主観とは、あくまでも自分だけのことだから、人に説教するのとはわけが違う。生まれや教育程度が同じでも、苦しい体験が生き方にどう影響するかは十人十色でおよそまちまちだ。苦労したことで底辺と共鳴して、高潔な人道主義に生涯を捧げる人もいるだろう。考え方が違うというだけで、傍《はた》からとやこう言う筋はない。その人は思いのほか広い視野で正しくものを見ているかもしれないではないか。だが、苦労人が寄ると、一点、共通するところがある。試みに尋ねてみるといい。黒苺で飢えを満たして、つくづく考えこんだ体験を語ってくれないとも限らない。

16

収穫にいそしむ農夫たちを見て、愚かしい羨望の念に取りつかれた。筋骨逞《たくま》しく赤銅色《しゃくどういろ》に日焼けして、夜明けから暮れ方まで野良仕事に精を出し、何の屈託もなく家に帰って一晩ぐっすり寝れば、翌朝はまた潑剌《はつらつ》として畑に出る農夫の暮らしの何と潔いことだろう。中年を過ぎて、体は人並みだし、どこといって故障を抱えてはいない身だが、ほんの軽い農作業に携わってものの三十分も耐えられるかどうか自信がない。これで一人前の男だろうか。あの頑丈な農夫の誰か一人から同情にことよせた蔑《さげす》みの目で見られたら、どんな気がするだろうか。向こうは羨まれているとは夢にも知らず、それどころか、こんな蒼白い年寄りは農耕馬とくらべるにも価《あたい》しないと腹の底で思っているに違いない。

そこで思うのは前々からのとりとめもない夢、心身の釣り合いだ。体は丈夫で健康そのもの、旺盛な意欲はそれに劣らず、探求心のかたまりでいられたらどうだろう。いや、どうもこうもない。ならばさっさと野良へ出て収穫に汗を流し、なおかつ思索に耽《ふけ》って生きればいいではないか。多くの論者がそれは両立すると言い、いずれ時代がよくなった暁にはと待望している。だが、そのためには二つの条件がととのわなくてはならない。まず、物書き商売がこの世から消えてなくなること。それに、文化遺産と広く認められている数少ない書籍を残して、本という本が廃棄されること、この二つだ。そうなって、はじめて精神と肉体の均衡が実現する。

「ギリシア人」のことを言ってもはじまらない。一般にギリシア人の名で呼ばれるのは、極めて特異な性格を天から授かり、特殊な条件の下に点々と小さな地域社会を営んでいた民族である。とかくきらびやかな文明の繁栄が安定のうちに長く続いたと思われがちなギリシアの歴史は、その実、エーゲ海から地中海東部沿岸のここかしこで小刻みに興亡を重ねた散発的な文明の変遷だった。ギリシアの文芸美術遺産はこの上なく貴重だが、ギリシア人の生き方に今日の目から見て手本とすべきものはなきに等しい。ギリシア人は異文化を吸収することがなかった。外国語も死語もない。口承文芸の時代だから、文字はほとんど読まず、文学はもっぱら耳で楽しんだ。市民階級は奴隷を使い、自分たちは社交に明け暮れて、いっさい手を汚さなかった。無知ははなはだしく、知恵は神々に仰ぐしかない。知力は極めて高かったが、道徳観念の欠如は驚くほどだ。ペリクレス時代の平均的アテネ市民と対面してじかに話したら、少なからず幻滅するに違いない。案に相違して、ギリシア人はかなり粗暴で、おまけに堕落しているだろう。顔形にもがっかりすることはまず確実だ。ギリシア人は遠い過去の世界に生かしておくことだ。限られた少数が想像を馳せる分にはありがたいかもしれないが、現代の庶民大衆の実生活や意識には何のかかわりもないメンフィスやバビロンと同じ、古代世界に押しこめておけばいい。

思索に生きている人間は、こう見たところ、概して不健康だ。極《ご》く稀には例外がいる。知性に秀でていながら、学究や思弁の道には向かわず、代々、体を使って世を渡ってきた家柄から風の吹き回しで変わり種が出ることもある。そういう運に恵まれた思想家の子弟はまたもとの行動派に返るか、よくあるように、体を犠牲にしても意思を通す精神主義的な傾向を示すか、いずれか一つだ。「健全なる精神は健全なる肉体に宿る」だろうことは否定しないが、それとこれとは話が違う。頑健で、かつ頭がよくて本好きという人間がまだたくさんいるのは喜ばしいとして、ほかに言うほどのことはない。問題は、探求心に燃えながら、神聖な思索の時間に食い込んでくる俗事に苛立ちを持てあましている人間だ。思想と学問の無窮《むきゅう》を信じつつも、悲しいかな精神力の維持に不安があって、絶えずそれを無視しようとする雑念に悩んでいるとなると始末が悪い。そういう人間は生来の気性に加えて常に貧困の脅威にさらされ、学術上の成果を商売の種にしなくてはならないこともしばしばだ。そんなありさまで、正常な脈拍で血がめぐり、自然の命ずるままに神経が働き、筋肉が余計な負担に耐えることを、いったいどうして望めようか。日がじりじり照りつける畑中で労働に汗する農夫らを羨んだところで何にもならない。これまでの人生にいくらかなりと潤いがあって、おりふし静思に耽る時間も与えられていたならば、農夫たちから黄金の収穫に目を転じて、感謝の心で過ごせばいい。

17

農業労働者の生活水準が、使役している動物とほとんど変わりないというのは望ましくないし、あっていいことではない。ところが、それがどうやら実情だ。聞くところによると、耕作の暮らしに満足しているのは今や無知蒙昧《もうまい》な農民だけだという。農村の子供たちは新聞を読むことを教わると、少しでも早くとばかり、急いで約束の地へ向かう。約束の地、すなわち新聞が幾紙も出ている大都会だ。何かが間違っていることは福音伝道者に言われるまでもない。ならばどうしたらいいのか、預言者はまだ知恵をほのめかそうともしていない。農業はこれまでさもさもらしくもてはやされてきたが、あらかたは虚飾の言で、嘘を真《まこと》とまるめこむ欺瞞《ぎまん》でしかない。農耕生活は優しい心や、情け深い思いやりや、その他もろもろ、人間が本来の美徳を発揮して、云々《うんぬん》……と、大層なことだ。だが、農業は肉体を酷使する仕事で、もとより精神の発達を助けはしない。世界の歴史で農業が文明の進化に寄与したというのは、富を生むことで極く一部のわずかな人間を鋤鍬《すきくわ》の労働から解放しただけの話だ。思い立って農業を志した熱心家がいて、そんな一人が書き残した体験談に注目すべきくだりがある。「それ、農業は現世の呪いである。のめり込めばのめり込むほど、獣《けだもの》にならざるを得ない。牛や馬に飼い葉をやって貴重な五カ月を無駄にしたのは賞《ほ》められたことだろうか。断じてそうではない」

新しい村、ブルック農場に参加して挫折したアメリカの小説家、ナサニエル・ホーソンだ。幻滅のあまり、ここまで言った。なるほど、農業は重労働だし、これでは牛馬と変わりないではないかと思うこともままあろう。だが、決して現世の呪いではない。それどころか、まずこの上はない祝福だ。農場の体験を愚かしく思うところから、ホーソンは偏った見方をしている。いかにも、牛や馬の世話はホーソンに不向きな仕事だったろう。しかし、多くの人々が農業を尊い仕事と考えている。それはそうだろう。人類に食糧を供給する役割を負っているのだから。ここで興味深いのは、ホーソンほどの知識人が自分でそれとは気づかずに、田舎暮らしを嫌う農業労働者の心境に染まっていることだ。思考が停止しているばかりか、感性までが判断の基準たり得なくなっている。今日の田舎に共通する悪《あ》しき傾向は、住民の無知や不粋ではなく、爛《ただ》れた不満である。世にある悪弊の例に洩れず、これもまた時代の必然であることは目に見えて明らかだ。農民はもっといい身分に憧れる。牛馬の世話はもう沢山だ。大手をふってロンドンの街を闊歩《かっぽ》したい。

古代ギリシアの伝説の理想郷アルカディアを想像してみてもあまり役には立つまいが、昔の農民はゆったり暮らしていたし、今なお鋤を握っている農夫よりもものの知りだったことは事実だろう。もはやすっかり忘れられてしまった民謡があり、テオクリトスの田園詩と同じで、子々孫々は見向きもしない恋物語や妖精譚《たん》があった。いや、それ以上に「家庭《ホーム》」があったことを憶《おぼ》えていなくてはいけない。家庭とは何と輝きのある言葉だろう。命の糧をもたらす大地を愛すれば、農民は畑仕事を厭《いと》うはずがない。労働は牛馬が耕作に使役されるのとはわけが違う。降り注ぐ光に照り映えて意欲をそそる、まさしく営為である。辛くて変化に乏しい農民の暮らしを横目に見ることはない。むしろ、それをもっと言った方がいい。そうすれば、広大な農地から利益を得ている地主はそこを耕す小作人に親愛を抱くようにもなろう。その気遣いが近頃の不穏な傾向にある程度は歯止めをかけるかもしれない。居心地のいい家に暮らしている農民は荒《あば》ら屋《や》の貧夫のようにやたらと出ていきたがりはしない。善意の人々は、狙いを定めて恩沢《おんたく》を説けば田舎を思う心は呼び戻せると言う。だが、その先にどんな希望があるだろうか。土地土地に古くから伝わる花の名を誰もが口にしていた時代に返ると期待できようか。花や鳥の名が、民謡や妖精譚とともにほとんど忘れられているという、そのこと自体が田園の荒廃を如実に物語っている。過去のものとなった田園の美風を願ったところで詮方《せんかた》ない。思うに、将来の農民は鉄道機関士並みの高給を取る機械工になるだろう。農作業をしながら流行歌を口ずさみ、休みもちょくちょくあって、近くの大都会へ遊びに出かける。そんなふうだから、「田舎の家常茶飯」を甘美に謳うような話は面白くもおかしくもない。その頃には、かつて畑や牧場に咲いていた花は雑草の扱いで残らず姿を消しているだろう。「ホーム」はおそらく、退職して老齢年金を受け取っている年寄りが集団生活する特殊な場所だけを意味する言葉になるはずだ。

18

今日ばかりは、一日のことを記さずには終われない。夜明けの空は掌《てのひら》ほどの雲一片もなく晴れわたっていた。木の葉は神々しい朝の光を宿す露に濡れて、歓喜にうちふるえるかのようだった。暮れ方には家の上手の草地に出て、赤い夕陽が紫の靄《もや》の彼方に沈むのを見送った。かえりみすれば、菫《スミレ》色の空に満月がかかっていた。ものの影がゆっくりと地を移ろい、あたりは静かに澄みきって、得も言われず心地よい日和《ひより》だった。楡《ニレ》や樺《カバ》の木がかくも見事に秋色を粧ったことはかつてない。壁を這《は》う蔦《つた》がこごまで真紅に燃えたこともない。こんな日は外出を控えて、紺碧と金の穹窿《きゅうりゅう》を仰ぎ、目をやるところ美ならざるはない夢のような安らぎのうちに自然と一つに溶け合っていればいい。収穫の済んだ刈り株の耕地に群れる深山鴉《ミヤマガラス》の長鳴きに混じって、時折り近くの農家から雄鶏《おんどり》の眠たげな声が聞こえ、家の鳩《はと》も小屋で鳴いている。あるかなきかの風に浮かれて庭を舞う黄色い蝶《ちょう》を目で追ったのは、かれこれ五分か、それとも一時間ほどだったろうか。秋ごとに、一日はこうしてこれ以上は望めない好天に恵まれるが、今日ほど期待に胸が弾み、静かに満ち足りて夜を迎えたことは過去にない。

19

あてどなく野道を歩いているところへ、遠くから人の声が聞こえてきた。歌というのもおかしいような、何やら哀調を帯びた声の抑揚に心打たれて、たちまち蘇った記憶は悲傷か歓喜か、自分ながら、すぐには判然としなかった。その声には、ずっと昔、イタリア南部はパエストゥムの古代遺跡で耳にした農夫の歌を思わせるものがあった。廃墟に坐すと、すでにしてイギリスの風景は眼間《まなかい》から消え去った。ドリス式の柱頭を戴く石灰華《せっかいか》の、蜜に似た金色の列柱を透かして紺青《こんじょう》の海が切れ切れに見える。目を転ずれば峡谷を抱いて紫に煙るアペニン山脈である。神殿の周囲は荒涼として視野を遮るものもなく、陰々とむせび泣くような声を除いては言い知れぬ寂寥《せきりょう》の世界だった。

後悔や願望とは無縁に安閑と暮らしている身の上で、遠い過去の記憶に悩まされるとは思いも寄らず、今しがたの歌を耳底に聞きながら俯《うつむ》きがちに急いで帰った。イタリア旅行の感動が当時のままにこみ上げて、胸が熱くなった。かつての憧憬《しょうけい》は衰えていない。憧れに駆られてまたイギリスを出ることはないとわかっているが、南国のあの陽光を追憶から掻き消すことはできない。古代遺跡に照りつける日の光を思うと、以前は苦悩だった無言の渇望が再燃する。

ゲーテはその著『イタリア紀行』で、一時期、イタリアへの憧れは耐え難いまでの煩悶《はんもん》だったと語っている。ついにはイタリアにかかわることを聞くのも読むのも厭《いや》になり、ラテン語の本は見るだけで苦痛だから目が届かないところに片付けたという。その後、何かと障碍《しょうがい》はあったものの、とうとう胸が悪くなるほどの希求に負けて、密かに南へ旅立った。はじめてこのくだりを読んで、まさに自分の気持そっくりだと深くうなずいた。ゲーテと同じで、イタリアを思うといても立ってもいられず、実際、夢が叶わないもどかしさが高じて体を壊したこともある。ラテン語の本も、想像を掻き立てられるのが辛いだけの理由で遠ざけた。疼《うず》きを癒《いや》す見込みはないどころか、そもそも願望を抱くことからして身にそぐわない時代が長く続いた。イタリア語を自習したのはまんざら無意味でもなかった。半ば投げやりな気持で会話も齧《かじ》ったが、学べば学ぶだけ気は衰えて絶望に傾いた。

そのうちに本が売れて、なにがしかの金が手に入った。取るに足りないわずかなものではあったけれどもだ。秋のはじめだった。と、そこでゆくりなく、人がナポリの話をするのをもらい聞いた。死を措いてほかに、旅立ちの衝動を抑えるものはなかったろう。

20

つくづく年を感じる。近頃、ワインが旨くない。

もっとも、イタリア産を別とすれば、根っからワインが好きというほどでもない。イギリスにおけるワインの流儀は、要するに真似事で、異国趣味の嗜《たしな》みの域を出ない。テニスンはポートワインを飲んだ。古い昔の格式を重んじてだ。スペインから伝わったシェリーと、辛口の白ワイン、サックは一時代前の高級な飲み物で、いずれにせよ、ワインはイギリス人に向いていないが、そこは人それぞれだから、怪しげなボルドーだろうと、ブルゴーニュだろうと、好きならば飲みたいだけ飲めばいい。ただ、本当に飲んで旨いのは三十前までだ。何度かワインの助けで絶望から立ち直ったこともあって、樽《たる》詰めであれ壜《びん》であれ、天晴《あっぱ》れワインと名のつくものを悪く言うつもりはない。思えば遠い過去の話だ。「濡れ羽色の髪に薔薇の冠を戴いて」心地よく酔いに浸ることはもう二度とあるまいが、若い時分の記憶は今も新しい。

「何というワインかな?」パエストゥムの遺跡で杯を勧めてくれた堂守に尋ねた。

「ヴィノ・ディ・カラブリア」土地の名がそのままワインの銘柄になっているところは、いかにもイタリア南部の日の輝きにふさわしい。ポセイドンの神殿の柱に凭《もた》れ、葉薊《アカンサス》の草叢《くさむら》に足を投げ出してワインを傾けた。海から山へ視線を巡らせ、ふと間近に目をやれば、神殿の石壁が毀《こぼ》れかけた表面に小さな貝の化石が覗いていた。秋の日は暮れやすく、夕風が人気の絶えた浜を吹きとおす彼方の尾根に、動くともなく棚引く雲は手にしたカラブリア・ワインの茜《あかね》色だった。

漫然と物思いに耽っている時などに、こうした場面がしきりと記憶を過る。場末のうら寂びたイタリア料理店や、忘れられた谷間や山腹、あるいは潮の満ち干のない浜の日向臭い旅籠で飲むワインはきっと血のめぐりをよくして生きる歓びを与えてくれた。グラス一杯さえ目の敵《かたき》にする狂信的な禁酒論者でもない限り、どうしてこの晴々と罪のない悦楽を人から奪うことができようか。菫色に黄昏《たそが》れる古代遺跡で味わった一口一口が、ほんのしばらくとはいえ、思考を和らげ、勇気を誘って人間をまろやかにしてくれた。これなら酔態を悔いることもない。イタリア・ワインの霊験で一度は知った柔軟な思考と豊かな感情をそのままに、ずっと生きて行かれたらと思う。イタリアでワインを飲めば想像の世界に遊んで、ローマの詩人たちの床しい声を聴き、賢人たちとともに逍遙《しょうよう》した。神々は永遠の静寂の真義を明かしてくれた。こうしている今も飾り気のないグラスを満たす赤い滴《したた》りの音が聞こえる。暮れかかる山際の赤紫の空が目に浮かぶ。顔立ちといい、言葉つきといい、古のローマ人もかくやと思わせるそこの人、もう一杯、注《つ》いでくれたまえ。遠く微かに見えているのはアッピア街道ではないか。不滅の歌を、古格の韻律で聞かせてくれないか。

もの言わぬウェスタの処女を従え
神官のカピトリヌス丘へ向かう時……

はてさて、大神官とウェスタの処女が永遠の眠りに就いてからどれほど長い年月が経ったろう。機械文明の奴隷には、言いたいだけ言わせておけばいい。そんな輩《やから》にホラティウスが讃えたファレルヌスの美酒はなく、詩神は笑いかけず、歌を聞かせることもない。願わくは、日が落ちて闇があたりを閉ざさぬうちに今一盞《いっさん》。

21

今現在、相応の教育を受けていながら、金もなく、伝手《つて》もなく、ただ涸《か》れることを知らない発想と不退転の決意だけを頼りに、ロンドンの安下宿でひたすら作品を書いている二十歳の若者がいるだろうか。きっといることと想像する。だが、最近、読んだり小耳に挟んだりしたところから察するに、若い作家は従前とはかなり違った生き方をしているらしい。世に出る機会を窺《うかが》っている小説家や評論家の卵で屋根裏住まいの貧乏人はまずいない。無名作家といえども高級レストランで食事をする。批評家にご馳走することもある。観劇となれば特等席で、住んでいるのは瀟洒《しょうしゃ》なマンションだ。何かのことで話題を呼んで、絵入り新聞に写真が出る。最低でも由緒あるクラブの会員で、身なりもよく、園遊会や夜会で顰蹙《ひんしゅく》を買うことはない。この十年ほどの間に当たりを取って、今風の言葉で「人気沸騰」ともてはやされている新進作家ミスター某《なにがし》、期待の若手女流ミス誰々といった著者の評伝に目を通した限り、飢えに怯《おび》え、寒さにかじかんだ手をこすりながら、血の滲《にじ》む努力で作品を物した跡はまるでない。どうやら、作家への道はえらく平坦になっていると見える。今日、中流の上の教育を受けた若造が文筆で立とうと思いつめれば、食うに困ることはないだろう。ここに問題の根はあると言える。物書きは、牧師や弁護士と同じ、型にはまった物堅い職業と、世間が認めている。子供が作家を志望すれば両親は反対せず、それどころか目尻を下げて援助する。つい最近も、さる高名な弁護士が息子に小説作法を学ばせようと、あまり感心できない作家に年間二百ポンドの謝礼を払った話を聞いた。そもそも人に教わって書けるものではない小説の技巧を金で買おうというのだから、呆《あき》れ返って開いた口が塞がらない。この話が事実だとしたら、いよいよ問題だ。もちろん、飢えが優れた文学を生むとは限るまいが、この手の素人作家はどうにも胡散《うさん》臭い。いくらか才能を示して見込みのありそうな新人もちらほらいることはいる。そういう作家は悲惨な目に遭って寄る辺なく路頭に迷うのが何よりだ。それきり作家生命を断たれるかもしれない。だが、約束された将来に待ち受けているであろう精神の脂肪変性を思えば、飢えの恐怖も耐えられるはずではないか。

こんなことを考えるのは、昨日、真っ赤な夕陽を見て三十年前の秋を思い出したせいだ。ロンドンのあの荘厳な夕映えに優る落暉《らっき》は、以後一度として記憶にない。あれはチェルシーの河畔だった。意識にはただ空腹があるだけで、明日になればなお空腹が募ることを思いながら足下も怪しげにバターシー橋を渡りかけた。絵のような古い木造の橋だ。と、そこで夕焼けの空に息を呑んだ。三十分後、急いで下宿に戻るとそのまま机に向かって今しがた目にした夕景を書き綴るなり、インクの乾いてもいない原稿を心当たりの夕刊紙に送りつけた。驚いたことに、「バターシー橋にて」と題した一文は翌日の紙面に掲載された。片々たる雑文にどれほど鼻を高くしたろうか。もっとも、あれを今また読みたいとは思わない。何となれば、その時はわれながらよく書けたと手応えを感じたものの、読み返せばがっかりするのはわかりきっているからだ。それはともかく、腹を空かせていたのは事実としても、好きで書いたことだけは間違いない。受け取った原稿料の二ギニーは、それまで何によって得た稼ぎよりも金貨の音が心地よかった。

22

文芸批評に散見される議論で、アンソニー・トロロプが没後まだ間もないうちに作品ともども黙殺されるようになったのは、一つには自伝の上梓《じょうし》が原因しているとする説がある。果たしてそうか。「恐るべき愚昧な大衆」の面目《めんぼく》という意味では、その通りだろう。もちろん、これはある視点からの話でしかない。トロロプ文学の見るべき価値は、作品が書かれた過程を知ったからといって左右されはしない。絶頂期のトロロプは冗長派の優れた作家だった。世間がその名を忘れたにしても、トロロプが文学史から完全に葬り去られることとはわけが違う。人気作家の多くと同じく、トロロプの愛読者にも二つの類型がある。この作者が時に披露する卓抜な散文を好む読者と、手軽で毒のない娯楽を求める平凡な大衆読者である。が、それはともかく、自伝で明かした機械的な文章手法が知性の高い読者層の不評を買い、かつ感興を誘った事情とは別に、「愚昧な大衆」がトロロプの流儀を知って大いに心証を悪くしたならうなずける。時計と睨《にら》めっこをしながら、十五分で何語と、正確に書き進める作家を想像す

れば、貸本屋の老舗、ミューディの常連客でさえトロロプの本を前に二の足を踏んでも無理はない。

当時、まだ無知だった大衆は屈折した驚きに見舞われた。今や遠い過去にも思える幸せな時代で、一般読者に提供される情報は文字通り名作の名に価する文学に関することがほとんどだった。今と違って、「文学」生産の現場や、「文学」市場の動向は読者の知ったことではなかった。トロロプ自身、雑誌連載を依頼された際、注文は何万語かと尋ねて編集者をびっくりさせたことを語っている。古き佳き時代の空気を窺《うかが》わせる話だ。以来、読者大衆は「文学」手法の種明かしに馴らされて、そんなことでは少しも驚かなくなった。加えて、文筆家と文筆家を取り巻くすべての堕落を謀《はか》って、そこに生き甲斐を見出す体のジャーナリズム一派が登場した。この性悪の書生崩れどもは、正確にはタイピスト集団だろうが、自分たちの金儲け目当ての教唆《きょうさ》に不安な時代の作家が一も二もなく乗ってくることを見抜いている。そうなのだ。作家と出版社の関係改善が必要なことは、自身、物書きの端くれとして誰よりもよくわかる。今を時めく売れっ子作家も、大手出版社とじかに向き合うとなると涙が出るほど立場が不利だ。今も昔も事情は同じで、この先どこまで行っても変わるまい。これも人一倍、

身に染みて知っている。道理に反して見苦しいこの種の不公平を改める何らかの手立てがなかろうはずはない。大きな図体で威張りちらしながら、どこか愛敬があって憎めないトロロプはいつの場合も我を通し、作品を売って取るだけのものは取った。勢力家で抜け目のない商売人でもあったディケンズは親しい弁護士の献身で羽ぶりをきかせ、時には出版社以上の利益を攫《さら》って多年の不公平を見返した。ならば、シャーロット・ブロンテはどうか。貧苦の生涯は灰色だったではないか。その間、ブロンテの作品から出版社が得た利益の三分の一なりと著者本人に渡っていたら、晩年の暮しは日射し明るかったろう。悲しいかな、同じ商売をしてきたせいで、こんなことも人よりよほどよく知っている。何がさて、世の中が新しくなって見る見るうちに俗に堕し、口にするさえ穢《けが》らわしい悪趣味が横行して文学が立ち枯れているありさまには憎悪を禁じ得ない。この世相から、どうして気品に満ちた姿のいい作品の誕生を期待できようか。何とか大衆がまた文学を嫌ってはくれまいか。呼び売り商人がかたまっているような「文学」ジャーナリズム市場が崩壊するといいのだが。

ディケンズの場合も、もちろん、文学作法は広く一般に知られている。ディケンズの仕事ぶりや、出版社相手に作品を売りこむ駆け引きの呼吸など、フォースターが伝

記で詳しく語っているではないか。それによって数知れぬ読者大衆が机に向かっているディケンズの姿を思い描いた。ディケンズが仕事にどれだけ時間を使ったかも知った。机上に何かかにか飾りの小物がなくては原稿が捗らなかったことや、青インクと鵞《が》ペンでなくては一行も書けなかったことなど、いろいろと伝説もある。だが、そんな内輪話を知ってディケンズの文学に愛想を尽かした熱烈な読者がただの一人でもいたろうか。仕掛かりの一章をこつこつ書き進めるチャールズ・ディケンズと、十五分で何語と勢いに任せて書き飛ばすトロロプの姿は画然と違う。トロロプは回顧録の色彩と文体で損をした。この色彩と文体がトロロプの限界で、器量不足は隠せない。ディケンズも、すでに充分な貯《たくわ》えがありながら、自身のためではなしに財産を殖《ふ》やそうと身を粉《こ》にした。時代と階級が無理を強いたと言うべきか。その中で、ディケンズはトロロプのおよびもつかない筆力を見せつけ、不断の努力で作品を書き続けた。律儀な作家だった。律儀でなくては長編小説など書けるものではない。それでいて、一時間に何語と決めたりはしなかった。書簡にも窺えるディケンズの仕事ぶりは感化を与えて人を励ます点で、文学史上にひときわの光彩を放っている。これが理解ある読者の敬愛を集めて、今後ともディケンズの存在は揺るぎない。

23

穏やかに晴れた晩秋の一日、降り注ぐ日を浴びながら、ふと思うことがあって足を止めた。軽い狼狽に打たれて、われ知らず声が出た。人生、ここに果つ。わかりきった話で、もっと早くに気がついてよかったはずだ。おりふしこのことが考えを促し、その時々の気分を左右したのではなかったか。だが、こうしてはっきり言葉になったのはこれがはじめてだった。人生、ここに果つ。何度か繰り返して響きを確かめた。どうしたって否定のしようがない。前の誕生日に数えた齢と同じで、この事実は否定できない。

年齢か。この年になると人はみな新しいことを思い立ち、向こうまだ十年、二十年、先があるつもりで何かの達成を夢見る。実際、そんなきっかけがないでもなかったし、その機会にどう向き合ったかは自分で知っている。

束の間、えらく恐ろしい気がした。何たることだろう。ついこの間まで若さに溢《あふ》れ、計画を描いて希望を抱き、事実上、無窮の前途を期待していたのではなかったか。体

力も気力も充分で、世の中を見下していたはずが、ここへ来てただ追想に耽るしかなくなったとは。どうしてそんな。だが、自分から何をしたわけでもない。何をする時間もなかった。思えば、これまでは人生に備える準備期間、いわば徒弟時代でしかなかった。一瞬、頭の中が真っ白になった。妄想が悪さをしている。自分を揺り起こして常識に返らなくてはいけない。自分を取りもどして、行動に駆りたて、一途に快楽を求めなくてはならない。

さりながら、人生、ここに果つ。

何とつまらない人生だろう。哲学者がどう言っているかは知っている。人間の短い一生について、誰彼が残した知恵の言葉をこの口で繰り返したりもした。だが、実感したのは今という今がはじめてだ。たったこれだけのことだろうか。人生とは、かくも呆気《あっけ》なく空しいものなのか。真の人生はやっとはじまったばかりだと、ぼんやり自分に言い聞かせた。汗と恐怖の時間は人生の名に価しない。これから意味ある存在を生きるかどうかは自分の意思一つにかかっている。こう考えればいくらかは慰めになるかもしれないが、もはや目の前に可能性が開け、何かが約束されることのない現実は一向に変わらない。隠居した商人と同じ、今や現役を退いた身の上だ。人生、ここ

に果つ。ふり返れば全生涯は一目で見渡せる。何とつまらない人生だろう。思わず声を立てて笑いかけるところを、ようよう頰をほころばせるまでに止《とど》まった。笑うのはいいことだ。刺《とげ》を含まず、じっと堪《こら》えて、自己憐憫に陥ることなく穏やかに笑うのが一番いい。考えてみれば、本当にひどい目には遭っていないし、辛い現実を回避するのにさほど面倒はなかった。人生、ここに果つ。それがどうした。すべてをひっくるめて生涯は苦痛だったか、快楽だったか、今もって何とも言えない。言えないくらいなら、あまり喪失を深刻に考えることもないだろう。いいではないか。顔を隠した運命の操るままにこの世に生まれ、その他大勢の一役を演じて、また沈黙の世界に帰るだけの話だ。それについて、どうもこうもありはしない。多くの人々がそれぞれに不遇を託《かこ》ち、あるいは逆境に喘《あえ》いでいることを思えば、物心両面でそんな難儀を免れている立場を感謝しなくてはならない。人生行路のあらかたを楽々と過ごしてきただけでも大変なことではないか。今さら人生が短く儚《はかな》いことを知って驚いたところではじまらない。非はすべて自分にあって、誰が悪いのでもない。先人たちはさんざん警告したはずだ。ここは現実を直視して、あるがままを受け入れた方がいい。いずれ、遠からず体が弱って立ち居ふるまいも思うに任せなくなる。その時になって慌てふためき、運命を呪って泣くのは愚かしい。喜びあっての人生で、悲しみは願い下げだ。これ以上は考えるのを止《よ》そう。

24

以前は明け方の寝覚めが何とも苦痛だった。夜更けまで仕事をすると神経がざわついて、横になっても休まらない。陰惨な夢にはっと驚いて、暁闇《ぎょうあん》の底で悶々《もんもん》とすることが何度あったか知れない。もう昔の話だ。時には夢うつつで魔性のものと闘うちに、朝の光が窓にさし、壁の絵が明らんで目が覚める。悪い夢の後ほど、きっぱり覚める。近頃は寝覚めて横たわったまま、人間万事をつらつら思って理解に苦しむばかりだ。信じ難いことどもが亡霊のように意識を悩ませる。人間同士、つまらない理由で憎み合い、罵《ののし》り合い、殺し合うとはまたどういうつもりだろう。聖人や哲学者には遠くおよばない菲才《ひさい》の身ですら呆れ返るほかはない小事のためにだ。中には一人ひっそり生きていて、日常の世界は実在せず、五臓の疲れから自身の夢想が生んだ幻影と考えるにいたった人がいるかもしれない。正気を自称する人間の社会ならいたるところで絶えず起きていること、取り沙汰されていること以上に冷静な理知に反する奇矯を、果たして狂人が発想し得ようか。だが、こういうことはいくら考えたところで煩わしいだけで無益だから、右から左へ忘れ去るに限る。耳を澄ませば朝の静かな空気に心が和むのはいつものことだ。日によっては何も聞こえない朝もある。木の葉のそよぎも、虫の羽音も耳をかすめず、あたりは染み通るほどに静まり返っている。この底知れぬ静寂に優るものはない。

今朝は一瞬たりと跡切《とぎ》れることのないさざめきで目が覚めた。夥《おびただ》しい鳥の声とすぐにわかった。あれならよく知っている。数日来、目に見えて数を増した燕が屋根に群れて、遠く南へ渡る前、最後の会議を開いているのであろう。野鳥の習性について知ったかぶりをする気はないし、本能に理性を見て思い上がった驚嘆を装うつもりもない。鳥たちは人間集団よりはるかに理性的で限りなく美しい暮らしをしている。鳥は仲間内で話をする。その言葉には悪気も戯《たわ》けもない。鳥語を解して、危険に満ちた大旅行に発つ燕たちの談義を聴き、おりしも南国で避寒を計画しているお歴々の雑談とくらべてみたい。

25

昨日、こざっぱりと気のきいた古民家に通じる楡《ニレ》の並木道に杖を曳いた。木立に挟まれた道は見わたす限りの黄落で、光沢《つや》消しの金の絨毯《じゅうたん》を敷きつめたようだった。さらに行くと、あらかたは落葉松《カラマツ》の林が日を受けて鮮やかな金に照り映える中に、若い山毛欅《ブナ》の木が秋を惜しんでか、ここかしこに燃え立つ真紅を点じていた。赤黒い雄花序《ゆうかじょ》を垂れた榛木《ハンノキ》の大きな葉は微妙な濃淡の綾を見せながら枯れ色に染まっていた。傍の馬栗《マロニエ》は金茶の葉をわずかに枝に残すのみとなり、ライムはすでに裸木だった。

今夜は風が強い。雨が激しく窓を打っている。明日の朝、目を覚ませば空は冬だろう。

冬

1

疾風がイギリス海峡から雨雲を吹きつけ、飛沫さながらの霧が丘を流れて、終日、家に籠《こ》もっているしかなかった。だといって、退屈なことは少しもなく、ただぼんやりと暮らしたわけでもない。石炭の残り火が心を安らげて、今は静かな喜びに浸っている。このことをざっと記さずには寝られない。

当然ながら、人は今日のような天気に怯《ひる》まず、進んで立ち向かうくらいの気概がなくてはいけない。体が丈夫で腹が据わっている人間に悪天候などということはない。晴れようと降ろうと空は常に美しく、窓打つ嵐はいやが上にも血を湧かせる。こう見えても、若い時分には喜び勇んで吹き降りの街へ飛び出した。今あんな真似をすれば命と引き替えだろう。それだけに、しっかりとした職人仕事で建て付けがよく、びくともせずに雨風を防いでくれるこの家は実に有難い。住み易いイギリス中のどこを捜しても、こうして座っているこの部屋ほど居心地のいい場所はない。よく言う通り身も心もゆったりと休まる本当の意味で快適な部屋だ。とりわけ冬の夜は、ここ以上に静かで安心な隠れ家はないと思う。

ここに住んではじめての冬は暖炉を設《しつら》えて薪《まき》を焚いたが、これは間違いだった。手狭な部屋に薪は向かない。絶えず火加減を調節しなくてはならず、あまり火を大きくすると部屋が暑くなってかなわない。とろとろと燃える火は知恵を授けてくれる心丈夫な朋友だ。この部屋をスチームだの温風だの、今風の味気ない装置で暖めるとなったら、焔《ほのお》の芯をじっと見つめるうちに不思議な世界が浮かび上がるあの玄妙な興趣を何に求めたらよかろうか。共同住宅やホテルで暮らす世に見捨てられた半端者は科学の力を借りて、便利で安上がりに暖を取ればいい。選択を迫られるのであれば、イタリア人のように外套《がいとう》に包《くる》まってうずくまり、火桶の炭の表面に白く溜まった灰をそっと掻き落とす方が性に合う。この国では大量の石炭が無駄に焚かれていると言う向きがある。多少、後ろめたい気がしないでもないが、だからといって、おそらくはこれが生涯で最後となるだろう冬を殺風景に暮らしたくはない。家庭の暖炉に無駄があるといえばその通りかもしれない。だが、もっと罪の深い無駄がある。わかりきった話ではないか。どうか一つ、暖炉の設計には常識を働かせてもらいたい。貴重な石炭の熱が半分以上も煙突に逃げてしまうことを誰も望みはしない。裸火の温《ぬく》もりは何にもまして大事にしていいイギリスの習慣だ。しかし、時代の自然な流れで、これも暮らしに彩りを添えるあれやこれやと同じく、いずれは過去のものとなるに違いない。だからこそ、許される限りいつまでも楽しみたいではないか。遠からず、人類は錠剤で栄養を摂取するようになるかもしれない。だとしても、手間がかからず、懐も楽な未来の食生活を考えて、骨付きの肉を前に良心の呵責《かしゃく》を覚える謂《い》われはない。

暖炉の火と笠をかけたランプの何と配合のいいことだろう。それぞれが部屋を照らし、かつ暖めている。石炭は時折り低く爆《は》ぜながら静かに燃え、ランプもまた灯心が微かな音をさせて油を吸いあげる。長い習慣で、この密やかな音を聞くのは冬の夜の楽しみだ。これに混じって時計が秒を刻む。熱がある時の脈拍のようにせせこましい時計の音はいただけない。あれが似合うのは株屋の部屋だけだ。この家の時計は主人に劣らずしんみりと時の流れを味わうふうな籠もり声だ。時を打つ音は小さな銀の鈴を転がすようで、また人生の金では買えない時間の一齣《ひとこま》が過ぎたことを伝えてくれる。

いずこにか消えて亡き数に入《い》る

明かりを消して戸口からふり返れば、石炭の残り火に仄《ほの》かに照らされている部屋が呼び止めるように思えて去り難い。熾火《おきび》の赤みが光沢のある板壁や、椅子や書き物机の磨きこんだ木部、書棚に並んだ分厚い本の金の背文字に反射する。壁の絵は小暗い中にぼんやり浮かび、またあるものは半ば翳《かげ》って色褪《いろあ》せる。お伽噺《とぎばなし》にあるように、書棚にぎっしりの本は仲間内で話したいばかりに人が出ていくのを待ちかねているのではないかという想像も湧く。消えかかる熾火からこれが最後と小さな焔の舌が上がる。天井と壁に揺れる影を見届けて満足の溜息をつき、そっと後ろ手にドアを閉じる。

2

日暮れ近く、かなり疲れて散歩から戻った。寒さが応えて、さっそく炉端にうずくまったが、そのままだらしなく炉前の敷物に寝そべった。暖炉の火に翳《かざ》して本を読み、しばらくして起き上がると、名残の日はまだ文字が読める明るさだった。これには少なからず驚いた。外はすっかり暮れきっていないことを忘れていたせいもあって、このふとした光線の違いに思いがけずもある種の象徴的な意味を悟った。本は詩集だった。燃える火の柔らかく温かな光は想像力豊かに詩情を解する人間が見る通りにページを照らすのではあるまいか。一方、窓にさす冷たく侘《わ》びしい明かりは詩にほとんど文学を感じないか、あるいは、まったく詩がわからない人間の目に映るままにしか光を当てないのではなかろうか。

3

ちょっと贅沢をしてみたい誘惑に駆られた時、なにがしかの金が自由になるのは嬉しいことだが、人に金を与える立場はそれ以上に、もっと気分がいい。安楽な今の暮らしを有難く思うにつけ、困っている人間を助ける快感は何にもまして晴れがましい。絶えず窮乏に苛《さいな》まれていると、人は自分のことしか考えられない。善行を説くのは立派だが、現実に生活が苦しくてはそんな余裕もなし、とかく思うに任せない。今日、Sに五十ポンドの小切手を送った。定めし、天の助けと喜んでくれようし、受け取る側にとってと同じく、与える側にとっても祝福であることは間違いない。わずか五十ポンド、無思慮な金持ちなら遊興か必要もないがらくたに遣《つか》ってそれきりだろうが、

Sにしてみればこれは命の綱で希望の光だ。人にほどこすのは馴れないことで、小切手に署名する手がふるえるほど嬉しく、鼻高々だった。かつて何度か人に恵んだ時もふるえが来たが、あれは自分自身、明日にも寒空の路頭に迷って物乞いをする破目になるのを恐れたためだ。貧窮の呪いは人から施しの心を奪う。今は裕福というのもおこがましいが、多少はゆとりのある身の上で、喜んで人に与えることができる。背中を鞭《むち》うたれて地べたに突き伏すことを案じて絶えず怯《おび》えている情況の奴隷とは違う一個の自由な人間だ。世の中には誤って神々に感謝する人間が少なくない。なにさま、富についてはありがちなことだ。人は多くを求めない方がいい。その上で、ほんの少しだけ充分以上の財力があるのが幸せだ。

4

季節はずれに生暖かく、雲が低く垂れこめながら雨にはならずに二、三日が過ぎ、今朝は一面の濃霧だった。日の出の刻限になっても夜が明けぬまま、蒼白く陰気な暁光が窓にさし、そろそろ昼も近いこの時間に、やっと亡霊のような樹々の影が見分けられるまでになった。庭の地面にほとほとと滴る音は霧が凝縮しはじめている証拠で、間もなく雨に変わるだろう。こういう日は暖炉を焚かないことには気持が塞いでかなわない。歌い踊りながら赤く燃える火が窓ガラスに映るのを見ていると読書に集中できず、ただぼんやり座っていれば言い知れぬ憂鬱《ゆううつ》が頭にこびりついてなおさら思索を妨げる。ならば、習い性となっている手遊《てすさ》びで、ペンを動かした方が時間を無駄にしていることを気に病まずに済む。

ロンドンの霧を思い出す。黄色く濁った霧か、もしくは文字通り黒い霧が立ちこめるとまるで仕事が手につかず、不機嫌な梟《ふくろう》のように目をしばたたいては空を睨んでいるばかりということも稀《まれ》ではなかった。そんなある日、石炭と灯油が底をついて、買おうにも金がない。こうなっては、霧が晴れて雲間に空が覗くまでと、毛布をかぶって寝るよりほかに思案はなかったが、次の日はもっと霧が濃かった。暗い中で起きて窓から見ると、通りは街灯に照らされて夜と変わらず、向かいの店も明々と灯《ひ》を点《とも》して、人が忙《せわ》しげに立ち働いている。霧はようよう晴れかけているものの、なお低く漂って、空から降る光をすべて遮っていた。孤独に耐えかねて、長いこと街を歩いた。辛《かろ》うじて部屋を暖め、机辺《きへん》を照らすに足るだけのものを懐中にして下宿に戻ったが、それは愛蔵していた一書を古本屋に売った金だった。わずかな金のために、何等倍も多くを失った計算だ。

またある年の霧の朝も忘れ難い。この時期はいつものことで、悪い風邪を引いていた。寝苦しい夜を過ごして目が覚めても意識がはっきりせず、今度はしばらく前後不覚で眠りこけた。騒々しい人声に驚いて暗がりに起き上がってみれば、つい先刻、執行されたばかりの絞首刑について口々に叫び交わす路上の喧噪だった。「――夫人、死刑」。人を殺《あや》めた女の名は憶えていない。「死刑台の露の一幕」。九時を回ったところだった。売らんかなの新聞は早速この処刑を号外で報じた。真冬の朝まだき、煤《すす》けた雪の積もる家々の屋根に不吉な霧の暗幕が垂れこめていた。風引き病人がベッドで唸《うな》っている間に、件《くだん》の女は引き出されて処刑された。絞首刑だ。この身にしたところで、毒気に濁った空しかない陋巷《ろうこう》で病み衰えて死ぬことになるかもしれない。考えるだにぞっとする。自分を励ましてベッドを出ると、鎧戸《よろいど》を閉ざして灯を点し、暖炉に赤々と火を焚いて、今は何の憂いもない穏やかな夜の夜中だと、無理にも思いこんだ。

5

日暮れの街を歩きながら、ふとロンドンを思い出して気の迷いか、あの大都会が無性に恋しくなった。軒を連ねる明るい店や、濡れた舗道を行き交う人の波や、辻馬車や乗合馬車がありありと瞼《まぶた》に浮かび、賑わいが耳の底に蘇った。若い時分に返りたいというほかに、この気持をどう説明できようか。どこよりも殺伐として味気ないロンドンの街景色を思い出して郷愁に打たれることは珍しくない。懐かしい場所は数あるうちでも、イズリントン大通りは何かにつけて思い出す。最後に界隈を歩いてから、少なくとも四半世紀は経っているだろう。ロンドンのどこだろうと、記憶を手繰ってあれほど魅力に乏しい通りはほかにないと言ってよかろうが、想像の中でイズリントンを歩く姿はわれながら足取りも軽く、元気がいい。もちろん、逸楽の種には事欠かない。孤独な仕事の長い一日を終えて、つい今しがた下宿を出たところだ。天気など意に介そうはずもない。雨も、風も、霧さえも、何を恐れることがあろう。新鮮な空気は血の巡りをよくして、筋肉は引きしまり、踏みしめる石畳の硬さが心地よい。懐中にはいくらかの金もある。芝居を見て、どこかで豪勢に食事をしよう。ソーセージにマッシュポテトと、たっぷり泡立つビール一杯。思っただけでますます元気が湧いてくる。天井桟敷の入り口で大勢の客同士、席を争って揉《も》み合うのもまた楽しからずやだ。それしきのことで疲れてたまろうか。夜更けてイズリントンまで歩いて帰る。きっとひとりでに歌が出る。幸せだからかというと、それは違う。幸せには遠く手の届かない身の上だ。ではあっても、二十歳代半ばの若い強みで、気持が萎《な》えることはない。

今この年で、こんなじめじめとした寒夜のロンドンをほっつき歩いたら、気が塞ぐばかりで不毛な時間を悔いるのが落ちだろう。思い違いでなければ、あの頃は天候不順の季節をむしろ好んだ。というより、自然条件を克服した人為の環境に馴染む都会人の感性だった。ほかならば寒さにふるえて惨めな思いをするだけの意地悪な天気でも、街の明かりと人込みの喧噪が気を引き立てる。とりわけ劇場はこの時期、常にもまして暖かくきらびやかだし、飲食店はどこも心地よい避難所だ。調理人の馴れた手つきはそれだけでものを旨く見せる。給仕は料理を運んで客と気さくに言葉を交わす。ガス灯の下に盛沢山の皿が並び、大衆酒場は懐具合のいい人々で賑わっている。そこへ辻音楽師の手回しオルガンが花を添える。これ以上に愉快な現実があるだろうか。本当にそう考えていたとは自分でもなかなか信じ難い。だがしかし、長の年月ここまでやってこられたのは、どうにか我慢できる人生だったからこそではないか。人間は必要に迫られれば驚くほどの適応力を発揮する。もし、今またあの世知辛《せちがら》いロンドンに引き戻され、しょうことなしに踏みとどまって生き続けなくてはならないとなったらどうだろう。服毒死願望が頭をかすめたにしても、やはり、境遇に甘んじて生きていくはずだ。

6

午後の散歩から少し疲れて戻った時、一日のうちでもまたとない充足を覚える。ブーツを室内履きに替え、外用のコートをゆったりと古びた部屋着に替えて、ふかふかの肘掛け椅子で紅茶を待つ気分は何とも言えない。紅茶を飲んで寛《くつろ》ぐ一時の快楽は格別だ。以前は仕事に追われて気が急いて、せっかくのお茶もただ飲むだけで、香りも風味もありはしなかったが、今では書斎に運ばれたポットから漂う円《まろ》やかな、それでいて染み通るような芳香が有難い。最初の一口に心が慰み、静かに飲むにつれて体が芯から温まる。冷たい雨に打たれて歩いた日はこのほんのりとした心地がたまらない。部屋を見まわせば、書棚の本や壁の絵の醸す静謐《せいひつ》があらためて身の幸せを思わせる。と、そこでパイプに目が行って、考え深げにタバコを詰める段取りだ。それ自体が忍びやかな霊感の源泉である紅茶の後の一服ほど気持を静め、深くまで思索を誘うものはない。

午後のお茶は一種の儀式と言ってよかろうが、日常生活にこの習慣を根づかせたところに、何にもましてイギリス人の才知が光っている。どれほど質素な家庭でも、お茶の時間は神聖だ。家庭内の仕事も悩みごともここで一区切りで、これから和やかな団欒《だんらん》の夕べとなる。皿小鉢の触れ合う音さえが人の心を静めて安息に誘う。応接間で上流を気取った五時のお茶は俗世間の弊習《へいしゅう》と変わらず、ただおざなりで退屈なだけだ。午後のお茶は、世の常識で言うのとは別の、本当の意味で家族が寛ぐ場でなくてはならない。その席に赤の他人を迎えれば神聖冒瀆《ぼうとく》に当たる。だが、一方でイギリス人がもてなし心を衒《てら》いなく端的に示すのもお茶の席で、たまたまそこへ知人が立ち寄れば下へも置かずに歓待する。お茶が事実上の食事で、その後九時まで何も口にしない家では、これも本当の意味で、お茶こそがその日一番のご馳走だ。何世紀とも知れぬ遠い昔から紅茶を飲んでいる中国人が、過去一世紀にイギリスが享受した快楽、ないし幸福の百万分の一も喫茶の習慣から得ていないとは、いったい信じられることだろうか。

家政婦が紅茶の盆を運んでくれば、いつものことながら、脇を向いてはいられない。明るい性格は持ち前だが、その笑顔には仕事を誇りに思っているらしいある種の気品がある。すでに家事を離れて、身なりも惜しげない支度から炉端で憩うにふさわしいこざっぱりしたものに変わっている。頰が火照《ほて》っているのは芳ばしいトーストを焼いていたためだろう。やってくるなり部屋中に素早い視線を馳《は》せるが、きれいに片付いていることを確かめて安心できたらそれでいい。この時間にまだ体を使うほどの雑用が残っているはずはない。小さなテーブルを暖炉の火影が揺れるあたりまで寄せてくれるから、楽な姿勢を崩さずともカップに手が届く。口数は少ない人で、ほんのひとことふたこと愛想を言うだけだ。大事な話があればお茶が先で、間違っても前に切り出すことはない。誰に言われるまでもなく、それくらいははじめから心得ている。主人が留守の間に火の始末をして、こぼれた燃え滓《かす》を暖炉に掃き込んだりすることもあるだろう。何をさせても黙っててきぱきと、要領がいい。用が済めば、笑顔を残して部屋を去る。馴れ親しんだ匂いがして、暖かく居心地のいいキッチンで一人、紅茶とトーストを楽しむ番だ。

7

イギリスの料理はさんざんに貶《けな》されている。曰《いわ》く、イギリスの料理人は総身《そうみ》に知恵のまわりかねる大男で、ものを焼くか煮るかするほかは何もできない。イギリスの食卓は生肉を丸呑みにする肉食動物しか寄せつけない。パンはヨーロッパで最低と言わざるを得ず、粉を糊《のり》のように捏《こ》ねてあるだけで消化に悪い。野菜は飢えた動物の餌で、思慮ある人間の食べ物ではない。コーヒー、あるいは紅茶と称する生温《なまぬる》い飲料は、無知か無分別か、なにしろ淹《い》れ方がでたらめで、どこの国でも当然とされている本来の味も香りもない。確かに、こうした酷評を裏づける事例は枚挙に遑《いとま》がない。料理に携わる人材の多くが下層の出であって、がさつで無神経なことは否定できず、何であれその仕事に階級の烙印が捺されていることもしばしばだ。だとしても、イギリスの食品は質において世界最高の部に類し、料理法もこの上なく健康的で、食欲をそそること温帯のどの国に優るとも劣らない。

この国の数ある長所と同じで、イギリス人はそれと意識することなしにそこまでの達成を果たした。極く普通のイギリス女性は料理に際して、嚙みくだけば腹におさまるものを作ろうと、ただそれだけを考える。だが、無事に出来上がってみれば、これこそが料理の本道と知れる。これ以上に単純明快にして首尾よく理に適《かな》ったことはない。イギリス料理の目指すところは、栄養になる生の食材を加工して健康人の好みに合うように、その素材本来の成分と味覚を引き出すことだ。料理人が、生まれつきであれ、経験で身につけたものであれ、多少ともこつを知っていればきっと巧くいく。イギリスの牛肉は間違いなく本物で、天《あめ》が下《した》のどこを捜してもこれだけのものが食える国はない。イギリスの羊肉は、マトンと言えばこれしかない極めつきだ。ナイフを当てる途端に肉汁が溢《あふ》れ出るサウスダウン羊の肩肉を思ってもみるがいい。野菜にしても、イギリス産はそれぞれに独特の旨味がある。食材の純粋な風味を偽るなどは思いも寄らない。もしその必要があるとしたら、食材そのものが場違いなためだろう。知ったかぶりの誰某《だれそれ》だかが、イギリスにはソースが一種類しかないと言って嗤《わら》ったが、どういたしまして、この国には肉の数だけソースがある。肉はどれもみな火を通せば汁が出る。この汁が考えられる限り最上のソースであって、「肉汁《グレイヴィ》」の何たるかを知っているのはイギリス人だけだ。従って、ソースを語る資格がある人種は世界広しといえどもイギリス人を措《お》いてほかにいない。

当然ながら、イギリス流の極意は最高品質の食材を前提とする。今ここにある肉が、牛と羊のどちらとも区別がつかなかったり、あるいは、どうやら両方とも子牛らしいとなると、料理の仕方もがらりと変えなくてはならない。目当ては粉飾、偽装、添加で、手段を選ばず、食材の自然の味を大事にするというただ一点は置き去りだ。幸いにも、イギリスがそうした邪道に堕したことはついぞない。獣肉も、鳥も魚もそれぞれのもので見間違える気遣いのない姿で食卓に供される。並みの料理女に一切れの鱈《たら》を渡して、好きにするように言ってみるといい。心得た女なら、あっさりと煮るだけで余計な手は加えないはずだ。天が鱈に与えたあの特有の淡白な味わいを引き立てるのに、工夫も何もありはしない。骨付きの肉にしても、そのままの味が最高で、風格これに優るものはない。羊の足を煮たらどうか。羊は羊でも、まさに絶品の名に価する。自然が人に提供したうちでも飛びきりのご馳走だ。同じ羊を焼くと、また何という違いだろう。肝腎なのはこの違いが自然の理によっていることだ。永遠の法則に従うところに際立った変化が生じるのであって、気まぐれの人為が何を果たすでもない。わざとらしい味つけは無用である以上に害悪だ。子牛《ヴィール》の肉には詰め物《スタッフィング》が欠かせない。子牛は今一つ味わいに乏しいためで、その足りないところを補うにはこれが何よりとイギリス人は経験から知った。スタッフィングは子牛の味を変えはせず、舌を欺くこともない。ただ本来の旨味を強調する。上等なスタッフィングはそれ自体、料理における見識の勝利と言える。口当たりは穏やかだが、胃液の分泌を促す効果は絶大だ。

先に子牛は味わいに乏しいと言ったが、果たしてそうか。ここは、イギリス特産の牛《ビーフ》や羊《マトン》とくらべればと、注を加えた方がいい。極上のヴィールの切り身が端からこんがり狐色に焼けていくところを思っただけで涎《よだれ》が出る……。

8

毎度のことで、つい勢いづいてイギリスを褒め上げた後はきっと自責の念に苛まれる。単に郷愁から、昔はよかったと思っているだけではないかという後思案だ。さて、そこでイギリスの食肉についてだが、某紙によれば、イギリスに牛肉はない。最上のビーフと銘打っているのは、畜殺前のほんの一時期、イギリスで肥やされた牛の肉でしかないという。いやはや、それでもまだ上等の肉があるだけ有難いと思わなくてはならない。イギリスの本式のマトンは今もあるだろう。昨日のあの素晴らしい肩肉が、どこかよその国の産だとしたら驚きは隠せない。

何とも言えないが、イギリス料理にも最盛期はあったろう。現在、この国の庶民大衆がきちんと焼いた肉を知らないのは嘆かわしい。今、ローストと言えばオーブンで焼くことだ。直火で焼くのとはまるで違う。まあ、本物にはやや劣るというだけのことかもしれないけれども。それから、昔の、そう三、四十年前の腰肉《サーロイン》は忘れられない。あれこそまさにイギリスの味だった。文明の歴史を通じて、あれに並ぶほどのものはついに食卓に上らなかった。大切りの肉をオーブンで蒸し焼きにするなどは問答無用の許し難い罪に相違ない。串刺しの肉を回転させながら火に炙《あぶ》るところはさんざんこの目で見ているが、立ちのぼる匂いはそれだけで消化不良の特効薬だった。

もう長いこと煮た牛肉を口にしていない。今では珍しい料理になっているのかもしれない。腿肉《ラウンド》は大きいのが当たり前で、少人数では食べきれないからわが家には不向

きだったが、これにはこもごもの思い出がある。腿肉の色合いの何と深みがあること
だろう。しかも肌理細《きめこま》かに、微妙な変化に富んでいる。匂いは焼き肉とはっきり違う
が、それでいて、ビーフであることに変わりはない。熱々のところへ約束の人参をあ
しらえば、これはもう、王侯の召し上がりものだ。冷たくするといっそう味が引き立
つ。薄切りの肉片を縁取るこってりとした脂身がまた何とも言えない。
イギリス料理は香辛料をあまり使わないが、使うとなればこれまでに人類が工夫し
たうちでも類のない逸品を選ぶ。イギリス人はその使い方を知っている。さる気短の
新しがり屋がこの国の辛子《マスタード》の作法を嘲《あざけ》って、羊と辛子が合わないとはどういう理屈
かと疑義を呈したことがある。答はいたって明快で、あれはイギリス人の曇りない味
覚から生まれた習慣だ。曇りない味覚と、ここは強く言っておく。こと食生活に関す
る限り、教養あるイギリス人はどこまでも正しい道案内なのだ。ボイルド・ビーフと
新ジャガが好物だった詩人のテニスンは得意げに言った。「知性に優れた人間は何が
旨いか知っている」これはイギリスの文明人すべてに当てはまる。イギリス人は最高
の味、最良の取り合わせでなくては納得しない。この国の富と恵まれた自然環境がイ
ギリス人元来の味覚を陶冶《とうや》したためだ。因《ちな》みに、テニスンの好きな新ジャガを考えて

みるといい。ジャガイモを茹《ゆ》でるには、鍋に薄荷《ミント》の葉を添える。これが秘訣である。ジャガイモのふくよかな風味を余さず引き出すかほどの妙手はほかにない。ミントの香りは口中に広がるが、舌に残るのはほくほくとした新ジャガの味だけだ。

9

菜食主義を語った文章はどうにもいじましく思えてならない。空腹と貧乏に痛めつけられて、その種の雑誌や時評を読み漁《あさ》った時代がある。肉は余計である以上に有害で、避けるべき食品と無理にも思わないことにはやりきれなかった。今ああしたものを見かけると、何かと事情があって心ならずも栄養の科学を信奉している人々に苦笑混じりの同情を禁じ得ない。よく通った野菜料理の店は憶えている。ぎりぎりまで食費を切りつめて、飢えを満たしたと自分を騙すこともしばしばだった。「塩味野菜カツレツ」だの、「野菜ステーキ」だの、もったいぶった品書きで、よくもまああんな腹応えのない紛い物を食わせたものだ。六ペンスで一通り食事の真似事だけはさせる店もあったが、何を食ったか思い出したくもない。ただ、客たちの顔はありありと記憶に残っている。みすぼらしい勤め人や店番、年格好はさまざまながら揃って血色の悪い女たちが、レンズ豆のスープや、インゲン豆の何やらを貪《むさぼ》り食うありさまは気味悪く、うそ寒くて見るに忍びなかった。

だいたい、レンズ豆、インゲン豆という名前からして腹立たしい。見せかけばかりは食欲を誘うようで、その実、味も素っ気もない代用食、仰々しい成分表で人を騙すいかさまものでしかないではないか。こんな札付きの粗悪品が人間の食べ物を名乗るとは、おこがましいにも程がある。どっちの豆も、一オンスで上等のサーロイン何ポンドだかに相当するとまで言われてもいる。これを本気で主張したり信じたりする人間の頭には常識の欠片《かけら》もない。豆類を好んで食用にする国々があるのは事実だが、イギリスではよほど貧苦に迫られない限り考えにくい。レンズ豆もインゲン豆も、ただ味気ないばかりか、あまりたびたびだと吐き気がする。栄養価を分析して豆の効用を説くのは自由だから、何とでも言えばいい。さりながら、最高の審判であるイギリス人の味覚はこの澱粉質《でんぷんしつ》の代用食を拒む。約束の肉と付け合わせになっていない野菜類、昼食代わりのオートミールやホットケーキ、ここはビールが本式というところで出されたレモネードやジンジャーエールを受けつけないのと同じことだ。

化学分析と自然本来の旨味は等価だと思いこんでいる人間の頭なり、精神なりは、いったいどういう構造なのか。高級なケンブリッジ・ソーセージ一切れ、あるいは上等な臓物一口から、よく実ったレンズ豆五十ポンドよりも豊富な栄養が摂れるだろうではないか。

10

野菜についてだが、人間の住むこの星に、正しく茹でたイギリスのジャガイモと優劣を競うほどのものが果たしてあるだろうか。ジャガイモは毎日の献立に必ず出ると決まってはいないし、そんなにちょくちょく登場するものでもない。なぜなら、ジャガイモの茹で方は料理術中の秘法で、誰にでも容易《たやす》くできることではないからだ。が、それはともかく、目の前に置かれたらわくわくして思わず身を乗り出したくなる。多少とも舌が肥えていれば、並みの家庭で普通に茹でたジャガイモでも、一通りではない喜びを味わうはずだろう。そのくらい、ジャガイモの旨さは格別で、新ジャガも時期後れもありはしない。茹でたジャガイモを知らない文明国があるとしたら、いや、話に聞いたことだけを根拠に悪口を言う人間がいるとしたらどうだろう。その論者は、自分では思いも寄るまいが、本当に旨いジャガイモを食べたことがない。仮に食べたとしても、ジャガイモとは名ばかりで、あの何とも言えずふっくらと上品な味わいを失ってすっかり駄目になった下手物《げてもの》だ。昔気質《かたぎ》の主婦たちが「ボール・オブ・フラウア（練り粉のお団子）」と呼ぶジャガイモが皿に盛ってあるところを思い浮かべると、円《まろ》やかな上にも床しく微かな香りが想像をかすめる。触れればたちまち崩れるというより、蕩《とろ》けてしまいそうな風情である。熱いと冷たいとにかかわりなく、肉と渾然と溶け合った舌触りといい、後味といい、まずもってこれに優るものはない。このジャガイモを別の形で調理しようとは、何と嘆かわしいことだろう。

11

食料品店に外国産のバターが並んでいるのを見ると腹が立つ。イギリスの将来を思えば由々《ゆゆ》しいことで、暗澹《あんたん》とせずにはいられない。イギリス・バターの品質低下は国民意識の荒廃を物語る悪しき徴候の一つだ。この食品に生産者の道義心の欠如が露呈していることは言わずと知れている。バターは酪農家が誇るべき物産であるはずで、誇りを失って良品が期待できようはずがない。労を惜しみ、不正な利得を企み、自分の仕事を卑下して忌み嫌うとなれば、攪乳器《かくにゅうき》はたちまちのうちにそうした害悪のことごとくを暴き立てる。悪弊はすでに広く蔓延《まんえん》していると見て間違いない。それが証拠に、近頃ではどうにか我慢できる国産バターさえ、なかなか手に入らないではないか。イギリスが酪農製品をフランス、デンマーク、アメリカに頼るとはまた何たることだろう。今ここに、本格派の政治家が一人、真の指導者と呼ぶに価する実力者がただ一人でもいたならば、イギリス中の地主や牧場主は自分たちの不徳を詰《なじ》られて耳が痛いどころか、針の筵《むしろ》の苦を知るはずだ。

誰も気にしていない。国を亡ぼすことにもなりかねない見場だけの新機軸や、理屈ばかり先走って身のない議論に惑わされて、人は何も考えないのだろうか。つい先頃まで世界に冠たるものだったイギリスの食品が目に見えて質を落とし、手本と仰がれていたはずの料理の腕前も日増しに衰えている。誰であれイギリスを知る者にとっては憂うべき事実である。思慮浅薄な似非《えせ》知識人がイギリスの料理を「島国料理」と言い立て、ヨーロッパ大陸の流儀に倣《なら》って改良せよと口数を叩けば、たちまち付和雷同して、やいのやいのと叫びだす不埒《ふらち》な大衆には困ったものだ。この分で行くと、遠からずイギリスの威徳は忘れられ、無精な料理法が、分相応の安直な食材とともに世にはびこることだろう。とはいえ、一般論に多少とも真味があるならば言葉の解釈を精いっぱい広げて、イギリスの食習慣とイギリス人の道義は不可分に結びついている。料理分野におけるイギリスの優越は、はじめから意図して目指したことではない。今ここで必要なのは、イギリス人が感性に任せていたものごとをふり返り、卓越の秘密を知って復活に努めることだ。ロンドンの料理がこの国で最悪であることに議論の余地はない。大都会の無秩序な発展は国中に弊害を撒《ま》き散らした。ロンドンは何もかもイギリス家庭の理想とは対極だ。社会改革論者はそんな事情に目もくれず、もっぱら小都市や地方の変革に力を注ぐだろう。それによって文化の疲弊に歯止めがかかり、やがては国民生活再建の流れが地方から病巣の中心へ向かうかもしれない。思うに、全国に普通の学校ではなく料理学校が開設されたら、イギリスの将来は大いに期待できるはずではないか。少女たちには読み書きよりも料理を作ってパンを焼くことを教えこむといい。その際、忘れてはならないのがイギリス流儀の大原則で、料理は食材本来の自然な味を活かしてはじめて旨くなるという信念だ。グレイヴィ以外のソースはいっさい使わないようにしなくてはいけない。菓子についても同じことが言える。焼いたタルト、またの名パイと、蒸《ふ》かしたプディングはこれを越えるものとてない、イギリスの理想を形にしたものであることを頭に入れておかなくてはならない。いずれも体にいいだけでなく、菓子はここに止《とど》めを刺す。肝腎なのは、いかに上手に作るかだ。話をパンに戻すと、近頃は味の悪い不出来なパンがまかり通っているが、以前はどこの村でも買えたイギリスのパンこそ文句なしに最高で、まさに命の糧と言うにふさわしかった。階層を問わず、若い娘はきちんとパンを焼けない限り、結婚はあいならぬと法に定めたら、この病んだイギリスで夢の革命が成就するのではあるまいか。

12

善人Sから親切な手紙が届いた。隠者の孤独を案じて便りをよこしたのだ。夏は田舎暮らしもよかろうが、冬は都会の方が何かと楽ではないか。昼なお暗い冬の長い夜々をどう過ごしているだろうかと、云々《うんぬん》。

Sの優しい心遣いに、読みながら何度か低く笑いがこぼれた。気候のいいここデヴォンでは、陰鬱な日はめったにない。たまにどんより曇っても、退屈は感じない。冷たい風が吹きすさぶ北部の長い冬は気が滅入るだろうが、この土地では秋に続く季節は休息の一時期、年々、自然が設けている微睡《まどろ》みの時間である。静かな毎日だ。炉端でうとうとしたり、読みさしの本を置いて物思いに耽《ふけ》ったりして過ごしている。冬とはいえ、自然が夢うつつで頬笑《ほほえ》むかと思うような、穏やかな晴れの日が多い。散歩に出れば遠くまで足を延ばす。木々が葉を落として、夏の間は陰になっていた小さな流れや池が見える景色の変化は飽きることがない。歩き馴れた野路もいつもとは違った趣があって、いっそう親しみが増したりする。姿のいい裸木にはっとすることもある。雪が積もり、霜が降りて枝先が澄んだ冬空を背景に銀のゴシック模様を描き出しているところは佳景と言うにふさわしい。

日々、珊瑚《さんご》に似たライムの冬芽を眺めている。ほころびはじめる頃には喜びのうちにいくばくか悲愁が兆すことだろう。

生涯の半ば、すなわち一生を通じて最悪だった時代、夢を破る冬の夜嵐は恐怖だった。窓を打つ雨風は惨めな記憶を呼び覚まし、先行きの不安を煽《あお》った。寝ながら人と人の凄絶な闘争を思ううち、自分もいずれは足蹴にされて泥沼に嵌《はま》る運命ではないかと悲観することもしばしばだった。風の唸りは苦しみ悶《もだ》える世界の呻吟《しんぎん》、雨礫《あめつぶて》は虐げられた弱者の悲泣かとさえ思われた。だが、今は耐え難い想念に脅かされることなく、寝たまま夜の嵐を聞いている。稀に心が騒いでも、かつて親しくしていながら二度と会うはずのない誰彼に同情を抱くぐらいのものだ。こうしていると、闇に猛《たけ》る冬の嵐はむしろ小気味がいい。四面の壁は雨風を防いでびくともせず、苦しかった時代にうるさく付きまとった貧の恐怖もここまでは追ってこない。「吹けよ吹け、冬の風」はシェイクスピアだが、どんなに吹こうと荒れようと、このささやかな安楽を奪えようか。テニスンの「屋根を打つ雨」も拷問の責め苦にはほど遠い。人生は求めたすべてを、いや、望んだよりもはるかに多くを与えてくれた。それに、今となっては、死を恐れるいじけた心は欠片ほどもない。

13

未知の外国人からイギリスの見どころを紹介してほしいと言われたら、まずは相手の頭の程度を考慮しなくてはならない。どうやら普通となれば、大ロンドンや、イングランド中部はバーミンガム一帯の、いわゆるブラック・カントリー、あるいは南ランカシャーあたりを材料に、激しい競争に曝《さら》されつつも現代の憂鬱を生むことにおいて、依然、ずば抜けた優位を保っているこの国の文明事情を語って驚異と賛嘆の筋書きを仕組むことだろう。また、相手が見上げた知性の持ち主なら、中部か西部のどこか、古い村へ喜んで案内しよう。鉄道の駅から少し遠く、時代を映す俗化の波を免れている土地がいい。イギリスでしか見られない景色がそこにある。飾り気のない建物が自然と美しく調和して、何もかもすっきりと見た目よく、取って付けたようなわざとらしさがない。どこもみな手入れが行き届いて清潔だ。農家の庭に漂う風趣が奥床しい。ゆったりと静かな空気に音楽がある。イギリスの真価と底力を知るには、こうしたことを目で見て心に感じなくてはならない。自分たちの手でこれだけの場所を作った人々は、何にもまして秩序を大事にする心が特性で、「秩序は宇宙の第一法則」ということの意味を誰よりもよく知っている。秩序のあるところには、当然、安定がある。この二つが嚙み合って家庭生活に見られるイギリス人固有の志向を生む。それを表現する言葉は本質からかけ離れて淡く頼りない影でしかないのだが、あちこちの国がそこを真似ている。すなわち、名づけて快楽である。

快楽志向はイギリス人の優れた特質の一つで、今ここに変化が生じてイギリス人が古来の理想、心身の安寧《あんねい》に無関心となるかもしれないとしたら、ことは極めて深刻だ。快楽とは肉体だけの問題ではない。イギリス家庭の美風と整然たる秩序は、当主の全人生を支配する精神にその価値を、いや、実質を負っている。村を歩いたら、貴族の館に足を踏み入れてみるといい。そこにもまた、完成の域に達した理想の形がある。星霜を経た建物は格式を語り、壁一つ取っても威厳を塗り固めたかのようである。庭園と周囲の景観はイギリスなればこそで、何に喩《たと》えるよすがもない。しかも、そのすべてがイギリスの農家におけると同じ美徳を表現している。ただ、そこで営まれている日々の暮らしと、それに伴う責任の桁《けた》が違うだけだ。貴族がその館に飽きて品性に欠ける成金に貸し、自分はホテルか貸別荘に移り住むとしたら、あるいは農民が長年暮らした田舎家に嫌気がさしてロンドンの労働者団地、ショアディッチの七階に越すならば、いずれの場合も快楽を志向するイギリス人本来の感覚を失っていること明らかで、それがために、人間として、市民として、退歩したと言わざるを得ない。快楽の形がそれからこれへ変わったという話ではない。イギリス人をしてイギリス人たらしめていた本性が損なわれたのだ。どうやら当今の社会的、政治的情況に毒されて、国全体が感覚を失いかけている。村々の新しい傾向や、都会で労働階級がかたまっている地域、閑静な屋敷町に次から次へ建つ共同住宅などを見れば、そうとしか思えない。快楽という言葉はこの先も使われるだろうが、早晩、この言葉が本当に意味するものはどこにも見つからなくなるに違いない。

14

頭のいいその外国人を工業地帯、ランカシャーのどこかの村へ案内したら、また違った印象を抱くはずだ。イギリスの底力は目《ま》のあたりにするとしても、真価となるとほとんど何も伝わるまい。目をやるところどこもかしこも醜怪《しゅうかい》の極みだ。地元の住民は、顔つきといい、発する声といい、周囲の環境をそっくりそのまま引き写したかと思うようである。文明国のどこであれ、イギリスにおける先の村とこの村ほど、土地柄と住民の対照が著しいところはちょっとない。

とはいえ、ランカシャーもまた歴《れっき》としたイギリスの一州だ。林立する煙突の下や、ごみごみとした狭い通りに暮らす人々は気候温暖な南部地方の村人たちと、家庭生活

については まったく同じ考えを持っている。工業地帯の汚染された環境で、快楽と、その意味する美徳がどう保たれているかを知るには、炉端にまで立ち入ってみなくてはならない。ドアを閉じ、カーテンを引いて外部をいっさい遮断したところに小さな家庭の暮らしがある。考えてみれば、これ以上はありそうもないこの見苦しく汚れきった家並みは、森と牧場に囲まれたどんなに美しい村よりもよく今日のイギリスを象徴している。百年あまり前に国力の中心がイギリス南部から北へ移った。トレント河北岸の気力旺盛な人種は機械の時代を迎えてはじめて出番がまわってきた。長らく後進圏だった北部の文明はいろいろな面で明らかに古い昔のイギリスとは違う。サセックスなり、サマセットなり、南部の典型的な住民はどれほど鈍重で間が抜けていようとも、旧時代の申し子であることは争えず、記憶を遡《さかのぼ》れる限りの昔から忍従に甘んじているのだが、これにくらべて気性の荒い北部の人種は未開を脱してからまだ日が浅く、いかなる情況においても控えめにふるまおうとはしない。不幸にしてその北部人種がかつてない過酷な体制、すなわち科学的産業主義の支配に服することになり、持ち前の向こう気も殺伐として忙しなく浅ましい生活条件の制約を受けずには済まなかった。先祖伝来の人種的特性は、むろん見かけに滲み出る。同じ農夫や羊飼いでも、南部の森林地帯や丘陵地帯の住人とははっきり違う。北部人種の荒削りな性格は歴史の流れで角が取れるどころか、外見も合わせていっそう増幅されたから、親交を重ねて敬意を抱くまでにならない限り北部人種は今もって一世紀半前の野人と思われがちである。極度の照れ性は傲岸に近い自尊心の裏返しで、前代の名残だ。気候風土も社会環境も、人生に潤いを与える要因とはならなかったとすれば、南部人のように家庭を顧みるゆとりがないのは無理からぬことだろう。古きよき時代の面影をありありと残していたイギリスが北部人種の蚕食で大きく変わるだろうことは目に見えているが、すでになす術もない。景色よく広々と豊かな村に心を寄せるのは、今や骨董屋《こっとうや》と詩人と絵描きだけだ。もののわかった外国人旅行者にこの国の清美を語ったところで何にもならない。相手はただ黙って笑い、返事に代えて、折しも向こうからやってくる牽引車《トラクター》に目をやるのが関の山だろう。

15

ホメロスの叙事詩全編を通じて、何よりも印象深いのはオデュッセウスの寝台だ。

まず、そのくだりを引くと……。

年古りていと大いなる橄欖樹《かんらんじゅ》、
亭々と緑葉繁く聳《そび》えたり。
これを囲みて閨房《けいぼう》を石もて築き、
堅牢の屋根を葺《ふ》きつつ、さらにまた、
厚き扉を建てつけぬ。
橄欖の緑葉しげる枝を剪《き》り、
青銅の斧《おの》根本まで樹皮を剝《は》ぎさり、
その幹を削りて四角な柱とし、
溝を彫り、孔《あな》を穿《うが》ち、
粒々辛苦《りゅうりゅうしんく》、果ては臥所《ふしど》をしつらえて、
金、銀、象牙にて飾り、
牛革の紅紫の紐《ひも》を渡しけり。

『オデュッセイア』第二十三歌　一九〇－二〇一

誰かこの賛嘆すべき先例に倣った人がいるだろうか。若い頃、今の身分で土地持ちだったら、きっと真似したと思う。まっすぐにそそり立つ大木を選んで枝葉を降ろし、幹を囲って家を建て、生木《なまき》が寝室の床を貫くようにする。陛下の部屋は幹が見えなくてもいいが、なろうことなら露出している方が有難い。樹木崇拝者にとって、でんとそこにある木は家の守り神だ。これ以上に家の神聖を粛然と象徴するものがあったらお目にかかりたい。永久の観念なくして家はあり得ない。家がなければ文明も成り立たない。人口の大半がアパート暮らしの遊動民となってそこに気づいてももう遅い。どこか夢の国で、オデュッセウスの寝台が古来の習わしになっているところがあってもよくはないか。こればかりは農民も貴族もない。そう、理想の国にも貴族はいる。一家の主は代々の仕来《しきた》りで「大木の間」で高鼾《たかいびき》だ。それを言うなら、新枕《にいまくら》にしても行きずりのホテルよりこの方がよほどいいだろう。自分で家を建てたオデュッセウスはこの上なく敬虔な行いをした。時代を超えてその深い意味は変わらない。選んだのが橄欖《オリーヴ》だったことも見逃せない。橄欖は知恵の女神アテナの聖なる樹、平和の象徴ではないか。オデュッセウスと知恵の女神は「神聖な橄欖の樹の下」に向き合って、孤《こ》閨《けい》を守るオデュッセウスの妻、ペネロペを目当てに寄ってくる不埒な求婚者どもの殺《さつ》戮《りく》を企てる。血腥《ちなまぐさ》い話には違いない。だが、家の神聖を踏みにじった者たちを罰し、身を清めて後、家内安全を取り戻すことがその真意だった。天然自然が象徴的な意味をほとんど失ったところに現代の憂愁がある。もはや神聖な樹木はない。かつて樫《カシ》の木はイギリス人の心に根を張っていたが、今ではどうもこうもない、ただ樫の木だ。代わって鉄の神々が信仰を集めている。クリスマスの柊《ヒイラギ》や寄生木《ヤドリギ》は金儲けの種にすぎず、これで稼いでいる商売人を別とすれば、緑の小枝が手に入らなかったところでいったい誰が気にするだろうか。鋳造した丸い金属片の象徴する価値が、他のいっさいを駆逐した。貨幣が力の象徴となって以来、その所有者にもたらすものが今ほど真の満足にほど遠い時代はないと断言して憚《はばか》らない。

16

知りたいことがいかに多いか、学ぶ望みがいかにわずかか、思い煩って一日中、鬱々として気が晴れなかった。人間の知識領域は今や野放図に広がっている。物理科学の分野については、すでにあらかた見切りをつけているから、何がどうだろうとどこ吹く風だし、たまに関心が動いたにしても、しょせんはその場限りの好奇心でしかない。これでだいぶ視野が限られてすっきりすると思ったら大間違いで、そこを越えた向こうの未知の世界は果てしない。生涯を通じて、多少とも自分から進んで取り組んだ主題、趣味の域を出ないとしても好きでのめり込んだことだけをざっとふり返る気で、蓋《ふた》を開けてみれば頭の中は支離滅裂だ。おりふしの関心を書きつけた古い手帳がある。「知りたいこと、深く知りたいこと」これを書いたのは二十四の時だが、今、五十四歳の目で読むと失笑を禁じ得ない。ずいぶん地味な項目が並んでいる。「宗教改革以前のキリスト教教会史」、「ギリシア全詩」、「中世騎士物語の世界」、「ドイツ文学、レッシングからハイネまで」、「ダンテ!」……。どれもこれも、とうてい深く知れようはずがない。土台、無理な話だ。にもかかわらず、今も次から次へ新しい興味を掻き立てる本を買いこんでいる。エジプトが何だ、と思いながら、フリンダーズ・ピートリや、マスペロの著作にはつい手が出てしまう。小アジアの古代地誌について知ったかぶりをするつもりは毛頭ないのだが、ラムゼイ教授の驚くべき本を買い、ある種の当惑を覚えながら大半を面白く読んだ。当惑の理由は考えるまでもない。背伸びをしてでも知識を吸収する意欲があった昔と違って、すっかり固くなった頭でこれを読むのは無駄な努力だとわかりきっている。

煎じ詰めれば、充分に機会を与えられなかったことと、おそらくはそれ以上に、方法論と信念に欠けていたばかりに、自身のうちにあった可能性が開花を見ぬまま枯れ果てたと言うまでだ。人生はかりそめで、誤った出発と、見込みのない再出発の繰り返しだった。うっかり自分を甘やかすと、第二の機会を許してくれない運命を恨むことになる。ウェルギリウスを借りるなら「それ、ユピテルが過ぎし年月を返したまわば」で、これまでの体験に立ってやり直したい。知的生活の新規蒔《ま》き直しだ。そうだとも。ほかに何を望むことがあろう。たとえ貧苦に喘《あえ》ごうとも、前よりはきっと旨くいく。まずは夢のようではない、確かな目標を手の届くところに掲げることだ。現実離れした発想は捨てて、迂遠《うえん》な道はきっぱり避けなくてはならない。

だが、それでは年来の楽しみをことごとく奪われて、梟《ふくろう》のような目をした衒学《げんがく》老人になる憂いなしとしない。何とも言いきれまいが、思うに現在の満ち足りた心境は、ふり返って悔恨の尽きることがない気まぐれと失敗の長い道程があったればこそではなかろうか。

17

歴史を読むことに、どうしてこんなにも時間を費やしているのだろうか。何か得るところがあるからか。人間の本性について新しい発見を期待する一心か。老い先短いこの身のために、安心な導《しるべ》を求めてか。いやいや、そんな意識でこうまで歴史を読みはしない。ただ、好奇心を満たしてくれるから、少なくとも、満たしてくれるように思うから読んでいるだけだ。たいていは、巻を擱《お》けばすでにして何を読んだか忘れてしまう。

読んだことをすべて憶えているわけがない。忌まわしい人間の記録を読みながら、終わったら本を閉じて二度と手に取らず、いっさい忘れるように自分に言い聞かせることもしばしばだ。誰やら、歴史は善が悪に勝った証であると、さも誇らかに言っている。なるほど、時として善は勝ちを制するが、それは限られた範囲のことで、優位は長く続かない。歴史書に声があるものなら、鬼哭啾々《きこくしゅうしゅう》たる怨嗟《えんさ》の声は世に満ちあふれよう。じっと過去を見つめていると、よほど想像力に欠けてでもいない限り、いたたまれない気がしてくる。歴史は恐怖の切れ目ない悪夢である。そんな歴史に凝るのはなぜかと言えば、そこに繰り広げられている地獄絵に興味を覚えるからだ。何ごとによらず、人間がこうむった苦難は大いに関心をそそる。その実態を知るには、史書を開いてページごとに、血みどろの場面に感情移入しなくてはならない。略奪をほしいままにする征服者や、残虐非道な独裁者と対面し、地下牢や拷問部屋の石の床を踏み、火炙《ひあぶ》りの焦熱を肌で感じることだ。どこの国か、いつの時代かを問わず、ありとある災禍、弾圧、悪辣《あくらつ》な不正の犠牲となった数知れぬ無辜《むこ》の民の訴えに耳を澄まさなくてはいけない。それでもなお、歴史を読んで楽しいか。歴史の酸鼻を知ってそこに喜びを見出すとしたら、その心根は悪魔と言うほかはない。

不正こそは人類の歴史に泥を塗る、唾棄すべき罪悪である。主人の気まぐれから拷問に遭って死んだ奴隷の話を読めば、人は悲憤に耐えず、あってはならないことと眉を寄せるが、これなどは文明のどの段階でもさんざん繰り返された悲劇のほんの一例でしかない。聞くからに胸が悪くなるような暴虐に痛めつけられて惨死した弱者は何を思って息を引き取ったろうか。苦悶の底から発する無実の訴えに非情の天は耳も貸さなかった。こうした事例がただ一度あったにすぎないとしても、歴史は汚濁を免れず、忘却の彼方に押しやるしかないかもしれない。だが、何にもまして陋劣《ろうれつ》な害毒である不正は過ぎ去った歴史の経糸《たていと》と緯糸《よこいと》が織りなす綾に、抜き差しならぬまで組みこまれている。もし誰かが、そんなでたらめはもう起きない、人類はそのような危地を脱したと気休めを言うとしたら、その独善家は本を読んでいるが、人間を知らない。後味の悪い本は読まずに済むなら、それに越したことはない。好きな詩人、思想家、読むほどにうっとりと心安まる作家ばかりがいい。こう言うと、書棚にぎっしり並んでいる本から刺を含んだ視線を感じる。もう二度と手に取る気はないか。いや、どの本も心の奥に刻んでおきたい言葉の宝庫であって、あだ疎《おろそ》かにはできない。何はともあれ、むやみやたらに知識を求めるのは悪い癖だろうから、直さなくてはなるまい。つい昨日も、とうてい読みきれるはずのない大部な学術書を注文しかけたではないか。あんな本を買ったところで貴重な時間を無駄にするだけだ。今はただ余生を楽しむしかないことを素直に認めたがらないのは、どうやら清教徒《ピューリタン》の血であろう。心おきなく楽しむなら、それがすなわち知恵だと思えばいい。貪欲に知識を吸収する時代は過ぎ去った。これから新たに語学を志すほど愚かではないつもりだが、無用な歴史の記憶を頭に詰めこんで何になろう。

そうだ。死ぬ前にもう一度『ドン・キホーテ』を読もう。

18

誰だかの講演が新聞に二段抜きで載っている。読むだけ無駄と知りつつも、ざっと目を通すと、一つの言葉が繰り返し出てくる。「科学」の話だ。こっちの知ったことではない。

どれだけの人が「科学」について同じ気持でいるだろうか。偏見という以上に、時としていかがわしく思い、さらには恐怖さえ抱かずにはいられないこの気持だ。いくらかは関心のある動植物や天文を扱う科学分野にしても、ある種の不安と嫌悪は拭えない。新しい発見や、新しい理論がどんなに興味を引こうとも、じきに飽きが来て気持が萎える。それ以外の広く一般に普及している科学、あるいは金儲けの手段でしかない凡俗な科学となると、ただ無性に腹立たしく、おぞましい。この感性は生まれつきに違いない。成長過程のいつどこで、どうしてこうなったか思い当たる節はない。少年時代に読みふけったカーライルの影響に染まったことは確かだが、あれほどまでカーライルに傾倒したのはもともと共鳴する素地があったからだろう。子供の頃、複雑な機械を見て何とも言いようのない薄気味悪さにすくんだのを憶えている。気持が動揺しているところへ、ものを見くびる心が加わって、理科の試験で白紙答案を出したこともある。今ではこうした形の定かでない恐怖、反感の理由を説明するのに何の苦労もない。「科学」を嫌いかつ恐れるのは、未来永劫とは言わぬまでも、長きにわたって人類の凶悪な敵となること火を見るよりも明らかであるからだ。科学は現に人間世界の純朴にして穏和な徳性と美風のすべてを破壊している。文明の仮面に隠れて蛮性の復活を目論《もくろ》んでいる。科学は人間の理性を闇に閉ざし、精神を硬直させる。テニスンが詠じた「古来幾千の戦い」も比較にならないほど激越な争乱の時代がやってくる。その時、人類が営々として積み重ねてきた進歩の成果はひとたまりもなく血みどろの渾沌《こんとん》に呑みこまれるであろう。

だが、いくらそれを言ったところで、自然の力に抗《あらが》うのと同じで詮《せん》ないことだ。一個人としては、俗世間から距離を保って呪わしい現実はなるたけ見ないようにすればいい。とはいえ、これから過酷な時代を生きることになる親しい人々の難儀を思わずにはいられない。国中が賑わったこの夏の「ヴィクトリア女王即位六十年祭」は、華やぎとは裏腹のもの悲しい祝典だった。取りかえしのつかない大きな喪失を意味していたからだ。善美にして高貴なものの多くが永久に失われ、代わって危険ばかりが目につく時代がひたひたと迫っている。四十年前の晴れやかな希望、旺盛な意欲が今さらのように思われてならない。当時、科学は救世主と仰がれていた。科学の専横を予見し、科学が旧弊を復活させて当初の期待を踏みにじることを看破した人間は極《ご》くわずかだった。これが時代の趨勢《すうせい》で、成り行きに任せるほかはない。ただ、数ならぬ身ながら、科学という名の暴君を玉座に担ぎ上げるのに手を貸さなかったことだけがせめてもの慰みだ。

19

朝、クリスマスの鐘に誘われて家を出た。どこという当てもなく薄日の射す中を町へ向かううち、大聖堂の参道にさしかかった。ややあって、オルガンが聞こえてきたところで会衆の末座に連なった。クリスマスにイギリスの教会に入ったのはかれこれ三十年ぶりか、いや、もっとになるだろう。遠い昔のことや、馴染みの面影がありありと記憶に蘇った。年月の淵《ふち》をへだてた向こうに自分自身の姿がある。血はつながっているものの、当時と今とではまったくの別人だ。記憶の彼方でクリスマスの福音を聞きながら、空想は放恣《ほうし》に遊んで上の空か、さもなければ、異端の血を引く身でいくらかちぐはぐなものを感じつつ、ただ耳を傾けているにすぎない。以前からオルガンは好きだったが、快い音楽と主題を宗教に限った音楽は若い頭で聞き分けていた。いや、それ以上に言葉と思想の調和を歌う旋律はこよなく愛する反面、その背後にある教理教条は頑として拒んだ。「地には平和、主の悦び給う人にあれ」の一行を好んだのも、韻律と響きに感じ入っただけであることは疑いない。人生は思考と言語の調和を求める半ば無意識の努力だった。それにしても、何と非音楽的な混迷状態から出発したものだろう。

今日の礼拝で、異端の意識に心を乱されはしなかった。オルガンの奏楽も、聖歌隊の讃美歌も、音楽はかつてなく耳に馴染んだし、説教の言葉にも抵抗は感じなかった。記憶の中で時間をともにした会衆はすでに亡き人々で、場所は町の大聖堂ではなく、遠い異郷の小さな教区教会だ。終わって出てみると、風寒くどんより曇った空の下、見わたす限りの雪野原と思いきや、穏やかに晴れた冬日和《ふゆびより》で、大地はしっとり湿っていた。時に昔をふり返って世を去った人々と身近に接するのは敬虔なふるまいだが、これはクリスマスを幸せな孤独のうちに過ごす者だけに許された贅沢ではなかろうか。なろうことなら、この後、賑やかな席はご免こうむりたい。絶えて久しい声を聞き、自分一人の追憶を密かに楽しんだ方がいい。まだものを知らない子供だった頃、炉端でテニスンの『イン・メモリアム』にあるクリスマスの章を読んでもらったのを思い出し、夜更けてこの一巻を取り出した。遠い記憶のまま、ほかの誰であろうはずもない声が久方ぶりにまたテニスンを聞かせてくれた。年端もいかぬ子供に詩の何たるかを教え、真善美のこと以外は断じて語らなかったあの声だ。生きた人間の口から出る声に掻き消されてはたまらない。それが別の場合ならどんなに喜べる声の仕業であろうともだ。以後は心してクリスマスの孤独を守らなくてはならない。

20

イギリス人は偽善者の極印《ごくいん》をべったり捺されているというのは本当だろうか。この非難のはじめが、王党派と議会派が対立した清教徒革命の時代に遡ることは言うまでもない。それ以前はイギリスの国民性に偽善の色彩は少しもなかった。チョーサーのイギリスも、シェイクスピアのイギリスも、その点ははっきりしている。清教主義がこの国の精神風土に変化をもたらして、以後、道徳と宗教に関して、傍目《はため》には多かれ少なかれイギリス人の二心と映る思考形態を根づかせた。議会派に対する王党員の蔑視は理解に難くない。これが伝説のクロムウェルを生んで、カーライルが登場するまで、クロムウェルは世に類ない偽善者の代表と目されていた。正統の清教主義が衰えて、イギリス人特有の敬虔の美徳を体現するペックスニフ氏が罷《まか》り出た。ディケンズの小説『マーティン・チャズルウィット』の、あの偽善者だ。同じ偽善者でもモリエールのタルチュフとはおよそ性格の違うペックスニフ氏は、おそらく、イギリス人でなくては理解できまい。それはともかく、イギリス人が何かにつけて偽善者とうるさいほどに難じられるようになったのは近年のことだ。解放された若者が好んで口にするところから、大陸の新聞各紙はこれを決まり文句に、毎日のようにイギリスを扱《こ》きおろしているが、その理由を知るのにさして古くまで遡ることはない。ナポレオン一世がイギリスを「商人の国」と呼んだ当時、この国は決してそんなふうではなかった。ナポレオンがこれを言ってから、イギリスは文字通り商人の国になったのだ。商売となれば良心のかけらもなく、それでいてことごとに世界を相手に信仰と道徳の鑑《かがみ》を気取るイギリス商人の繁栄ぶりはどうだろう。これが現代のイギリスの偽らざる姿である。冷眼の評者はイギリスをそのように見ている。「偽善者」の非難は一理なくもない。

それにしても、偽善者という言葉は選択が悪い。解釈を誤っている。根っからの偽善者は、自分に具わっていない美徳、身につけようとして身につかず、ましてや信じてもいない美徳をいかにも持ち前のように装って恥じない性格だ。偽善者は概して頭がいいから、それぞれに処世の原則を定めているだろうが、その原則はあしらう相手の信条とはまるで折り合わない。タルチュフはその意味で偽善者を絵に描いたような人物である。心底から無神論者の好色家で、意見が対立するとなれば誰彼の別なく忌み嫌う。ところが、このような精神構造のイギリス人はどこを捜してもまずお目にかかれない。言葉巧みで情に脆《もろ》く、人当たりのいいのが売り物の、典型的なイギリス商人を偽善者と思ったらとんでもない間違いだ。イギリス文明を知りもしない凡庸な外国人ジャーナリストがこの間違いを犯している。多少はものわかっている評者がこれを言うのは不用意もはなはだしい。正確を期してイギリス人を「パリサイ派」と称するなら、当たらずといえども遠からずだろう。

イギリス人の悪癖は独善だ。イギリス人は本質的に旧約聖書の人種で、キリスト教には染まらず、選良意識が強い。どう頑張ったところで謙譲の徳は身につかないが、そこには何らの偽善もない。あくどい成り上がり者が教会を建ててふんだんに寄進するにしても、それはただ世間の歓心を買うだけのためではなく、何であれそのひねくれた貧相な心に信じるところがあるならば、自分の行為が神を喜ばせ、ひいては人のためになると信じているのである。懐中の金貨一枚にいたるまで、すべては詐欺で稼いだものかもしれない。その生きざまゆえに、心身は不浄のかたまりかもしれず、乱暴で卑劣な悪行も数えたら切りがなかろうが、いずれも良心に逆らってしたことで、機会が与えられればそれなりの信仰に従い、世間体を気遣って、ただちに行いを正すに違いない。その成金人種の信仰を厳密に定義すれば、「自分はあくまでも正しいという抜き難い信念」である。イギリス人である以上、真に敬虔な心と道徳観念は生まれながらに具わっている。悲しいかな、どこかで間違ったことは否めないが、どれほど斜に構えていようとも、断じて自分の信条を枉《ま》げはしない。宴会の席でさえもさもらしく教訓臭の強い話をしても、それは偽善者の虚言ではなく、一語一句、みな本心だ。

高尚なことを語るのは、個人の立場を離れたイギリス人としてであって、その功徳によって聞き手もまた自分と同じ信仰に帰依すると信じこんでいる。こういう人物をパリサイ人《びと》と呼ぶのは構わないが、そのパリサイ主義はいっさい個人の偏見ではないことを忘れてはならない。なるほど、世間には自分だけの考えに凝り固まった、ただちに典型的なイギリス人とは言いにくい人間がいる。いや、そういう人間も、宗旨の違う同胞から見ると、わずかながらパリサイ人に近い。外国人の目からは完全にパリサイ人で、帝国を代表していることになる。

偽善という言葉は、どうやら、何にもましてイギリス人の性道徳について多く使われているように思うが、だとしたらとんでもない間違いだ。イギリス国民の大半が宗教心を捨てて顧みなくなってはいるものの、この国で公に認められてきた道徳律は世界に誇れるものであるという確信はまだまだほとんど揺らいでいない。誰だろうとその気になれば苦もなく論証できることで、イギリスの社会環境はよその国々にくらべていくらかでも清浄だとはとうてい言えないのにだ。うんざりするような醜聞は跡を絶たず、毒舌家に嘲罵《ちょうば》の種は尽きない。大道、ところ嫌《きら》わず夜な夜な繰り広げられるいかがわしい場面は世界広しといえどもほかに例がない。にもかかわらず、たいていのイギリス人がこの国の道徳の高さを当然としてことあるごとに言い触らし、他の国々を扱《こ》きおろす。そんなイギリス人を偽善者と呼ぶのは無知を告白するに等しい。仮に相手が品性下劣でだらしない人物だとしても、それと偽善とはおよそかかわりがない。当人は徳を信じていると言うまでだ。イギリス人の道徳意識は口先だけの作りごとだと非難したら、相手は真っ赤になって烈火のごとくに怒るはずだ。なにしろ、独善の生きた見本なのだから。これもまた、個人ではなく、国民的な意味合いにおいてである。

21

この一文は現在形の動詞を多用しているが、これで本当にイギリスの現在を語ることになるだろうか。三十年この方、世の中に変化をもたらす大きな力が作用して、それがイギリスの国民性にどこまで、どう影響したかを正確に見極めることは困難という以上に、まず不可能だ。それでも、はっきり目に見えていることがある。伝統的な宗教の衰退、古い道徳規範をめぐる活発な議論、そして、あらゆる面で無秩序な傾向を助長する物質主義の隆盛である。ところで、イギリス人の独善主義が減退して陰湿な偽善の病癖に取って代わられる虞《おそれ》がありはすまいか。というのは、イギリス人が自信をなくしたら、それこそは史上に例のない国民ぐるみの絶望的な堕落を意味するからである。単に潜在的な善だけでなく、鑑《かがみ》と仰がれる善の実践者として、イギリス人がその卓越した能力に自信を失うとは由々しい事態ではないか。イギリス人がかつて抱いていた、至高とまでは言わないにしても、極めて高い道徳理念に対する一途な敬信を疑うことはこの国に生まれ育った人間にはできない。同様に、貴賤の別なく、イギリス人の間でも上の部と正当に評価されていた人々が新しい風潮に毒されもせず、今なお真の意味で「正直に、慎ましく、まっとうに」生きていることも否定し得ない。むろん、そのような人々が国民の多数を占めたことはないが、以前は間違いなくイギリス精神を代表する力を持っていたから、驕慢《きょうまん》なところがあったとしても身のほど知らずではなかった。時にパリサイ人のような口をきいたのは融通のきかない性格のためで、とりたてて非難するには当たらない。低劣なふるまいはさまざまある中で、このイギリス気質の人々が何よりも嫌ったのが偽善だった。世代が変わっても、その点は同じである。だが、イギリス気質をじかに受け継いだ世代が以前と同じ権威をもって徳を語るとは言いきれない。後継者が力を失って、イギリス人を偽善者と呼ぶ非難が必ずしも的はずれではなくなるかどうか、やがて知れる。

22

このあたりで清教主義を考え直す必要がある。形骸と化した宗教から脱却を目指す解放の意気盛んな時代には、歴史の一時期をふり返って行きすぎた狂信だけを見るのが自然だった。イギリス精神が牢獄に投じられ、扉に鍵がかかるありさまを思い描いて人は満足した。しかし、解放の危険がかつての抑圧の苦難に劣らずあからさまに迫った今、清教徒の厳格な規律が持っていた美点のすべてを思い出し、それがいかにイギリス国民の精神的活力を回復して、最高の特権たる市民的自由の確立に寄与したかを考えた方がいい。知性が発揚した後には、その反動でものみなすべてが衰退に向かう。チューダー王朝の名残である新教主義をおいてほかに信仰のなかったスチュアート王朝期のイギリスはどんなふうだったろうか。下を見れば切りがないが、イギリス文学を代表する詩人はカウリーで、ミルトンは無名だった。清教徒は医師として登場した。倦怠と無気力が燃え盛った民族の軒昂《けんこう》な気勢を殺《そ》いで、今しも沈滞の雲が重く垂れこめようとする瞬間に強壮剤を手にしてやってきた。イギリスが信仰のよりどころをイスラエルの書物に求めたことを嘆かわしく思う向きもあるだろう。この国がいきなり東洋の過激な神政政治に傾斜した事情を説明することはさほどむずかしくないが、それにしても、その敬信は別な形を取ってもよかったろうにと言わざるを得ない。後の「ユダヤ人街からの脱出（ユダヤ的キリスト教からの脱出）」は起こるべくして起こったのだが、何と多くの衝突と悲痛を伴ったことだろう。とはいえ、それこそは魂の健康のために払わずには済まない代償だった。何はともあれ、その事実を認めて良い方に解釈しなくてはならない。言うまでもなく、健康とは相対的な意味である。文明の健康という観点から見る限り、清教徒革命以前のイギリスは無惨に病み惚《ほう》けた国だった。ここで肝腎なのは、病人がどこまで良くなるかではなく、どこまで悪くなるかを考えることだ。あらゆる神学体系のうちで最も説得力があるのはマニ教だろうが、名前を変えれば清教徒の信仰がこれにほかならない。世に言う王政復古時代の道徳律、すなわち国王と廷臣の道徳律は、清教徒革命が起きなければ、スチュアート王朝にあって国民の通念となっていたかもしれない。

清教主義が政治におよぼした影響は測り知れない。イギリスが再び専制政治の危機に直面するなら、人はある感慨をもってこのことを思い出すだろう。同時に、清教主義は社会生活にも何かと変化をもたらした。諸外国でイギリス人の上品気取りと評されている特質も、もとをただせば清教主義で、この表現が含む非難の響きは偽善を責める意識の一端である。イギリス国内には、妙に澄まして上品ぶる習癖は徐々に抜ける方向で、これは健全な解放の徴《しるし》であると歓迎する論者もいる。ここで言う上品な態度物腰が、その実、上辺の見せかけで、素顔は品性下劣な性悪のわざとらしいふるまいだとしたら、そんな上品気取りは何が何でも葬り去らなくてはならない。破廉恥《はれんち》の汚名を覚悟してでもだ。反対に、慎ましく生きている人間が、根っからの性格か考えがあってのことかはともかく、並はずれて細やかな気遣いを見せ、極端に丁寧な口をきくならば、過ぎたるはおよばざるごとしではあっても、決して趣旨は悪くない。こういう傾向が薄らぐとしたら感心できない。どうやら、外国人がイギリス式の上品気取り、とりわけ淑女ぶりを云々する時はこの行きすぎを考えている様子だが、それを貞淑のせいと見るよりは、むしろ女心の浅ましさと嗤《わら》う魂胆だ。上品気取りを地で行くイギリス女性は雪のように真っ白かもしれないが、見かけとは別な雪の性質も併せ持っていて、一皮むけばまるででたらめな鼻持ちならない女だという思いこみがある。さあ、ここが意見の分かれるところだろう。イギリス文学を読めばわかるとおり、厳密な言葉の選択は必ずしも清教主義の直伝ではない。むしろ、清教主義が説いた最高善の徳をイギリス国民が生活の諸事万端に吸収して、文明が洗練された結果である。生涯の体験からイギリス女性を知っている立場で言えることだが、慎重に選ばれた言葉はほぼ間違いなく繊細な心の動きを映している。詩人ランドーはイギリス人が体の部位を婉曲な言葉で表現することを愚かしい習慣と嘲った。作家で評論家のド・クウィンシーは敢然と受けて立ち、ランドーの発言はイタリア暮らしが長引いて感性が鈍麻した証拠だと切り返した。その解釈の当否はさておくとして、今ここに取り上げている問題に関する限り、ド・クウィンシーは正しい。何であれ、人間のうちに潜んでいる獣性を思わせることはすべて婉曲に表現するに如《し》くはない。微妙な言語表現が、ただそれだけで文明の進歩を裏づけるとは限るまいが、文明は進歩の過程でその方向を辿《たど》るというのもまた一面の事実である。

23

午前中、あたりは不気味に静まり返っていた。本を読んでいると、沈黙の旋律が耳に食いこんでくる。窓から見る空はただ鈍色の冷たく陰鬱な広がりでしかない。午後の散歩に出る身支度にかかったところで白いものがちらほらと視野をかすめ、しばらく後には音もなく降りしきる雪が幔幕《まんまく》さながら、周囲のすべてを覆い隠した。がっかりだ。つい昨日、冬ももう終わりに近いと思ったばかりではないか。丘を吹く風の息は穏やかに、悠々と流れる雲の絶え間には明るく澄んだ碧空が覗いて春の訪れを約束していた。黄昏の闇が迫る炉端にぼんやりしていると、陽春を待ち望む心が疼《うず》きだす。空想の赴くままに、夢は夏の日のイギリスをあちらこちらと駆けめぐる……。

ここはブライズ渓谷だ。漣《さざなみ》の立つ流れの底に熱い日射しを溜めた褐色の岩が透けて見える。岸の緑は風に揺れ靡《なび》き、牧場は一面、金鳳花《キンボウゲ》が今を盛りと咲き乱れている。山査子《サンザシ》の垣も輝くばかりに花満開で、馥郁《ふくいく》たる香りが漂ってくる。その向こうに金雀花《ハリエニシダ》の黄色を纏《まと》った荒地が続く。さらにそこを過ぎて一、二時間も歩けばサフォークの砂質の断崖に出る。見はるかす視線の果ては北海だ……。

ウェンズリーデイルの広い牧場を突っ切っている流れの急な岩だらけの川から、起伏のなだらかな荒地へ登る。ヒースを踏み分けて登る先を雷鳥が斜交《はすか》いに飛び立って空を切る。炎天下だが、高地に漲《みなぎ》る生気を感じて心は弾む。谷は後方に遠ざかり、行く手には空の青を背景に、鳶色《とびいろ》や赤紫の山の肩が丸みを帯びた輪郭を浮かべている。一続きの稜線はやがて西の彼方に薄霞む……。

物憂い午後の温気の中に忘れられたようなグロスターシャーの辺鄙な村。灰色の石の家々は古びた趣が絵のように美しく、イギリス人が金持ちであれ貧乏人であれ、家の建て方を知っていた時代を思わせる。庭には花が咲きこぼれ、空気は甘く芳しい。村はずれからうねうねと芝や蕨《ワラビ》を縫って坂を登り、山毛欅《ブナ》の森を抜けるとコッツウォルズ丘陵の突端に出る。目の下は広いイーヴシャムの谷だ。穀物が豊かに実り、果実が甘く熟する一円を聖なるエイヴォンの流れが潤している。青みがかった靄《もや》の彼方にモールヴァーン丘陵がうっすらと見える。すぐ近くの森の梢《こずえ》で小鳥が一羽、孤独を楽しむかのように鳴いている。羊歯《シダ》の茂みにウサギが跳ね、向こうの窪地の雑木林から啄木鳥《キツツキ》の笑い声が聞こえてくる……。

夏の暮れ方、ここはアルズウォーター湖の岸辺である。空はまだ夕映えの名残をとどめて仄明るく、黒い山並みの上にくすんだ赤光《しゃっこう》を匂わせている。広やかな湖面は鋼色を湛《たた》え、忍び寄る闇が汀《みぎわ》を薄墨に染める。深い静寂をさし越えて、向こう岸の馬の蹄《ひづめ》が不思議なほど間近に聞こえてくる。自然がこの聖域で憩っていることをつくづくと感じさせる音だ。何とも言いようのない孤独が胸に迫ってはいるものの、悲愁の歎《たん》はない。こよなく愛する土地の心が、次第に濃くなる宵闇の静けさに安んじて健やかに脈打っているように思う。永遠の万象に伍《ご》して、馴れ親しんで気心の知れた大地と触れ合う幸せがここにある。足音を立てることすらはしたない気がして、歩くにもそっと忍び足だ。道を曲がると下野草《シモツケソウ》の微かな香りが鼻をくすぐる。ふと見る先の農家の窓に灯火《ともしび》が揺れている。どっしりと重たげな黒い丘の斜面を背に、ささやかな火影が詩情を誘う。丘の裾《すそ》には湖が眠っている……。

蛇行するウーズ河に沿った道である。遠く視線を馳せればどこも馴染み深い風景だ。耕地があって、牧場がある。生け垣があって、こんもりと茂った森がある。丘はなだらかで空は広い。河は雛菊《デイジー》の咲く岸を洗い、灰緑色の行李柳《コリヤナギ》の畠《はたけ》を縫って緩やかに流れている。少し行った先にこぢんまりしたセント・ニーツの町がある。イギリス中のどこよりも鄙《ひな》びた牧歌的な風景が心を和ませてくれる。世界中のどこを捜してもこれほど景色のいい土地はないだろう。長閑《のどか》な牧場で牛が鳴いている。足の向くままに徘徊《もとお》れば、憂いも悩みも忘れて夢に遊ぶ心地がする。白い雲が悠々と水に影を映して流れ去る……。

イングランド南東部の草青い丘陵地、サウスダウンズ。日は真っ向からかんかんと照りつけているが、頬をなぶる風が快い。丈低く柔らかな芝を踏む足は軽く、疲れを知らずにどこまでも行けそうな気がする。白い浮き雲が影を落としている地平の果てまでもだ。見下ろす彼方は波静かな夏の海である。絶えず微妙に濃淡を変える碧緑の海は、やがて視野の尽きるあたりで茫漠とした真昼の靄《もや》に溶けこんでいる。陸側に目を転じれば、起伏のなだらかな緑の丘が遠く連なり、ここかしこに羊が群れて草を食《は》んでいる。そのまた向こうは緑豊かな中に耕地の広がるサセックスの森林地帯である。森の樹々は澄んだ空の色に映じながら、いっそう深みのある陰翳《いんえい》を織りなしている。手前の閑寂な窪地を隔てた木間隠《このまがく》れに、古い上にも古い村がある。茶色の屋根を地衣《ちい》類《るい》が覆って、まるで金箔《きんぱく》を置いたようである。小さな教会の塔と、さほど広くはない墓地もみえる。空高くで雲雀《ひばり》が鳴いている。雲雀はひとしきり囀《さえず》ると、一直線に舞い降りて草の間に消える。あの嬉しげな囀りはイギリスに寄せる親愛を歌っているように思えないでもない……。

日はとっぷりと暮れきった。この十五分ばかり、暖炉の火を明かりにこれを書いていたが、机を照らす火影は夏の日射しのようだった。雪はまだ降っている。なおも暗さが増す中で霏々《ひひ》として白く降りしきっている。明日には、庭一面に積もるだろう。何日も消えないかもしれない。だが、雪が解ければ、そう、すっかり解け去れば、待雪草《スノードロップ》が咲き初める。大地を暖める白いマントの下で、クロッカスも待っている。

24

時は金なり、と言う。誰でも知っている俗諺《ぞくげん》だが、これをひっくり返すとなかなかに意味深い格言になる。金は時なり。霧がかかった暗い朝、暖炉に薪《まき》が爆《は》ぜ、火が躍る居心地のいい書斎へ降りるたびにいつもこのことを思う。貧乏ゆえに元気のもとになる暖炉の火が焚けなかったら、まる一日は果たしてどう変わるだろうか。ふり返ってみれば、物質的に恵まれなかったばかりにとかく精神の集中を欠き、人生の貴重な時間をどれほど多く無駄にしたことか。金は時なり。金さえあれば自由に使える楽しい時間を買うことができる。貧しくてはとうてい買えないどころか、その自由にならない時間の惨めな奴隷に成り下がるだろうではないか。金は時なり。そこはよくしたもので、時間を買う金はほんのわずかで充分だ。ありあまるほどの金持ちも、本当の使い道に関しては持たざる者とさして変わらず、時間がなくて困っている。ただ時間を買うことに、あるいは時間を買おうと齷齪《あくせく》することに生涯を費やして何になろう。たいていの人間は片手で時間を摑《つか》んでいながら、もう片方の手で投げ捨てている。

25

暗い冬の日も終わりに近い。やがてまた春が訪れる。その時は野に出て、ここしばらく炉端に引きこもってばかりいて鬱積した雑念をふり払おう。常々、自分本位は美徳のうちと思っている。どう見ても、なまじ世を憂えるより、ひたすら自己満足に生きる方がはるかに柄に合っている。この世はさても恐ろしい。臆病者は何の役にも立ちはしない。それでも一つだけ、市民の端くれとして役割を果たせたろうと思うことがある。どこか地方の学校で教鞭を執り、何人か質のいい子供を相手に、学問をただ学問のために愛すべきことを教えればよかった。これならできたと自分から言える。いや、果たしてそうか。子供を教えるとなれば、若い頃から年を取った今と同じように無欲恬淡《てんたん》で、高望みの理想に惑わされることのない人間でなくてはならなかったはずではないか。現在こうして生きているなら、稼ぎに追われていた時代よりもよほど国のためになっている。安手の愛国心で褒めそやされている大方の人士よりははるかに世のため人のためだ。

この生き方が人の手本になろうとは、間違っても思わない。ただ、自分にとってはこれが相応で、さし当たっては世の中のためにもこれでいいと言うまでだ。ひっそりと満ち足りて片隅に甘んじるのが善良な市民の条件であることは疑いない。それ以上の自信があるなら、どこへでも出かけていって存分に力量を発揮すればいい。ああ、そうだとも。かく言う自分が例外であることはわかっている。意識も境遇もまるで違う人々が希望を胸に潑剌《はつらつ》として、日々、目前の務めに立ち向かう姿を思い描くと、その想像は沈みがちな心の闇を払う解毒剤の働きをする。近頃、あまりに愚かしく低劣なことどもが世に横行するありさまは見るに耐えないが、その一方で志操堅固《しそうけんご》な人々が着実に生きていることを忘れてはなるまい。何ごとにも善美を見るように努め、悪条件に尻込みせず、ここぞというところでは全力を出しきる人々だ。人種や信仰の別なく、どこの国にもそういう努力家はいる。数の上でも少なくない。その人々が友愛の輪を広げて、真に人類の名に価する集団を形成している。人類同胞主義集団の信仰は理性と正義の遵守である。未来が果たしてその人たちのものか、または人の言葉を話す猿たちのものか、今はまだ何とも言えない。いずれにせよ、同胞集団は希望の聖火を掲げてこつこつと生きていくだろう。

このイギリスで、そんな奇特な人々は昔と違ってとんと少なくなったかもしれないが、すっかり地を払ったと思うのは早計だろう。じかに知っている何人かを見れば、まだまだ出来のいい人間があちこちにいるとわかって心強い。品性高潔で、気骨があって度量が広く、明敏かつ慧眼《けいがん》、しかも禍福に等しく向き合う精神構造の持ち主となれば、今なお本来の意力と徳性に翳りを知らない生粋のイギリス人ではないか。五体にはひたすら名誉を尊び、卑劣を憎む血が流れている人たちだから、自身の言葉を疑われることに耐《た》えきれず、吝嗇《りんしょく》に凝り固まって利を貪るよりは進んで持てるだけのものを投げ出す。無駄口はきかず、どこまでも友誼《ゆうぎ》を重んじ、親愛を求める相手には惜しみなく温情をもって応える。表向きは冷徹ながら、神聖と考える大義のためには情熱を燃やす。混乱と雑音を嫌って人込みの喧噪には加わらない。自身の行為を誇らず、これからすることを仰々しく言い立てもしない。空疎な言葉が声高に叫ばれて道理が通らない時は、一人その場を去って目の前の地味な仕事に専念する。破壊に狂奔する群衆を横目に、建設と補修に精を出す。ついぞ希望を捨てず、自国を見限ることは罪と心得ている。「今は悪くとも、将来このままとは限らない」その人たちは時を得ず、中傷誹謗を浴びようとも、逆境に挫《くじ》けることなく信念を貫いた昔のイギリス人を思い、先人に倣って何ごとも定めとあらば黙々と受け入れることを自身の務めと達観している。

26

春の光を待ち侘《わ》びて、このところブラインドを開けたまま寝ている。目が覚めれば空が見える。今朝は日の出前に起きた。風はなく、白々明けの空は一日の晴れを約束していた。折しも淡い弦月《げんげつ》が西に傾くところだった。

晴れの期待は裏切られなかった。食事を終えると、もはや炉端でぼんやりしてはいられない。すでに火がなくともほとんど困らない陽気になっている。明るい日射しに浮かれ出て、午前中いっぱい湿った土の香を楽しんだ。

帰る途中、今年はじめて金鳳花を見かけた。

また、まる一年が過ぎ去った。何と疾《はや》いことだろう。本当に、あっという間だった。先の春から十二カ月経ったというのが嘘のようだ。人生に満足しているありさまを、人生そのものが佳しとせず、幸福を与えることを渋って指の間をすり抜けるように逃げていくのだろうか。かつて一年がやたらに長く間怠《まだる》く、艱難《かんなん》辛苦と欲求不満の明け暮れでしかない時代があった。それ以前の子供時代は一年が果てしなく長かった。人生に馴れることで時間は短く疾くなる。子供のように毎日が未知への一歩一歩なら、体験の集積でその日その日が長丁場だ。過ぎた一週間はそこで学んだことをあれこれ思い返すうちに遠く霞《じ》む。これからの時間は滞りがちで、とりわけ何か期待することがある場合は焦らすかのようになかなかやってこない。中年の坂を越すと、人はほとんど学ばず、何を期待するでもない。心労、もしくは病苦だけが切れ目のない時間をだらだらと長く引きのばす。何はともあれ、毎日を楽しく生きることだ。そうすれば、一日はまさに瞬息の間である。

この先、まだ何年も生きられたらと思わないでもないが、もはや一年も残されていないとなったところで不満はない。世の中と折り合いが悪く、難儀をしていた時だったら死ぬのは辛かったろう。これといって当てもなしに生きていたから、あそこで呆気なく終わったら終わったでよかったけれどもだ。その人生も、今やほぼ完結した。無心な子供の遊びにはじまって、思索の末の清閑の境地にさしかかっている。その間、苦労を重ねて文章を書き、ようよう稿を終えて感謝の吐息とともに筆を擱《お》いたことが何度あったか知れない。作品は褒められたものではないが、努力は怠らなかった。時間と境遇と才能の許す限りで頑張った。残された時間もそんなふうに過ごしたい。生涯をどうにかまっとうに果たし終えた務めとふり返り、いたらぬ点は多々あろうが、書くだけのことは書いた一編の伝記と思えばいい。後に続く安息を心待ちにしつつ、ただ満足のうちに「完」とつぶやくなら、それに越したことはない。

解説

松本　朗《ほがら》
（上智大学准教授）

ジョージ・ギッシング（一八五七年〜一九〇三年）再評価の気運が高まっている。もちろん、ギッシングがイギリス文学史において重要な位置を占めている事実を踏まえれば、没後一〇〇年を記念して二〇〇三年にロンドン大学で国際学会が開催され、その成果が一冊の書物にまとめられたり、わが国でも、没後一〇〇年や生誕一五〇年を記念するきわめて刺激的かつ啓蒙的な論集が出版されたりしたのは当然のことと思われる（参考文献の松岡光治編『ギッシングの世界――全体像の解明をめざして』および『ギッシングを通して見る後期ヴィクトリア朝の社会と文化――生誕百五十年記念』を参照）。だが、ことはそうした記念的イベントにとどまらない。各国で見られる格差社会の広がりを背景に、いまあらためてギッシングを読むことの意味が再認識されつつあるようなのである。

とはいえ、本書『ヘンリー・ライクロフトの私記』（一九〇三年）を読み終えた読者のなかには、ギッシングのどこにそのような社会批判の力があるのかと不思議に思われる向きもあるかもしれない。たしかにこの疑似自叙伝的エッセイ集の年老いた書き手ライクロフトは、若かりし頃に大都会ロンドンで経験した、一般大衆の教養の欠如や出版業界の商業主義的傾向を苦々しく回顧しているところもあるが、それは人生においてなすべきことをそれなりにやり終えて田舎にひきこもり、平穏なる内省の境地にたどりついた少々厭世的な作家のささやかな意見のようなものではないのか、と。

それは、もちろんそのとおりである。だがその一方で、このヘンリー・ライクロフトという人物が、ギッシングがつくった〈仮面《ペルソナ》〉であることも忘れてはならない。というのも、ライクロフトが語る思い出や見解の数々はギッシング自身のそれと重なる部分があるとはいえ、『ヘンリー・ライクロフトの私記』を執筆していた一九〇〇年から一九〇一年にかけてのギッシングは、病気がちではあったもののまだ四二歳という、おそらく自分にはやるべき仕事がたくさんあると感じていてもおかしくはない年齢であったからである。つまり、ギッシングは、ライクロフトという老齢の〈仮面《ペルソナ》〉を巧妙につくりあげて、その〈仮面《ペルソナ》〉とイギリス社会との距離や角度を計算しながら、ものを言わせているところがあると考えられる。

　さらに重要なのは、『ヘンリー・ライクロフトの私記』が、ギッシングの他の作品と比べてやや異色の作品であるという事実である。ギッシングの著作の中でもっとも人気を博し、よく知られているのはたしかにこの『ヘンリー・ライクロフトの私記』だが、じつはギッシングは、このような反動的な老作家の私記という体裁をとる作品を他には書いていない。むしろそれまでのギッシングは、労働者階級《ワーキング・クラス》や下層中流階級《ロウワー・ミドル・クラス》や女性といった、社会の周縁に位置づけられる人々の窮状や人間社会の容赦のない現実や悪をリアリズム的な手法で描くことで知られる小説家であった。そのようなギッシングの作家としてのキャリアを踏まえたうえで『ヘンリー・ライクロフトの私記』を見直すと、ヘンリー・ライクロフトという〈仮面《ペルソナ》〉に複雑なアイロニーが幾重にも隠されている可能性が浮かび上がってくる。

　ライクロフトという〈仮面《ペルソナ》〉の裏にどのような作家ギッシングがひそんでいるのか。それを探るために、まずはギッシングの生涯とキャリアをたどり、彼の業績をイギリス文学史のなかに位置づけ直してみよう。そうすることによって、ギッシングが現実に抱えていた葛藤や彼の小説の批評性が見えてくるはずである。それによって、いまなぜ、またどのようにギッシングを読むべきなのかをあらためて考えることができるのではないだろうか。

ジョージ・ギッシングの生涯とキャリア

ジョージ・ロバート・ギッシングは、ヴィクトリア時代中期の一八五七年十一月二十二日、イングランド北部にあるヨークシャー州のウェイクフィールドという町で、薬剤師の父トマス・ギッシングと母マーガレットの第一子として生まれた。父トマスの父と祖父はサフォーク州の靴職人であったが、トマスは独学で薬剤師となって薬屋を開業した、並外れた努力家であった。またトマスは知的および芸術的な教養を身につけることに野心的な情熱を抱き、書物が決して安価なものではなかった時代に数多くの文学書を所有していた。トマスの長男であったジョージ・ギッシングは、そのような父の影響をつよく受けながら、一階が薬屋で店の上が住居という典型的な下層中流階級《ロウワー・ミドル・クラス》の環境で、教養を身につけ立身出世を図ろうと、文学、歴史、芸術関係の書物を貪《むさぼ》り読む少年として育った。

ギッシング少年は父の叱咤激励を受けて学校でも優等生となり、数々の賞を受けた。だが、一八七〇年に過労が一因と思われる病で父が他界してから、一家は経済的困難に直面するようになる。そうした状況下で、ギッシングは二人の弟とともにチェシャー州の寄宿学校へやられるが、一八七二年にオックスフォード大学地方試験でマンチェスター地区第一位の成績をとると、彼に新たな可能性が開かれる。奨学金と三年間学費免除の特典を授与されて、オーエンズ・カレッジ（現在のマンチェスター大学）に進学できることになったのである。オーエンズ・カレッジでのギッシングはギリシャ語、ラテン語による古典文学や英文学などの人文学系の学問においてめきめきと頭角を現し、数々の賞や奨学金を受け、また大学入学資格試験にも優秀な成績で合格した。学友や教員の誰もが「彼はオックスフォードかケンブリッジに進学して学問の道に進むのだろう」と信じて疑わない、将来を嘱望される前途洋々の学生時代であった。

ところが、一八七六年、オーエンズ・カレッジでの四年間も終わりに近づいた頃、順風満帆に見えたギッシングの人生が一転する。勉学に励む一方で、彼は「ネル」という愛称で呼ばれる、貧しく身寄りのない街の女メアリアン・ヘレン・ハリソン（一八五八年〜一八八八年）に恋をするようになっていた。彼女が社会の犠牲者であると信じた彼は、彼女を更生させようと金の工面をしてやるようになるが、彼とてそう金があるわけではない。切羽詰まった彼は大学の更衣室で学友のコートのポケットから金を盗むようになり、一八七六年五月三十一日、大学当局が配備していた警察関係者によりその現場を押さえられ逮捕されるのである。その結果、ギッシングは退学に処せられ、さらに一ヶ月の懲役を科されることとなった。

学問の世界での出世の道を完全に断たれ、また簡単には拭い去ることのできない恥辱を受けたギッシングに同情して、友人たち、大学の教授たち、母親は、彼が異国で新しい人生を始めることができるよう金を集めてアメリカ合衆国へ送り出した。だが、アメリカは安住の地とはならなかった。ギッシングは、ボストンからシカゴへ、そしてニューヨークへと放浪を続けた後、敗北感のなか一年後にイギリスに戻る。とはいえ、アメリカ生活のなかで、「シカゴ・トリビューン」紙ほかいくつかの定期刊行物に短篇小説を買い取ってもらい作家としての第一歩をスタートさせたこと、そして、大衆消費文化が勃興したアメリカという地で大衆に迎合するジャーナリズムや資本主義のありようをつぶさに観察したことは、その後の彼の人生を方向付けたと言えるだろう。

イギリスに戻ったギッシングは、ロンドンで安い下宿を転々とするが、そのうちにネルと同居するようになる。そして、彼女の飲酒癖や、酒を買う金がなくなると売春をしてでも酒を手に入れようとする習性が矯正不可能であると悟りながらも一八七九年に結婚する。飲酒癖にくわえてさまざまな病気をもち、また無知で粗暴な性格ゆえにギッシングと言い争うこともめずらしくなかったネルとの結婚は、心理面でも金銭面でもストレスの多いものであった。だが、それは同時に、彼女を許すことを通じて、貧困や階級の問題について考察を深めさせるものでもあったと言えるだろう。

この時期のギッシングは、初期の小説である『暁の労働者たち』（一八八〇年）、『無階級の人々』（一八八四年）、『民衆――イギリス社会主義の物語』（一八八六年）、『サーザ』（一八八七年）、『ネザー・ワールド』（一八八九年）を出版している。なかでも『ネザー・ワールド』は、結婚三年後にはギッシングと別居したネルが、ランベスの貧民街で飲酒癖と梅毒と夫が有する中流階級《ミドル・クラス》的価値観とに苦しみながら一八八八年に壮絶な死を遂げたことをきっかけに書かれたことで知られる。この作品を含め、これら初期の小説は、安易なセンチメンタリズムに堕《だ》することなく、労働者階級《ワーキング・クラス》の人々の飲酒癖や粗暴さを克明に描いている。そして同時に、中流階級《ミドル・クラス》の人々が労働者階級《ワーキング・クラス》の人々や貧民街にたいして抱く階級的不安をも暴くことによって、ヴィクトリア時代の社会通念や社会のシステムを批判する抗議の書となりえている。

事実、一八七〇年代のイギリスは空前の経済不況に見舞われ、とくにロンドンのような大都市では労働者階級《ワーキング・クラス》および中流階級《ミドル・クラス》の人々の失業率が社会問題化していた。十八世紀に世界に先駆けて産業革命を成功させていたとはいえ、十九世紀後半からはアメリカ合衆国やドイツが重工業の分野においてめざましい発展を遂げ輸出を伸ばしていたことを受け、イギリスの産業力は翳りを見せはじめていたのである。このようなヴィクトリア時代のイギリス社会が抱えていた不況や貧困の問題を描いた作家はギッシング以前にももちろん存在した。たとえば、エリザベス・ギャスケル（一八一〇年～一八六五年）は労資対立の問題を取り上げたし、チャールズ・ディケンズ（一八一二年～一八七〇年）は、苛酷な社会の中で生きる下層階級《ロウワー・クラス》の人々、たとえば弱者を搾取する悪漢や、苦境に喘ぎながらも生来の善なる資質を失わない人々を生き生きと描いて人気を博した。ジョージ・エリオット（一八一九年～一八八〇年）もまた、中流階級《ミドル・クラス》の視点から、下層階級《ロウワー・クラス》の人々を抑圧するイギリス社会のシステムを批判し、社会改革の必要性を説く卓越した小説を世に問うた。

つまりギッシングは、こうした文豪の後塵《こうじん》を拝するかたちで、先人たちとの差異を意識しながら、キャリアをスタートさせたことになる。彼は、下層中流階級《ロウワー・ミドル・クラス》出身でありながら労働者階級《ワーキング・クラス》に寄り添おうとして挫折し、自身の本来の居場所からの追放者《エグザイル》となった立場から、労働者階級《ワーキング・クラス》の人々の人生を観察した。そして、一八八〇年代以降のイギリスで関心が高まっていた、さまざまな同時代の思想と磁場を共有し、そうした思想を批判的に吟味しながら作品に取り入れた。たとえば、貧困の原因は個人ではなく社会にあるとするロバート・オウエン（一七七一年～一八五八年）の社会主義思想や、人間世界が自然科学の実証的法則によって解明されるとの立場から「社会学」という言葉を創り出したフランスの実証主義哲学者オーギュスト・コント（一七九八年～一八五七年）の科学的社会主義思想などがそれにあたる。そのほかにも、ギッシングは、フランスの文豪エミール・ゾラ（一八四〇年～一九〇二年）の自然主義小説と同様、同時代の遺伝学を階級や世代の問題を考察するためのモデルとして取り入れてもいる。ただしここで重要なのは、ギッシングは、自然科学によってあるべき理想的な社会が建設されるとの楽観はもっていなかったことである。初期の小説に通奏低音として流れているのは、貧困はあらゆる社会悪の根源であり、ときに呪いとして人間を堕落させるため、貧困のなかで善良な資質を維持できる人間はほんの僅《わず》かしかいないということ、そして、貧困のなかで身についてしまった習性や悪癖は遺伝によって子どもに伝わる可能性すらあるという彼の透徹した認識であった。ギッシングの小説に影を落とす救いのなさややりきれなさは、貧困にたいする認識がディケンズやジョージ・エリオットの時代より一歩深化したことの証左であるとも言えるだろう。

第二期のギッシングは、それまでの労働者階級《ワーキング・クラス》を中心とする題材から一転し、社会における本来の位置からずれてしまった人物たちの心理に重点を置く小説を手がけるようになる。この変化には、彼が一八八八年九月から一八八九年二月までフランスとイタリアに滞在し、次の冬にはギリシャと南イタリアに滞在したことが関係していると言われる。『ヘンリー・ライクロフトの私記』の端々からも推し量ることができるように、ギッシングはギリシャとローマの文明への深い探求心を学生時代からもっており、彼《か》の地で実際に遺跡を見てまわることは長年の夢であった。その念願の旅行を経てイタリアで書かれたのが、『因習にとらわれない人々』(一八九〇年)、文筆業者たちが商業主義にまみれたジャーナリズムや文学界と闘うさまを描く代表作『三文文士』(一八九一年)、下層中流階級《ロウワー・ミドル・クラス》出身である自身の分身のような人物を描くと同時にそれを葬り去ることによって過去との訣別を図ったと言われる『流謫《るたく》の地に生まれて』（一八九二年）、ヘンリック・イプセン（一八二八年〜一九〇六年）の戯曲『人形の家』（一八七九年）に触発されて、女性でありながら教育や職業を求めたり、セクシュアルな欲望を堂々と口にしたりすることを試みた「新しい女」たちを取り上げ、その複雑な内面にまで切り込んでみせた『余計者の女たち』（一八九三年）など、ギッシングの成熟期をなす第二期の小説群である。

なかでも『三文文士』は秀作で、イギリスの作家たちの生活を正も負も含めて余すところなく描いたこの作品によって、ギッシングは文壇における地位を確立した。『ヘンリー・ライクロフトの私記』でもたびたび言及される作家稼業に関する記述は『三文文士』の内容と重なる部分が多いのだが、そうした記述をよりよく理解するために、ここで当時のイギリスの文学界や出版界の事情をさらっておこう。

イギリスでは、一八七〇年に初等教育法が成立し、六歳から一三歳までのすべての児童に義務教育が与えられて以降（とはいえ、子供を学校にやらずに働かせる親も多かった）、急激に読者層が拡大した。特に増加したのが下層中流階級《ロウワー・ミドル・クラス》や労働者階級《ワーキング・クラス》の読者である。娯楽性の高い、軽い読み物か煽情性や感傷性の高い読み物を求めるこうした新しい読者層を対象に、急速に商業主義的傾向を強めた出版界では熾烈な販売競争が起こった。その結果、一八八〇年代あたりから、それまで主流をなしていた単行本という形態、とりわけ三巻本の長篇小説は徐々に減少し、代わりに挿絵入りの定期刊行物の百花繚乱とも言える時代が到来したのである（このように出版メディアが大量消費文化に取り込まれる現象は、アメリカ合衆国ではもう少し早くから見られており、ギッシングはアメリカ放浪時代にそれをすでに経験していた）。そこでは、編集者は、文学市場における大衆の好みにこたえる、つまり〈売れる商品〉としての短篇小説やエッセイを書くことを作家に要求した。それにこたえなければ原稿を掲載してもらえないわけだから、当然のことながら作家は、読者だけでなく、編集者や書評家のご機嫌を始終とらなければならないことになる。言い換えれば、〈芸術〉だの〈教養〉だのといった高踏文化的《ハイ・カルチャー》な香りのするものは敬遠され、多くの作家が〈売文家〉のごとく振る舞わざるをえない大衆消費社会が到来したのである。

さらに酷いことに、ベストセラーを次々と生み出すスター作家でもないかぎり、著作者は出版社との契約に関してきわめて不利な状況に置かれていた。事実、ギッシング自身もそうした事情についての不満を日記や書簡に書き記している。たとえば、ギッシングは初期の何冊かの小説に関しては出版社に金を払って自費出版で本を出しているが、そうした場合でも、出版が約束より一、二年遅れるのが普通であったし、売り上げ部数については教えてもらえなかった。その後、いくらか原稿料をもらえるようになるが、『三文文士』が好評を博した後でも、原稿料はあまり良くなっていない。ギッシングは出版社との交渉が不得手であった上に常に現金不足で交渉をしていられる余裕がなかったし、後にエージェントを使い始めるようになっても、大して原稿料が上がらないのに手数料十パーセントをもっていかれるありさまだったのである。例外的に、一八九一年に出会ったある出版社は、原稿料にくわえて一定の率の印税を支払う新しい契約システムを採用してくれるが、それ以外の大抵の出版社は、作家の足もとを見て言い値で原稿を買い切るのが常であった。ギッシングの原稿料が少し良くなるのは、一八九三年前後に短篇小説市場に本格的に参入して、多くの出版社の注目を浴びるようになってからである。いずれにしても、つつましい生活に慣れていたギッシングは、たとえ報酬は少なくとも、大衆消費文化に迎合しない〈芸術〉としての小説を書き続けられることや、ジョージ・メレディス（一八二八年〜一九〇九年）やH・G・ウェルズ（一八六六年〜一九四六年）といった文壇の有力な先輩や友人の知遇を得て、創作活動について心理的援助を受けられる環境にあることで慰めや励ましを得ていたらしい。

このように経済的にはそう裕福ではなかったとはいえ、作家として脂がのり、文壇からもその力を認められつつあった一八九一年に、ギッシングは、イーディス・アリス・アンダーウッド（一八六七年〜一九一七年）という、またも無教養な、石工の娘と結婚している。彼の最初の結婚の失敗を知っている友人たちは皆この無謀な結婚に反対したが、ギッシングは、友人に宛てた手紙で「自分のような貧乏な男は、教育のある女とは結婚できそうにない」と述べ、そのほか生理的な欲求があったことを理由に、ある意味では自暴自棄とも自嘲とも映るかたちで結婚を断行した。二人の息子に恵まれたとはいえ、この結婚は一度目より悲惨で、結婚後に明らかになった妻の激しい気性や野卑な性格にギッシングはまもなく耐えきれなくなり、一八九七年には別居に至っている。

第三期のギッシングは、『女王即位五十年祭の年に』（一八九四年）、『渦』（一八九七年）、『命の冠』（一八九九年）などの小説において、こんどは資本主義社会の都市特有の〈疎外〉の問題に取り組み、第二期から継続してもっていた心理への関心、それも複雑な社会のシステムにおける複雑な人間模様とその心理への関心を、一層深化させている。複数の登場人物の複雑な心理の交錯を描く手法は、同時代のイギリスの文壇で大きな存在感を示していたアメリカ出身のコスモポリタン作家ヘンリー・ジェイムズ（一八四三年〜一九一六年）がすでに一八七〇年代から開拓していたものであり、ギッシングの作品も、ジェイムズの作品が示すような、リアリズムからモダニズムへの流れのなかに位置づけられると言えるだろう。

そうした時期の一八九八年、ギッシングは人生の新しい局面を経験している。『三文文士』をフランス語に翻訳する許可を求めて訪ねてきたガブリエル・フルリ（一八六八年〜一九五四年）という教養ある中流階級《ミドル・クラス》のフランス人女性と出会い、知的で心の優しい彼女に心からの愛情をおぼえて結婚し、フランスで生活を始めるのである〈とはいえこの〈結婚〉は、イーディスが離婚を頑として拒んでいたため、法的には〈重婚〉であった〉。経済的な心配はつねにあったものの、こうして人生に初めて訪れた幸福な結婚生活とイギリスへの郷愁の中で書かれたのが本書『ヘンリー・ライクロフトの私記』であった。急進的総合誌「フォートナイトリー・レヴュー」に一九〇二年から一九〇三年にかけて連載され、その後単行本として出版されたこの風変わりな随筆風の作品は、批評家の絶賛を受け、またよく売れた。そして、売り上げに見合うほどの大きな金銭的な収入を作者にもたらしはしなかったものの、彼の名前をそれまでのどの作品よりも広く世に知らしめるものとなった。同時代の人々は、イギリスの美しい四季と自然の中での静かな生活を自身の若い頃の思い出を織り交ぜながら描写するライクロフトの語りに魅了されたのである。皮肉なのは、現実のギッシングは、ライクロフトが語るような〈のんびりとした有閑的な生活〉など経験したことがなく、さらに、このような異色の作品によるイメージばかりが広まって、その後、ギッシングの他の小説が覆い隠される結果となってしまったことである。

その一方で、ギッシングは、一九〇〇年前後から健康を害することが多くなっていた。そして一九〇三年十二月、風邪が悪化して気管支肺炎に罹《かか》る。ガブリエルの電報で友人H・G・ウェルズがイギリスから駆けつけ、栄養のあるものをたくさんとらせたが（ガブリエルはそのせいで死期が早まったと主張している）、その甲斐もなく、十二月二十八日、ギッシングはついに帰らぬ人となった。

若き日のマンチェスターでの事件によって自身がたどるはずであった人生の追放者《エグザイル》となったその日から、ギッシングはアイロニーを抱え込んだ生を運命づけられていたように思われる。思想の上では貧困をもたらすイギリス社会の資本主義や階級制度を批判し、社会の周縁の貧しい人々に寄り添おうとしながらも、心の底には、野卑なものや大衆的なものをきらい、ギリシャやローマの古典文学や良質のイギリス文学を愛する中流階級《ミドル・クラス》の教養主義的心性が染みついている。中流階級《ミドル・クラス》の女性を伴侶とした静かな生活を望みながらも、過去の恥辱や収入の問題のせいで、労働者階級《ワーキング・クラス》の女性との破綻的な結婚を繰り返してしまう。そんなギッシングが、経験したこともない理想的な精神と生活をヘンリー・ライクロフトという老齢の〈仮面《ペルソナ》〉に託して書いたのが『ヘンリー・ライクロフトの私記』であった。そう考えるとき、そこには、彼自身の破れた夢、信条と心情の矛盾をはらんだ葛藤など、隠されているものがアイロニカルに透けて見えてくる気がする。

『ヘンリー・ライクロフトの私記』とイギリス文学史におけるギッシング

『ヘンリー・ライクロフトの私記』は、ギッシングの人生を知らずに読むと、とてもシンプルで滋味にあふれた自叙伝のように思われる（実際、ライクロフトが実在の人物であると信じて手紙を送ってくる読者や、ギッシングとライクロフトはほぼ同人物と考える読者が同時代にも数多くいたらしい）。貧しい作家ライクロフトが、老齢に入ってひょんなことからまとまった金が入るようになったことを契機に、ロンドン郊外のおそらく下層中流階級《ロウワー・ミドル・クラス》的な住居を引き払って、イングランド南西部のデヴォン州の田舎家に移り住む。デヴォン州は、ギッシングがことのほか愛した場所でもあるが、ここは彼が生まれたイングランド北部とは異なり、上層中流階級《アッパー・ミドル・クラス》以上のイングランド人が〈イングランド人の魂の拠りどころ〉と考えるような、なだらかな田園風景と海岸線の景観が美しい、きわめてイングランド的な場所として有名である。そうした場所に引っ込んで、筆を断って晩年を過ごしたライクロフトの遺品の中に残っていたのがこの『ヘンリー・ライクロフトの私記』にあたる手稿であった、という設定である。その手稿においてライクロフトは、大衆消費文化の到来とそれによって群衆化した都市や、商業主義化した出版業界の状況を憂える。そして、そうした近代化の波に汚されずに残っているイングランドの昔からの自然の風景や農民が労働する有機的共同体のようすを賛美しつつ、ギリシャ、ローマの古典文学やシェイクスピアなどのイングランドが誇るべきイギリス文学の偉大さを語り、それによって人格を陶冶《とうや》することの重要性を説くのである。

ギッシングの人生を知ることなしに、現代の私たちがこの『ヘンリー・ライクロフトの私記』に惹かれるとすれば、それはおそらく、四季と自然の描写が素晴らしいというだけでなく、私たちがここに、大衆消費文化や資本主義の進展とともに失ってしまった、教養主義の名残を見るからであろう。実際、このように疎外されてひきこもる知識人としてのライクロフト像に、ドイツの哲学者アルトゥール・ショーペンハウアー（一七八八年～一八六〇年）がその著作で示したような隠棲知識人の像を重ね見る読者はイギリスでも多かった。日本でも、一九〇九年という早い時期に英文学者の戸川秋骨《とがわしゅうこつ》（一八七一年～一九三九年）によって「春」の第八章が「田園生活」と題されて「趣味」誌に訳出されて以降、『ヘンリー・ライクロフトの私記』は、二十以上の翻訳が出版されるほどの人気を誇っているが、これも同様の文脈で捉えてよいだろう。たとえば、大正から昭和初期にかけてエリートを養成する場であった旧制高等学校の多くの英語教科書に『ヘンリー・ライクロフトの私記』は収録されていたらしい。この事実は、教養主義と呼ばれるものが二十世紀前半の日本で一定の影響力を揮っていたことを物語っているし、その後教養主義が過去の遺物のような扱いを受けるようになったときも、教養という言葉が、多少なりともなにか私たちを引きつけ、魅惑したり不安にさせたりする力を持ち続けていることを示しているように思われる。

その一方で、ギッシングの生涯を知ってしまうと（もちろん、作品を読むのに作者の生涯を知る必要は必ずしもないわけだが）、『ヘンリー・ライクロフトの私記』に描かれる世界の美しさや、世俗性を都会に置いてきたライクロフトの静謐《せいひつ》な境地は、ギッシングが現実に手にしていなかったからこそ非凡なる輝きを放っているようにも思われる。言い換えれば、ライクロフトの〈仮面《ペルソナ》〉を使って創出されているのは、ギッシング自身の真実を断片的に織り交ぜた非現実の世界なのであり、この美しいユートピアの裏側には、イギリスの階級制度に対するギッシングの葛藤する心情、生来の教養主義が邪魔して心から信じることも行動に移すこともできなかった距離を隔てた急進主義としての社会主義思想、そして、こうした相矛盾する要素を解決できなかった自身に対する諦念がひそんでいるように思われるのである。

実際、ギッシングをイギリス文学史に位置づけるとすれば、イギリスの「ニューレフト」として数々の優れた業績を残した作家にして批評家レイモンド・ウィリアムズや、現代のマルクス主義批評家の第一人者であるフレドリック・ジェイムソンが述べたように、ギッシングを、文化や芸術が商品化され始め、イギリス社会が大きく変容していた一八八〇年代に、「社会問題小説」や「疎外される知識人」の人物像を書くことによって文学と政治を両輪として動かすことを試みた作家として捉える、ということになるであろう。それはつまり、階級、貧困、ふつうの人々の文化の問題に真摯に取り組み、イギリスがゆっくりと福祉国家へと至る道を準備した作家たちの系譜にギッシングを位置づけることを意味する。さきに挙げたエリザベス・ギャスケル、ジョージ・エリオットから、ウィリアム・モリス（一八三四年〜一八九六年）やギッシングを経て、二十世紀前半のジョージ・オーウェル（一九〇三年〜一九五〇年）へと連なるこの系譜は、ウィリアム・シェイクスピア（一五六四年〜一六一六年）やジェイン・オースティン（一七七五年〜一八一七年）らに代表されるイギリス文学の陰に隠れた、しかしとても重要で力強いもう一つのイギリス文学の系譜である。

急進性と保守性が奇妙に同居する理想家、ジョージ・ギッシングの挫折と挑戦の繰り返しの人生とそのアイロニーを思いながら、私たちは、『ヘンリー・ライクロフトの私記』ほかギッシングの作品を読み継いでいきたい。

参考文献

Caserio, Robert L. and Clement Hawes, ed. *The Cambridge History of The English Novel.*

Cambridge: Cambridge UP, 2012.

Donnelly, Mabel Collins. *George Gissing: Grave Comedian*. Cambridge, Mass.: Harvard UP, 1954.

Halperin, John. *Gissing: A Life in Books*. Oxford: Oxford UP, 1987.

Ryle, Martin and Jenny Bourne Taylor, ed. *George Gissing: Voices of theUnclassed*. Aldershot: Ashgate, 2005.

Spiers, John, ed. *Gissing and the City: Cultural Crisis and the Making of Books in Late-Victorian England*. London: Palgrave Macmillan, 2006.

Williams, Raymond. *Culture and Society 1780-1950*.Harmondsworth: Penguin, 1958.

フレドリック・ジェイムソン『政治的無意識――社会的象徴行為としての物語』大橋洋一・木村茂雄・太田耕人訳、平凡社、二〇一〇年。

レイチェル・ボウルビー『ちょっと見るだけ――世紀末消費文化と文学テクスト』高山宏訳、ありな書房、一九八九年。

松岡光治編『ギッシングの世界――全体像の解明をめざして（没後１００年記念）』英宝社、二〇〇三年。

松岡光治編『ギッシングを通して見る後期ヴィクトリア朝の社会と文化——生誕百五十年記念』溪水社、二〇〇七年。

ギッシング年譜

一八五七年

一一月二二日、ヨークシャー州ウェイクフィールドで、薬剤師で薬屋を営む父トマスと母マーガレットの第一子として生まれる。文学、歴史、芸術などの書物を読み漁る少年時代を過ごし、地元の学校の優等生となる。

一八七〇年　一三歳

父が他界して経済状況が悪化、弟たちとともにチェシャー州の寄宿学校に送られるが、他に勉強熱心な生徒がおらず孤立する。

一八七二年　一五歳

オックスフォード大学地方試験で好成績を収め、学費免除と奨学金を得て、オーエンズ・カレッジ（現在のマンチェスター大学）に進学。猛勉強のすえにポエム賞（一八七三年）やシェイクスピア奨学金（一八七五年）を受ける。このころ貧しく家族もない街の娘メアリアン・ヘレン・ハリソン（愛称ネル）と恋に落ちる。

一八七六年　一九歳

ネルを更生させるための金の工面をす

るようになり、学友から金を盗むようになっていたが、五月三一日、大学で現行犯逮捕され、オーエンズ・カレッジを退学させられる。決まっていたロンドン大学への入学許可も取り消される。悪辣な環境で有名なベル・ビュー刑務所で一ヶ月の懲役に処せられる。九月には友人たちの支援を受けて、新生活のために渡米。マサチューセッツ州ボストンおよびウォルサムで、地元紙に記事を寄稿したり高校教師をしたりして過ごす。

一八七七年　二〇歳

三月にシカゴに移り、「シカゴ・トリビューン」紙などに短篇小説を寄稿して糊口をしのぐ。これが小説家としてのキャリアのスタートになる。七月にはニューヨークに移るが特に得るものもないまま、九月にはイギリスに帰国。ロンドンに居を構えて、ネルと住み始め、小説を書いたり、家庭教師をしたりしながら生計を立てる。

一八七九年　二二歳

ネルと結婚。

一八八〇年　二三歳

貧困階級の生活を描いた長篇小説『暁の労働者たち（*Workers in the Dawn*）』を自費で刊行。これは主人公が貧民街で街の女と結婚するなど、自分の体験を色濃く反映させた作品だったがほとんど売れなかった。

一八八二年　二五歳

『グランディ夫人の敵たち（*Mrs. Grundy's Enemies*）』の原稿がベントリー&サンズ社に買われるも結局未刊のまとなる。

一八八四年　二七歳

『無階級の人々（*The Unclassed*）』がチャップマン&ホール社で原稿閲読者をしていた小説家ジョージ・メレディスの目に留まり、同社から出版される。このあと立て続けに労働者階級の世界を描く小説を発表。「テンプル・バー」誌に短篇「フィービー」が掲載される。

一八八八年　三一歳

二月、すでに別居していたネルが飲酒癖に由来する疾患で死去。『ネザー・ワールド（*The Nether World*）』執筆。その原稿料で念願のイタリア旅行を果たし、古代文明の遺跡を見て回る。そこで得た知見をもとに『因習にとらわれない人々（*The Emancipated*）』を執筆。

一八八九年　三二歳

『ネザー・ワールド』刊行。一一月にはギリシャ、南イタリアに旅行。

一八九〇年　三三歳

九月、労働者階級出身のイーディス・アリス・アンダーウッドと知り合う。自分の分身のような人物を描いた『三文文士（*New Grub Street*）』を執筆。

一八九一年　三四歳

二月、家族や周囲の反対を押し切ってイーディスと再婚、ロンドンを離れてエクセターに居を定める（その後ブリクストン、エプソムへ転居)。二人の子供をもうけるが、妻の無知、短気、暴力のために結婚生活はうまくいかなかった。一方、執筆活動は好調で、『三文文士』が好評を博して文壇での地位を確立。経済的にも余裕が生まれる。このあとは『流謫の地に生まれて(*Born in Exile*)』(一八九二年)、『余計者の女たち(*The Odd Women*)』(一八九三年)、『渦(*Whirlpool*)』(一八九七年)など、新境地の作品を次々と発表した。

一八九二年　三五歳
小説家ジョージ・メレディスと再会し、旧交を温め、大きな影響を受ける。

一八九六年　三九歳
長男を妻の暴力から守るため、妹たちがいる実家に送る。

一八九七年　四〇歳
作家H・G・ウェルズと知り合い、親交を深める。妻イーディスと別居した後(イーディスは一九〇二年に精神病を患い精神科病院に送られた)、翌年にかけてイタリアに旅行。シエナで『チャールズ・ディケンズ——批評研究(*Charles Dickens: a Critical Study*)』を執筆。また、六世紀のローマを舞台とした歴史小説『ヴェラニルダ(*Veranilda*)』のための調査を重ねる。

一八九八年　四一歳
『三文文士』のフランス語への翻訳許可を求めて訪ねてきたフランス人女性ガブリエル・フルリと出会う。

一八九九年　四二歳
正妻イーディスが離婚に応じないため、ガブリエルとともにフランスに渡り、結婚式を挙げる（法的には重婚）。以後は、幸福な結婚生活を送ることになる。一度はパリに居を構えたが、ギッシングの体調が悪化していたため、のちに南仏の村に移住した。『命の冠（*The Crown of Life*）』刊行。

一九〇一年　四四歳
『ヘンリー・ライクロフトの私記』を執筆し、当時イギリスで最も影響力の大きかった雑誌「フォートナイトリー・レヴュー」に匿名で連載（一九〇二―一九〇三年）。

一九〇三年　四六歳
『ヘンリー・ライクロフトの私記（*The Private Papers of Henry Ryecroft*）』刊行。同年、風邪が悪化して気管支肺炎に罹り、H・G・ウェルズもイギリスから駆けつけて看護に当たったが、甲斐なく一二月二八日に死去。終の棲家となった村の近くのサン＝ジャン＝ド＝リュズのイギリス人墓地に埋葬された。

一九〇四年
歴史小説『ヴェラルニダ』が、未完のまま刊行される。

一九〇五年
生前最後に書き上げられた小説『ウィル・ウォーバートン（*Will Warburton*）』が刊行される。

訳者あとがき

ジョージ・ギッシングといえば、大方の読者がまず真っ先にヘンリー・ライクロフトの名を思い浮かべるのではなかろうか。近年、小説作品再評価の気運が高まっているギッシングだが、それとはかかわりなく、つとに「小さな傑作」と喝采を博して今やイギリス文学史上に押しも押されもしない位置を占めているのがここに訳出した随筆風小説『ヘンリー・ライクロフトの私記』である。著者ギッシングは年嵩の分身とも見える架空の人物、ヘンリー・ライクロフトを造形し、仮託の話術を駆使して思うままに自己を語り、人生を論じている。

まさかの僥倖から糊口の憂いなく住み馴れたロンドンを捨てて南イングランドの片田舎に引き籠もった作家がおりふしの偶感《ぐうかん》を筆の遊《すさ》びに書きためた体裁の本書は、春夏秋冬、四季の移ろいに多く言葉を費やしているところから、とりわけ歳時記の文化を持つ日本人に広く親しまれているとよく言われる。なるほど、自然観照はいつの場合もソナタにおける提示部に似て、色彩に富んだ響きで読者の感興を誘う。随所に描かれる自然の清新な姿は、貧苦に絡まれて四十六歳の人生を駆け抜けたギッシングの孤愁を浮き彫りにして、虚実明暗の対照をいっそう際立たせている。取っつきは無造作な印象ながら、その実、自在な話術の背景に綿密な結構《プロット》があることを読者はいち早く知るはずである。

話の運びにあれこれ仕掛けがある中にも特に目立つのが貧乏体験で、あたかも著者の記憶は貧困の恐怖に塗りつぶされているかのようだが、なお読むほどに、いつか追想は貧乏自慢の趣を帯びてくる。それが何によるかといえば、「物書き商売の誉れは自由と気位」と自身も述べているとおり、筆一本の矜持《きょうじ》であろう。赤貧《せきひん》洗うがごとき時代があったのは事実としても、むしろ文業に賭ける意欲は旺盛だったに違いない。本当に必要なものは金では買えないというのは金に困ったことのない人間の浅知恵だと、物質的な充足の必要を認める一方で、貨幣が力の象徴となって以来、その所有者にもたらすものが今ほど真の満足にほど遠い時代はないと言いきって、富に拝跪《はいき》することは拒んだギッシングである。文中に窺われる古典崇拝からも知れるとおり、思索に耽溺《たんでき》する時間こそが何よりの贅沢だった。

この作品は、生身の著者であるギッシングと、架空の人物ヘンリー・ライクロフトを二つの焦点に持つ楕円の世界である。先に仮託の話術と言ったが、それは著者がただ作中人物の口を借りて自説を展開することばかりを意味しない。発表年代が世紀の変わり目に当たっているためでもあろうか、著者の意識には絶えず矛盾し対立する観念が同居せざるを得なかった。例えば、ヴィクトリア女王即位六十周年の祝典、セカンド・ジュビリーを「現行の王政はイギリス人の常識の勝利」と喜ぶ反面、時代の変化を見越して「華やぎとは裏腹のもの悲しい祝典」と憂える類《たぐ》いである。これは著者が懐旧にかまけることを潔《いさぎよ》しとせず、常に将来に目を向けていた証拠でもあろう。そう思って本書を読めば、人はいたるところにこの種の齟齬《そご》を見つけるはずだ。そして、著者が自身のうちにあって様相の異なる思念を、矛盾は矛盾、対立は対立のままにどう調和させ、統一を図るか、孤独な葛藤を演じているありさまが、すなわち本書の基調をなしていることを感知しないはずがない。楕円は焦点間の距離によって形態が変わる。その分、一点を中心にこぢんまりとまとまった円にくらべてなにやら得体の知れないものを孕《はら》んでいるとも見えようが、それを歪《いびつ》と言うのは当たらない。

人間なり、社会なりを楕円の輪郭で捉える方がよほど自然ではないか。本書が初出から百年余を経てなお新しい読者に迎えられている秘密はそのあたりにあると理解してよかろう。

蛇足かもしれないが、一つ付言するならば、著者の平衡感覚も本書の読みどころである。「イギリスを遠く離れて異国の土となることは思っただけで恐ろしい」と言う著者は当然ながら骨の髄からイギリス人で、何ごとによらずイギリスの卓越を信じて疑わないが、悪くすれば自身の発言が国粋主義と取られかねないことも承知している。イギリス料理を延々と語る饒舌はどうだろう。あれはギッシング一流の韜晦《とうかい》と言ってよかろうが、自分を横目に見て、何もかもが手放しのイギリス礼賛になることを戒める姿勢が諧謔《かいぎゃく》にまで昇華する文章技巧はなまなかなものではない。ほかにもそうしたくだりが多々あって、発見の楽しみが読者を待ち受けている。実際は貧窮のどん底でフランスで客死したギッシングが見果てぬ夢ではない形でささやかな快楽を語り、静穏と満足のうちに筆を擱《お》いているのも並ならぬ自信のなせる業だろう。思えばしたたかな作家である。拙訳は至らぬ点も少なくないことを恐れるが、ともあれいくらかなりとギッシングの味わいが読者諸賢に伝わるなら幸いこれに超すことはない。余談ながら、訳稿を進めている間に「マンチェスター大学ウィットワース美術館所蔵・巨匠たちの英国水彩画展」が開催されて、本書にも登場するターナーやバーケット・フォスターの作品をじかに見る機会に恵まれた。これも何かの縁かと思う。翻訳に際しては光文社古典新訳文庫の駒井稔、中町俊伸、小都一郎諸氏にひとかたならずお世話になった。この場を借りて御礼申し上げる次第である。

二〇一三年六月

光文社古典新訳文庫

ヘンリー・ライクロフトの私記《しき》

著者 ギッシング
訳者 池《いけ》 央耿《ひろあき》

2013年 9月20日 初版第1刷発行

発行者 駒井 稔
印刷 慶昌堂印刷
製本 ナショナル製本

発行所 株式会社光文社
〒112-8011東京都文京区音羽1-16-6
電話 03（5395）8162（編集部）
03（5395）8113（書籍販売部）
03（5395）8125（業務部）
www.kobunsha.com

ISBN978-4-334-75278-1 Printed in Japan

いま、息をしている言葉で、もういちど古典を

長い年月をかけて世界中で読み継がれてきたのが古典です。奥の深い味わいある作品ばかりがそろっており、この「古典の森」に分け入ることは人生のもっとも大きな喜びであることに異論のある人はいないはずです。しかしながら、こんなに豊饒で魅力に満ちた古典を、なぜわたしたちはこれほどまで疎んじてきたのでしょうか。

ひとつには古臭い教養主義からの逃走だったのかもしれません。真面目に文学や思想を論じることは、ある種の権威化であるという思いから、その呪縛から逃れるために、教養そのものを否定しすぎてしまったのではないでしょうか。

いま、時代は大きな転換期を迎えています。まれに見るスピードで歴史が動いていくのを多くの人々が実感していると思います。

こんな時わたしたちを支え、導いてくれるものが古典なのです。「いま、息をしている言葉で」——光文社の古典新訳文庫は、さまよえる現代人の心の奥底まで届くような言葉で、古典を現代に蘇らせることを意図して創刊されました。気取らず、自由に、心の赴くままに、気軽に手に取って楽しめる古典作品を、新訳という光のもとに読者に届けていくこと。それがこの文庫の使命だとわたしたちは考えています。

このシリーズについてのご意見、ご感想、ご要望をハガキ、手紙、メール等で翻訳編集部までお寄せください。今後の企画の参考にさせていただきます。
メール　info@kotensinyaku.jp

★続刊

マルテの手記　リルケ／松永美穂・訳

故郷を去り、パリで孤独と焦燥に満ちた生活を送る青年詩人マルテが、幼少の頃の記憶、生と死をめぐる考察、日々の感懐などの断片を書き連ねていく……。リルケ自身のパリでの体験をもとにした、沈思と退廃の美しさに満ちた長編小説。

論理哲学論考　ウィトゲンシュタイン／丘沢静也・訳

20世紀の哲学に大きな衝撃を与えた〝天才〟ウィトゲンシュタインが唯一生前に刊行した前期代表作。独創的なスタイルで世界そのものを解明、記述しようとした難解で知られる本書を、研ぎ澄まされた訳文で贈る。野家啓一氏の解説付き。

絶望　ナボコフ／貝澤 哉・訳

ベルリン在住のセールスマンである主人公ゲルマンは、プラハ出張の際、自分と〝瓜二つ〟の浮浪者フェリックスを発見する。そして用意周到に保険金殺人を企てるのだが……。主人公の歪んだ狂気を凝った物語構造で描いたナボコフの秀作！